Sur l'auteur

Auteur à succès aux Pays-Bas, Simone van der Vlugt a publié plusieurs romans historiques, dont *Bleu de Delft* (2018), *Neige rouge* (2019), *La Maîtresse du peintre* (2020), *La Fabrique* (2021) et *La Ville dévastée* (2022). Tous les ouvrage sont publiés aux éditions Philippe Rey et repris en poche chez 10/18. Elle a reçu de nombreuses récompenses, notamment le prestigieux Prix du Livre de l'année.

Du même auteur
aux Éditions 10/18

SIMONE VAN DER VLUGT

LA VILLE DÉVASTÉE

Traduit du néerlandais (Pays-Bas)
par Guillaume Deneufbourg

10
18

PHILIPPE REY

Titre original :
De Lege Stad

ISBN 978-2-264-08267-1
Dépôt légal : octobre 2023

1940-1941

1

Rotterdam, 14 mai 1940

La sirène se met à mugir sur la ville, une fois encore, saturant chaque rue de son hurlement. Les passants ralentissent le pas et scrutent le ciel d'un œil inquiet. Certains, les plus anxieux, se précipitent vers l'un des abris antiaériens aménagés à Rotterdam depuis que la mobilisation a été décrétée. Puis, après quelques secondes, la vie reprend doucement son cours. Jusqu'à présent, il n'a pas été nécessaire de se mettre à couvert dans les caves ; les bombes larguées ces derniers jours ciblaient l'aéroport en périphérie, et celle qui a endommagé le quartier sud de la ville n'était qu'un accident.

Même si c'est de façon moins violente que les premières fois, Katja sursaute toujours en entendant le fracas des explosions au loin. Déclarée il y a quatre jours, la guerre se joue loin du centre-ville, hors de sa vue et donc de son univers. Les magasins et les bureaux restent ouverts, le boulanger sillonne les rues derrière sa charrette de pain, les tramways passent et repassent en tintinnabulant.

Alors que le cri perçant de la sirène s'efface peu à peu, le vélo de Katja s'engage dans la Hoogstraat.

Chaque fois qu'elle pénètre dans le quartier où elle a grandi, elle ralentit pour s'imprégner de l'atmosphère de son enfance. Elle est née et a passé sa prime jeunesse ici, dans l'une des rues commerçantes les plus animées et les plus agréables de Rotterdam ; ses parents y tiennent une épicerie de bonne réputation, et la famille habite à l'étage du bâtiment.

Son départ de la maison, voilà un an, a offert de l'espace supplémentaire au reste de la famille, car il faut admettre qu'ils étaient un peu à l'étroit. Mais, à les entendre, c'est bien là le seul avantage à cette situation, puisque Katja leur manque terriblement. Paradoxalement, savoir cela lui a fait du bien ; ses parents, ses frères et ses sœurs lui manquent à elle aussi, bien plus qu'elle ne l'aurait imaginé. En fin de compte, elle ne s'était pas montrée très patiente l'année précédente, elle avait très vite épousé Daniel et quitté le nid familial, prête à passer à l'étape suivante. Mais elle ne pensait pas souffrir autant de l'éloignement des siens. À vingt et un ans, en tant qu'aînée de la famille, elle s'est toujours sentie responsable de ses frères et sœurs. La plus jeune, Lieke, quatre ans, est très attachée à elle. Joep, huit ans, est plus indépendant, mais Katja l'a materné suffisamment longtemps pour que des liens très étroits se nouent entre eux. Ellie, tout juste dix ans, est une enfant pleine de vie qui donne du fil à retordre à sa mère, Elsa. Vient ensuite Hein, un garnement enjoué de treize ans au visage couvert de taches de rousseur et au sourire éternel. Mais c'est de Jet, quinze ans, que Katja se sent le plus proche, malgré les six ans qui les séparent : elles se ressemblent beaucoup, tant par le caractère que par l'apparence physique. Katja s'entend également très bien avec Thijs, son frère cadet de dix-huit ans, même si ces derniers temps il a quelque peu pris son indépendance.

Il apporte son aide à l'épicerie familiale en attendant de trouver un travail. Pour rester en lien avec eux, Katja leur rend visite aussi souvent qu'elle le peut, mais il est rare qu'ils soient tous réunis au même moment.

La jeune femme contourne quelques charrettes stationnées sur la chaussée et fait sauter sur le trottoir la roue avant de son vélo, qu'elle appuie ensuite contre la devanture, à hauteur de la pancarte en carton « NOUS SOMMES OUVERTS » que son père a disposée bien en vue derrière la vitrine. À son entrée, la clochette suspendue au-dessus de la porte fait résonner le tintement familier qu'elle a entendu toute sa vie. L'intérieur de l'épicerie est un monde à part, un endroit intime où se mêlent des arômes de haricots secs, de thé et de café. Quand elle était enfant, Katja trouvait que ce mélange d'odeurs était un peu magique, envoûtant, il la transportait vers de lointaines contrées. Elle imaginait les grains de café passer de main en main dans les plantations à l'autre bout de la Terre, avant de traverser l'océan jusqu'à Rotterdam, pour finalement se retrouver, au terme d'un incroyable voyage, sur les étagères du magasin. D'une certaine façon, le fait que l'épicerie soit l'aboutissement d'un tel périple la remplissait de fierté.

Il y a foule. Derrière le comptoir, sa mère aide les clients, manifestement crispés par la sirène antiaérienne, elle tend un caramel à un enfant pour le rassurer. Traînant un sac de farine depuis l'arrière-boutique, Joep pénètre dans son champ de vision. Avec ses cheveux foncés et ses yeux marron, il ressemble beaucoup à Katja, qui se reconnaît dans chacune de ses postures et chacun de ses actes, dans sa gravité tranquille lorsqu'il est concentré sur une tâche, dans sa réserve en présence d'inconnus, dans sa gentillesse et sa loyauté envers ceux qui parviennent à gagner sa confiance.

Joep cale le sac à la verticale dans un coin de la pièce avant de s'avancer vers sa sœur, un sourire aux lèvres. À peine un an plus tôt, il aurait couru se jeter dans ses bras, mais il se sent désormais trop grand pour l'accueillir avec une telle effusion.

« Salut, Kat ! se contente-t-il de dire.

— Salut, petit mec ! répond-elle en ébouriffant ses boucles châtaines. Toujours pas d'école ? »

Depuis que la guerre a éclaté, la plupart des établissements sont fermés.

« Toujours pas, non ! Et c'est tant mieux, je préfère de loin travailler au magasin.

— Sans blague ? Mais l'école ne pourra pas rester fermée indéfiniment… »

Katja se tourne vers sa mère, qui lui adresse un sourire à travers la jungle de clients. La jeune femme se dirige vers le comptoir, puis passe de l'autre côté.

« Besoin d'aide, madame ? » lance-t-elle en posant la main sur l'épaule de sa mère.

Katja est frappée par l'impression de fragilité qu'elle dégage. En dépit de ses quarante-quatre ans, Elsa a conservé sa beauté de jeune fille. Elle est même si belle que Katja soupçonne une bonne partie de la clientèle masculine de ne venir au magasin que pour elle. Mais le travail est éprouvant à l'épicerie et, ces derniers temps, Katja a plusieurs fois constaté qu'elle avait les traits tirés et les yeux cernés.

« Vu le monde, un petit coup de main ne serait, en effet, pas de refus ! » accepte Elsa.

Katja s'occupe immédiatement d'un premier client à qui elle demande avec amabilité comment elle peut se rendre utile. Au bout d'une trentaine de minutes, le pic d'affluence semble enfin résorbé. Mère et fille se tournent l'une vers l'autre.

« Je suis contente que tu sois passée, déclare Elsa en déposant un baiser sur la joue de Katja.

— Et les autres, où sont-ils ?

— Lieke est dans le séjour, allongée sur le canapé. Elle ne se sent pas bien, elle a même vomi. Ellie est auprès d'elle. Hein et Thijs sont partis livrer quelques commandes.

— J'espère les croiser avant de m'en aller.

— Pourquoi ne viens-tu pas plutôt le soir ? J'aurais plus de temps à te consacrer.

— Je suis mariée, Maman. Daniel aime aussi me savoir à la maison quand il rentre.

— Une bonne épouse se doit d'être auprès de son mari, entièrement d'accord ! Mais je suis sûr que ton cher mari accepterait de se priver de ta présence une fois de temps en temps », intervient son père. Sa voix forte et chaleureuse emplit les moindres recoins de la pièce.

Katja contourne le comptoir et serre Cornelis dans ses bras.

« Bonjour, Papa, tu vas bien ?

— Tout va pour le mieux ! Et toi, ma chérie ? Et Daniel ?

— Bien, je crois. Même s'il est un peu dépassé par les événements en ce moment, avec tous ces blessés qui arrivent.

— Cela ne devrait plus durer longtemps, hasarde sa mère. Dès que la guerre sera finie, tout reviendra à la normale. »

Dans le dos d'Elsa, Katja et son père échangent un regard. Aucun des deux ne croit à une fin rapide du conflit. Jusqu'à présent, l'armée allemande s'est montrée bien trop puissante. La Norvège, le Danemark, l'Autriche, la Tchécoslovaquie et la Pologne ont été littéralement piétinés. Comment leur petit pays mal préparé pourrait-il opposer une résistance suffisante à la Wehrmacht ? Les soldats néerlandais se battent avec courage, mais les nouvelles du front qui arrivent au compte-gouttes ne sont guère rassurantes. Les Allemands progressent vite, la province de Brabant les a regardés traverser le territoire sans pouvoir agir, Dordrecht a déjà été soumis, et c'est maintenant au tour de Rotterdam de subir les assauts ennemis.

Des hydravions allemands se sont posés sur la Meuse il y a quatre jours, des parachutistes ont envahi le ciel à proximité du stade et les Allemands ont envahi l'aéroport de Waalhaven, sur la rive sud du fleuve. Depuis, les combats font rage. La partie méridionale de la ville est aux mains des Allemands, tout comme les ponts de Moerdijk. Pour l'instant ils ne sont pas allés plus loin… pendant combien de temps encore ? Une énorme division blindée serait en route vers Rotterdam. Si cette information est exacte, la ville n'a pas l'ombre d'une chance.

À plusieurs reprises, Katja a évoqué avec son père l'éventualité d'une fuite, mais pour aller où ? Tout le territoire des Pays-Bas est aux prises avec l'ennemi, la situation est partout la même. Il est donc préférable de rester là, avec leur famille et leurs amis, et d'espérer que tout aille pour le mieux.

Passer ses journées seule à la maison lui pèse, d'où ses visites fréquentes chez ses parents. Katja a toujours été habituée à travailler, d'abord dans l'épicerie familiale, puis au comptoir de commerce où elle avait été engagée comme dactylographe. Elle aimait ce métier, source de nombreuses satisfactions. Hélas, son mariage avec Daniel a mis un terme à sa carrière. Les femmes mariées ne sont pas censées occuper un emploi rémunéré, leur rôle est de veiller sur le ménage. Mais, en l'absence de vie de famille, Katja se meurt d'ennui à la maison.

Elle ne voit Daniel que le soir, et, depuis le début de la guerre, il rentre rarement avant minuit. Médecin à l'hôpital de Coolsingel, il ne sait plus où donner de la tête pour soigner les blessés que l'on amène sans discontinuer. Les affrontements sont violents sur les ponts qui entourent la ville, et les bombardements des gares ferroviaires ont fait aussi beaucoup de victimes. Si la plupart des bombes visent des cibles stratégiques, elles touchent également des quartiers résidentiels. Il paraît qu'un obus a explosé si près du Jardin zoologique que, par sécurité, il a même fallu abattre les grands fauves. Il ne faudrait pas risquer que des lions ou des tigres s'échappent si une cage ou un enclos venait à être endommagé par une déflagration. Bien qu'elle comprenne la logique de la chose, Katja a néanmoins de la peine pour ces animaux.

La nouvelle de la fuite en Angleterre, deux jours plus tôt, de la princesse Juliana, du prince Bernhard et des deux petites princesses Beatrix et Irène a provoqué une onde de choc. En ville, on ne parlait plus que de cela ! Et lorsqu'on a appris, le lendemain, que la reine Wilhelmine les avait rejoints, la population s'est sentie abandonnée. Katja, elle, ne partage pas cet avis : à ses yeux, c'est une sage décision.

De nouveau, la clochette tinte au-dessus de la porte, signalant l'entrée d'un homme de petite taille aux cheveux sombres : Bram de Wit vend des accessoires de mode de l'autre côté de la rue.

« Vous avez entendu ? Les Allemands se retirent ! » s'exclame-t-il avec exaltation.

Dans la pièce, tous redressent la tête et le dévisagent. Elsa s'avance vers lui.

« Comment ça, "ils se retirent" ? Tu veux dire que la guerre est finie ?

— Pas encore, mais la ligne de défense au niveau des ponts est levée. Et il n'y a plus aucun Allemand dans le port.

— On dirait bien qu'ils battent en retraite, commente prudemment Cornelis, mais je peine tout de même à y croire.

— Pourquoi pas ? Il faut bien que leur progression s'arrête quelque part ! Et, visiblement, c'est aux portes de notre ville. Réjouissez-vous, mes amis ! » s'écrie Bram, enjoué, avant de repartir comme il est venu.

La famille échange quelques regards hésitants dans le silence qui suit son départ.

« C'est en effet une bonne nouvelle, s'efforce de confirmer Elsa, dont les yeux laissent transparaître une lueur d'espoir.

— S'il dit vrai, tempère Katja. Pourquoi les Allemands capituleraient-ils ?

— On en parle peut-être à la radio ? » suggère son père, qui a déjà tourné les talons.

Il s'engage dans l'escalier, et Katja lui emboîte le pas.

C'est sa petite sœur allongée sur le sofa, emmitouflée sous une couverture, que la jeune femme aperçoit d'abord en entrant dans la salle de séjour. Lieke, sa petite chérie ! Avec ses couettes blondes et ses yeux bleus, elle ressemble beaucoup à Ellie. De caractère, elles sont en revanche l'opposé l'une de l'autre : autant Ellie est une fillette calme et solitaire, autant Lieke est joviale et démonstrative. Katja a développé un lien spécial avec sa plus jeune sœur ; âgée de dix-sept ans au moment de sa naissance, elle a naturellement endossé le rôle de seconde maman. L'accouchement a d'ailleurs bien failli coûter la vie à Elsa. Lorsque celle-ci s'est rétablie, Lieke a conservé un lien maternel avec sa sœur. L'enfant a été inconsolable quand Katja a quitté la maison, et elle a fait promettre à sa grande sœur qu'elle pourrait venir loger chez elle aussi souvent qu'elle le voudrait.

Le visage de Lieke s'illumine à la vue de la jeune femme.

« Katja ! Je ne savais pas que tu étais là ! » lance-t-elle avec émotion en tendant les bras.

Sa sœur la serre contre elle.

« Salut, ma poupée. Alors, tu es malade ?

— Un peu, oui. Ellie reste avec moi. »

Katja tourne la tête vers son autre sœur qui dessine sur la table de la grande pièce. Ses longs cheveux blonds tombent le long de son visage et flottent au-dessus de la feuille de papier sur laquelle elle est penchée, en pleine concentration.

« Salut, Ellie, tu dessines quoi ?

— Des avions ! répond l'enfant en brandissant fièrement son dessin. Ils larguent des bombes sur les maisons. »

Un peu mal à l'aise, Katja jette un œil au dessin.

« Très original ! »

Un grésillement s'élève soudain dans la pièce. Katja rejoint son père qui triture les boutons de la radio. Tendus, ils attendent des nouvelles qui ne viennent pas. Un orchestre d'instruments à vent avec piano joue imperturbablement sa partition.

« Le pire, dans cette situation, dit Cornelis, c'est de ne rien savoir ! Cette incertitude me rend fou. »

Depuis le sofa, la petite voix de Lieke se fait entendre :

« Katja, je peux rentrer à la maison avec toi ? »

Surprise, Katja se tourne vers la fillette :
« Quoi, maintenant ?
— Oui, j'aimerais venir dormir à ta maison.
— Je ne sais pas trop si ce sera possible, ma chérie, rétorque Katja tout en interrogeant son père du regard.
— J'aime autant qu'elle reste ici », tranche Cornelis.
Il se passe la main dans les cheveux, puis ajoute :
« Juste au cas où… »
Katja scrute le visage de son père.
« Tu es inquiet ?
— Je le suis en permanence, je ne ferme plus l'œil de la nuit depuis des jours. »
Katja pose sur son bras une main rassurante.
« On a une cave pour s'abriter en cas de besoin, tu sais. Si la sirène se met à hurler, on descend directement. Lieke est malade, et vous êtes trop occupés avec le magasin pour veiller sur elle. Laisse-la donc venir chez moi, jusqu'à ce qu'elle se remette sur pied. J'aurai plaisir à l'avoir près de moi, je suis seule à la maison, de toute façon.
— Tu es sûre que ça va ? Tu souffres de la solitude ?
— Pas du tout ! Je me dis juste que c'est l'occasion de passer un peu de temps avec Lieke… Et avec Ellie, s'empresse-t-elle d'ajouter en voyant sa sœur cadette lever la tête de son dessin.
— Pour tout dire, on aurait bien besoin de l'aide d'Ellie à l'épicerie. Une aide qu'elle pourrait nous apporter si elle n'avait plus à garder Lieke. Donc finalement, ta proposition tombe à point nommé…
— Affaire conclue ! Je vais redescendre aider encore un peu Maman, je mangerai une tartine avec vous, puis je rentrerai avec Lieke.
— Parfait, jeune fille ! Tu es adorable de venir nous

voir si souvent et en plus de nous prêter main-forte au magasin. »

Il la prend dans ses bras et la serre affectueusement.

« Tu me manques tellement… Daniel a-t-il seulement conscience de la chance qu'il a de t'avoir près de lui ?

— Je veille à le lui rappeler tous les jours ! » rétorque Katja avec un large sourire.

2

Le reste de la matinée, Katja déplace et pèse les marchandises, fait les comptes, dépose les achats dans des paniers qu'elle tend aux clients. En temps normal, elle apprécie l'effervescence et les bavardages autour du comptoir, mais depuis quelques jours les conversations reviennent toujours sur le même sujet. Aujourd'hui toutefois la tension semble s'apaiser. Peut-être faut-il y voir l'effet du radieux soleil printanier, qui agit sur l'humeur des habitants de la ville et leur fait oublier les tracas de la guerre toute proche. L'air est porteur d'espoir, d'optimisme. La sirène antiaérienne est restée muette depuis le matin, alors qu'elle hurlait sans fin les deux jours précédents. Associée à l'espérance de la fin imminente du conflit, cette tranquillité retrouvée crée une atmosphère légère, agréable.

Thijs rentre à la maison sur le coup de midi. Il embrasse sa sœur et l'odeur de sa transpiration emplit les narines de Katja.

« Salut, sœurette ! Alors, ton ancien quartier te manque ?

— Ce sera toujours chez moi, ici. Je n'ai pas encore tout à fait pris mes marques à Kralingen.

— Je veux bien le croire. J'aurais moi aussi du mal à vivre au milieu de ces snobinards. »

Thijs est un garçon courageux qui connaît le sens du mot travail. Bien que l'école technique ait fait de lui un excellent menuisier, il peine à trouver un emploi stable. Il enchaîne les petits boulots et livre des commandes pour ses parents en attendant d'être embauché dans un atelier.

Depuis six mois, il a une petite amie, Roza. Il a fallu des semaines pour qu'il daigne l'amener à la maison. Lorsqu'il s'est enfin décidé à la présenter, il a commencé par gaver ses parents, ses frères et ses sœurs d'instructions sur ce que ces derniers pouvaient dire ou non. Comme s'il craignait que Roza ne se sauve dès qu'ils ouvriraient la bouche !

« Elle est juive, mais n'abordez surtout pas le sujet. Elle et sa famille n'habitent à Rotterdam que depuis deux ans, ils ont fui l'Allemagne.

— Et alors ? Où est le problème ? avait sobrement demandé Hein.

— Le sujet est délicat. Toute leur famille est restée là-bas et ils en souffrent beaucoup.

— Raison de plus pour amener cette pauvre enfant le plus souvent possible avec toi ! avait lancé Elsa. Elle se sentira bien chez nous.

— Je ne vois pas pourquoi il en irait autrement, à condition que vous évitiez les questions indiscrètes. »

Pour la première fois depuis bien longtemps, Katja avait vu sa mère perdre patience.

« Non, mais tu t'imagines quoi ? S'est-on jamais mêlé des affaires de qui que ce soit, ici ? Tâche de nous faire un peu plus confiance, mon garçon ! »

Thijs avait marmonné entre ses dents, mais s'était bien gardé de répliquer. Le lendemain, il se présentait à la porte avec Roza. Katja n'était plus là, elle l'avait rencontrée plus tard. Elle se souvient de l'impression positive que lui a laissée la belle jeune fille aux cheveux sombres qui lui a serré la main. Plus que par son apparence, Katja avait été agréablement surprise par son amabilité et sa bonne humeur communicative. Roza ne ressemblait en rien à la fille taciturne que Thijs leur avait décrite ! À la vérité, Katja la trouve bien moins compliquée que son frère.

Vers 13 heures, Ellie, descendant les escaliers quatre à quatre, annonce que sa sœur a vomi une fois de plus. Elsa monte prendre de ses nouvelles quelques instants, puis revient.

« Elle a un peu de température. Rien d'alarmant, mais c'est quand même embêtant qu'Ellie soit obligée de veiller sur elle. Katja, voudrais-tu l'emmener maintenant, s'il te plaît ?

— Bien sûr, Maman. Je vais lui préparer quelques affaires, répond Katja en ôtant son tablier.

— Je viens avec toi ? demande Lieke en esquissant le geste de se lever du canapé lorsque sa sœur entre dans la pièce.

— Je fais ta valise, et on y va ! Tu peux enfiler ton manteau et tes chaussures.

— Je ne veux pas mettre de manteau, j'ai chaud !

— Mets-le quand même, il ne faudrait pas que ton état s'aggrave. »

Seuls les parents dorment au premier étage. Katja monte au grenier où se trouvent les lits des enfants : Jet, Lieke et Ellie d'un côté, Joep, Hein et Thijs de l'autre. Les espaces respectifs sont séparés par des rideaux ; la pièce n'offre pas la place nécessaire pour une garde-robe, mais chaque enfant dispose d'un tiroir à lui sous son lit.

Katja rassemble quelques vêtements, qu'elle emballe dans du papier.

Assise sur le canapé, Lieke est déjà prête, enveloppée dans une veste fine, jambes dénudées, avec de hautes chaussettes blanches repliées au niveau de ses chevilles et des sandalettes. Katja l'examine un instant et juge qu'elle est suffisamment couverte. La température extérieure est de dix-huit degrés, il fait assez chaud.

Elle aide sa sœur à descendre les escaliers, marche après marche, le paquet de vêtements sous son bras. La petite frimousse blême, Lieke dépose un baiser sur la joue de ses parents.

Elsa serre la fillette dans ses bras.

« Profite bien de ton petit séjour chez Katja, ma chérie. Elle va te bichonner ! »

Katja fait un signe à son père et à sa mère, puis sort de la boutique, soulève sa sœur et l'installe sur le porte-bagages de sa bicyclette. Elle enfouit ensuite les vêtements dans le panier fixé à l'avant. Thijs sort juste derrière elle, chargé d'une nouvelle commande à livrer. Il agite la main pour les saluer et leur sourit, ses sœurs font de même.

Katja se fraie un passage dans l'agitation urbaine. Bordée de larges trottoirs, la Hoogstraat est une artère commerçante appréciée et souvent très fréquentée, que les habitants traversent en tous sens, slalomant entre les voitures, les vélos et les charrettes à bras qui encombrent la circulation dans une cacophonie de klaxons, de sonnettes et de cris.

En temps normal, Katja aime flâner au milieu de cette effervescence, mais pour le moment, elle ne souhaite qu'une chose : rentrer au plus vite chez elle avec Lieke. Un piéton qui surgit devant elle l'oblige à freiner brusquement pour éviter une collision. Agacée, elle dépasse une charrette, doit s'arrêter encore à cause d'autres passants imprudents, soupire. L'index prêt à actionner la sonnette, elle poursuit sa route le long des façades des grands magasins et des petites boutiques, des devantures des restaurants et des cafés. La maison de ses parents se situe presque au coin de la Korte Hoogstraat, elle doit remonter toute la rue.

Alors qu'elle passe devant un panneau publicitaire de la marque Van Nelle, Lieke pointe le doigt en s'écriant :

« Regarde ! Jet travaille là-bas !

— À la fabrique de café ?

— Oui ! Moi aussi, quand je serai grande, je travaillerai à la fabrique ! »

Katja se retourne pour adresser un sourire à sa sœur, mais avant même qu'elle puisse ouvrir la bouche, le hurlement de l'alerte antiaérienne retentit. Un mouvement involontaire de guidon lui fait perdre l'équilibre, elle zigzague et parvient de justesse à éviter la chute. Pour reprendre le contrôle du vélo, elle pose le pied au sol. Alors qu'elle s'apprête à repartir, elle constate qu'une petite foule s'est massée autour d'elle et fouille le ciel bleu des yeux. Au loin, monte un grondement.

À son tour Katja lève la tête. Elle a beau chercher, elle ne voit rien. Puis, soudain, des avions apparaissent à l'horizon. Telle une volée d'oiseaux, ils se rapprochent dans un vrombissement sourd et monotone. Ils ne se dirigent pas vers le port, mais bien vers le centre-ville.

Le regard braqué sur le ciel, Katja les observe, pétrifiée. Il est évident que ces appareils ne survoleront pas la ville : lentement, ils descendent, assez près pour qu'elle puisse lire le numéro affiché sur leur carlingue.

« Des Allemands ! s'exclame quelqu'un dans l'assistance. Regardez, il y a des croix gammées sur la dérive !

— Les ennuis commencent… » murmure d'un air grave un homme à côté d'elle.

Comme hypnotisé, il fixe les avions sans esquisser le moindre mouvement. À l'inverse, certains se mettent à courir, la plupart des gens s'engouffrent sous les portiques et se plaquent contre les murs.

Si le cri de la sirène remplit toujours les rues, ce sont les pleurs de Lieke qui sortent Katja de sa torpeur. Machinalement, elle remonte sur son vélo et se remet à pédaler aussi vite que possible en direction d'un abri antiaérien qu'elle aperçoit au loin. Si elles parviennent à l'atteindre, elles seront en sécurité.

En réalité, elle progresse à peine plus vite à bicyclette qu'à pied : des voitures à l'arrêt bloquent le passage, les gens courent dans toutes les directions, elle doit freiner à chaque coup de pédale pour les éviter. Dix mètres plus loin, elle dérape de nouveau et ne peut cette fois empêcher la chute. Lieke, en larmes, est tombée sous le vélo. Katja se précipite pour dégager sa sœur et l'aider à se relever.

Mais avant qu'elle ait pu la redresser, un sifflement déchire l'air, suivi d'une énorme déflagration. Les grondements se rapprochent, terrifiants, tel un ogre dont chaque pas ferait trembler la terre.

L'enchaînement d'impacts qui suit est si violent que tout ce qui est en verre dans la Hoogstraat vole en éclats : les fenêtres des maisons, les vitres des voitures, les immenses vitrines du magasin C&A. En une fraction de seconde, les trottoirs se couvrent de débris transparents, coupants comme des lames de rasoir. Tout autour, tantôt debout, tantôt au sol, des gens restent hébétés, le visage ensanglanté.

Katja sursaute en voyant qu'elle est blessée, même si elle ne ressent aucune douleur. Un fragment de verre s'est planté dans la jambe de Lieke. Elle se penche et le retire d'un coup sec. Sa petite sœur est trop terrorisée pour réagir.

« Ils reviennent ! » crie une dame.

Les avions de guerre piquent dans leur direction et larguent leurs projectiles mortels. Le vrombissement des moteurs enfle, de nouvelles explosions secouent les rues voisines. Katja attrape Lieke par la main et poursuit à pied – le tapis de bris de verre rend de toute façon son vélo inutilisable. Tout autour, des colonnes de fumée s'élèvent. L'abri n'est plus très loin, les deux sœurs courent à perdre haleine en veillant à rester au milieu de la route. Le ciel n'est à présent plus qu'un immense vacarme, les avions sont partout. Un déluge de bombes s'abat sur la ville, précédé des mêmes sifflements aigus. Les déflagrations se succèdent, de plus en plus fortes. Des maisons s'effondrent sous la violence des bombardements, des gens sont soufflés avant de retomber sur le sol dans un bruit sourd, le corps écharpé.

Un énorme nuage de poussière envahit la rue et les enveloppe de son étouffante épaisseur. Un bras devant le visage, secouée par des accès de toux, Katja continue sa course pour la vie, agrippant de toutes ses forces la main de sa petite sœur.

La première bombe qui s'écrase tout près d'elles les projette en l'air et les rejette à terre comme de vulgaires sacs de farine. Katja ne sent même pas la douleur du verre qui s'enfonce dans ses mains et ses bras, elle ne voit que le rouge vif du sang, mais n'y prête pas attention. Elle entend Lieke gémir – au moins elle est en vie. Elles le sont toutes les deux, et pour l'heure, c'est la seule chose qui importe.

Des flammes jaillissent vers le ciel au milieu d'une pluie d'étincelles. Katja observe les alentours avec désespoir.

Nouveau sifflement, nouveau grondement, nouvelles gerbes de flammes.

Les bâtiments s'écroulent les uns après les autres, les façades et les toits ensevelissent sous leurs décombres celles et ceux qui se trouvent là.

Lieke a cessé de pleurer. Elle court sans dire un mot à côté de Katja, mobilisant tout son souffle pour tenir l'allure imposée par sa sœur. Encore une fois, une secousse leur fait perdre pied et les projette contre les gravats d'une maison.

Le déferlement de bombes se poursuit sans relâche, elles explosent à l'aveugle dans le brouillard de poussière. Seuls les moteurs des avions annoncent l'imminence d'un nouvel assaut ; ils sont à présent juste au-dessus d'elles.

Affolée, Katja se relève et saisit la main de Lieke. C'est alors qu'elle découvre la blessure béante que sa petite sœur présente à la tête, son visage est couvert de sang. Sans se poser de questions, elles traversent la rue.

Une ombre obscure surgit soudain à côté d'elles, soulève Lieke et attrape Katja par la main. La jeune femme ignore de qui il s'agit mais qu'importe, de toute façon elle ne sait plus à quel saint se vouer. Elle se laisse emporter par cet inconnu qui enjambe les corps jonchant la rue, serrant sa main dans la sienne avec fermeté.

Lorsqu'ils arrivent enfin à sortir du nuage de poussière, elle reconnaît son frère Thijs. Une vague de soulagement l'envahit ; elle n'est plus seule.

Une nouvelle bombe s'écrase sur la Hoogstraat dans un fracas assourdissant. La terre tremble, les pavés catapultés dans les airs retombent en pluie dévastatrice.

Thijs les entraîne à l'intérieur d'un bâtiment et, l'espace de quelques instants, Katja se sent en sécurité, jusqu'au moment où elle comprend que trois étages de béton peuvent s'effondrer sur eux d'une seconde à l'autre. Elle proteste, mais sa voix se perd dans le terrible vacarme du bombardement. Thijs pousse une porte, et ils s'engouffrent dans une cage d'escalier qui mène au sous-sol. Lieke trébuche alors et emporte les autres dans sa chute ; tous trois dévalent les dernières marches sur les genoux ou sur le dos, puis viennent buter contre une deuxième porte. Un homme leur ouvre, leur fait signe d'entrer et referme immédiatement derrière eux. Thijs le salue, et Katja comprend qu'ils sont dans la maison d'un ami de son frère.

Immobile dans la pénombre, haletante, elle sent son cœur battre à tout rompre. Quelques rais lumineux diffusés par une dizaine de torches suspendues au plafond percent l'obscurité de leur faible éclat. Depuis le jour où la guerre a représenté une menace, tous les habitants des bâtiments dotés d'une cave ont reçu la consigne de l'équiper de lampes-torches, de vivres, de matelas, de bouteilles d'eau potable et d'une trousse de secours. Les propriétaires de cet immeuble semblent avoir suivi les instructions. Alors qu'une bouteille d'eau passe de main en main, Katja croit distinguer deux silhouettes qui essaient de panser leurs blessures à l'aide de morceaux de bandages visiblement trop petits.

La jeune femme peine à voir les occupants dans l'obscurité, mais la cave est manifestement bondée. Hommes, femmes et enfants sont assis en silence, recroquevillés les uns contre les autres.

« Venez donc vous installer par ici. Il reste juste assez de place pour vous deux », propose une voix de femme.

Katja se sent soudain complètement abattue, elle n'arrive plus à bouger ; d'un seul coup ses jambes se dérobent et elle s'effondre. À tâtons, Lieke s'avance et vient se blottir contre elle. Thijs s'approche, lui aussi, s'assied par terre près de Katja et enroule son bras autour de son épaule.

« Ça va ? Tu es blessée ? demande son frère au creux de son oreille.

— Je n'en sais rien, je ne pense pas. Rien de grave, en tout cas.

— Et Lieke ? »

Dans la faible lumière, Katja tente d'évaluer les blessures de sa petite sœur, cachées par une couche de poussière.

« Elle a une blessure ouverte à la tête qui saigne beaucoup.

— Les plaies au cuir chevelu sont souvent impressionnantes, mais pas forcément inquiétantes. »

Katja s'efforce de discerner son frère dans le noir ; il paraît couvert de particules blanches de la tête aux pieds.

« Et toi, ça va ?

— Quelques égratignures, tout au plus. On a eu de la chance. »

Un silence s'installe dans la cave, où ne parvient que le tumulte assourdi de la surface, entrecoupé de temps à autre d'un sanglot ou d'un cri d'effroi étouffé.

« Quel hasard que tu nous aies trouvées ! reprend Katja après quelques minutes.

— J'étais juste derrière vous. Avant que les avions débarquent, vous avanciez à bonne allure, j'avais du mal à vous rattraper. Heureusement, je vous ai vues tomber. Bande de salopards !

— Ils nous ont bombardés. Ils ont détruit toute la ville ! Oh, mon Dieu, Papa et Maman ? Et les autres ? Et Daniel ? s'écrie Katja qui se met à trembler, submergée par l'angoisse qu'il leur soit arrivé quelque chose.

— Ne pense pas au pire, conseille Thijs pour la rassurer. Ils ont certainement trouvé un abri, eux aussi.

— La cave la plus proche est à plusieurs centaines de mètres ! » répond Katja en enfouissant son visage dans ses mains. Lieke la regarde d'un air apeuré.

« Ils n'ont pas pu rester dans la boutique sans réagir, Kat. Ils sont sans doute partis dans la direction opposée, vers le Coolsingel. Il y a un autre abri par là-bas. »

Katja tente de se calmer. Thijs a raison, ils ont dû se réfugier dans une autre cave. La ville en a fait aménager en suffisance.

Elle se concentre sur sa respiration, inspire et expire lentement pour contenir les vagues de terreur qui l'assaillent.

Le bombardement, lui, se poursuit sans discontinuer. Le sol semble parfois onduler étrangement, comme si la Terre elle-même ne pouvait résister au déchaînement de violence qui dévaste la surface. À intervalles réguliers, le silence paraît revenir, vite remplacé par les mêmes sifflements et les mêmes déflagrations. L'une d'elles est si forte que les occupants de la cave ne peuvent réprimer un cri. À l'air libre, juste au-dessus d'eux, retentit le tonnerre de la pierre qui s'écroule, puis d'une quantité de débris qui retombent en pluie. Certains bondissent sur leurs pieds et se précipitent vers la porte, mais Thijs leur barre la route.

« Vous ne pouvez pas sortir maintenant ! Vous voulez qu'un projectile vous fracasse la tête ? Nous devons rester calmes et attendre ici la fin du bombardement, nous n'avons pas le choix. »

Comme pour lui donner raison, une explosion vient ponctuer ses propos. Tous retournent s'asseoir, dépités.

« On va tous mourir ! lance un vieil homme d'une voix rauque. On est fichus !

— Tais-toi ! rétorque Thijs sèchement. Ne viens pas semer la panique, on est en sécurité. »

Tandis que le vieillard ravale sa salive, Katja scrute le plafond, qui semble fléchir sous le poids des gravats qui s'amoncellent. Elle ferme les yeux et se met à prier.

3

Elle n'a jamais été très croyante. Elle n'est pas non plus athée, mais à ce moment précis, Katja ne trouve que peu de réconfort dans ses prières. La tranquillité d'esprit et la résignation de ceux qui s'en remettent au Seigneur lui sont complètement étrangères. Pourquoi Dieu les sauverait-Il maintenant, Lui qui a permis toutes ces horreurs ? Néanmoins, elle continue de prier. Elle récite les oraisons – qu'elle connaît par cœur – qui la ramènent autour de la table de la salle à manger dans la demeure familiale.

Daniel ne croit pas en Dieu. Lorsqu'il est venu pour la première fois chez eux, Katja a eu honte des innombrables bondieuseries et bibelots religieux exposés dans toute la maison, notamment la grande statue de Marie, pièce maîtresse qui trônait sur le dressoir. La jeune femme avait pris soin de cacher la Vierge dans un tiroir et de soustraire aux regards la plupart des croix et autres rosaires, mais sa mère, indignée, avait tout remis en place avant l'arrivée de Daniel. Aujourd'hui, Katja regrette d'avoir agi de la sorte.

« Ça diminue », hasarde quelqu'un.

Tous tendent l'oreille et lèvent les yeux vers le plafond comme s'ils pouvaient voir au travers. Le grondement des explosions s'est tu, en effet, et le vrombissement des moteurs d'avion s'éloigne peu à peu.

« Mais ils peuvent revenir », gémit une femme avec angoisse.

Elle est assise juste sous le faisceau lumineux d'une torche. Ses deux enfants se pressent contre elle, terrorisés.

Plusieurs minutes passent, et les avions ne reviennent pas. Au-dessus, tout semble silencieux.

« Nous ne devons pas nous éterniser ici, un incendie peut se déclarer à tout moment dans les décombres, déclare un jeune homme en se redressant. Moi, je remonte ! »

Il enjambe les occupants et se fraie un passage en direction de ce que Katja identifie comme une porte de secours. Les propriétaires de la maison ont sans doute ouvert une seconde issue récemment, en prévision des événements.

« Attends, Rien ! Fais attention ! crie Thijs en bondissant sur ses pieds. On ne sait pas ce qu'il peut y avoir derrière cette porte. »

Ensemble, les deux hommes l'entrouvrent avec circonspection et jettent un œil dans l'entrebâillement avant de poursuivre leur mouvement. Un amas de débris s'engouffre dans la cave et soulève un nuage de poussière. Pris d'une quinte de toux, qu'ils étouffent dans le creux du coude, ils font un pas en arrière pour attendre que les saletés retombent.

Dans l'intervalle, tout le monde s'est levé et lance vers l'extérieur des regards anxieux. La lumière naturelle s'écoule sur les énormes blocs de pierre qui ensevelissent l'escalier.

Thijs et Rien sont les premiers à grimper sur les gravats, tentant prudemment de ne pas perdre l'équilibre sur le monticule instable. Ensuite, ils aident les autres occupants à remonter à l'air libre. Comme elle était assise le plus près de la porte, Katja est la première à mettre le pied dans un monde complètement métamorphosé.

Abasourdie et hébétée, elle regarde autour d'elle : de ce qui était encore, il y a une demi-heure à peine, une allée bordée de bâtiments à trois étages, de magasins, de banques et de restaurants, il ne reste plus rien qu'un amoncellement de blocs de béton informes, de métal tordu et de verre brisé. Çà et là, on reconnaît vaguement la charpente d'une maison, une façade ou quelques murs ; le reste est éparpillé le long de la rue. Les flammes dansent partout sur les décombres, entre les nuages de fumée qui s'élèvent vers le ciel.

Alors que Katja tente d'assimiler la nouvelle réalité qui se présente à elle, elle est frappée par le calme. Le fracas des bombes l'a assourdie, les cris des victimes et le tonnerre des maisons qui s'effondrent résonnent encore dans sa tête. Mais à présent, il règne un silence macabre. Le silence de la mort, de la destruction totale, rompu seulement par le crépitement des incendies et le bruit des éboulements.

Katja regarde à droite, où le feu, attisé par le vent, se rapproche. Lorsque le bombardement a commencé, elle venait de la direction opposée. Elle n'a aucune idée de l'endroit où elle se trouve dans la Hoogstraat, tous ses points de repère ont disparu, elle sait juste que la maison de ses parents se trouve sur la gauche. La rue n'est plus qu'un monceau de débris.

Sans réfléchir, elle se met en route vers l'épicerie, la main de sa petite sœur dans la sienne. Elle sent dans son dos la chaleur des brasiers dont les étincelles jaillissent et viennent la frôler.

En silence, elle escalade les décombres, soulève Lieke

au-dessus des plus gros morceaux de pierre et poursuit tant bien que mal son chemin. Thijs les rattrape bientôt et prend la fillette dans ses bras. Tous trois progressent sans prononcer un mot ; Katja a besoin de tout son souffle pour ne pas perdre l'équilibre. Son cœur cogne si fort dans sa poitrine, qu'il couvre ses pensées et les bruits alentour.

La jeune femme scrute les environs, cherchant désespérément des éléments familiers auxquels se raccrocher. Mais elle ne voit qu'une masse de gravats informe. Les trottoirs et la rue ne se distinguent plus, et les façades qui composaient le visage de la ville ont été pulvérisées. Des vélos vrillés se mêlent aux charrettes éventrées et aux débris de toute nature.

Dans un cauchemar éveillé, Katja poursuit sa marche, son frère et Lieke sur ses talons. Tantôt le passage est plus facile, tantôt ils doivent de nouveau escalader une montagne de pierres. Par endroits, les vestiges sont maculés de sang et laissent entrevoir des corps humains.

Il leur faut un long moment pour atteindre la zone où se trouvait l'épicerie. De loin déjà, Katja constate qu'il n'en reste plus grand-chose. Elle aperçoit un bout de la devanture verte au milieu de la rue. Lentement, ils continuent de s'approcher. Son regard glisse sur l'amas de pierres et de bois déchiqueté. La jeune femme s'avance sur les vestiges de la maison et observe autour d'elle, sans savoir par où elle doit commencer à chercher. Si invraisemblable que cela puisse paraître, elle ne reconnaît plus rien de ce qui était, encore trente minutes plus tôt, dans une autre vie, un magasin d'alimentation parfaitement équipé et approvisionné. Où sont les meubles et les ustensiles ? Où sont les lits et les armoires, les boîtes métalliques et les pots de grès, le comptoir ? Où est sa famille ?

Katja ne voit que des gravats, des éclats de bois, des bris de verre. Au loin, la voix de Thijs lance un avertissement, mais elle n'y prête pas attention. Elle continue de déplacer les débris, les ramasse pour les jeter quelques mètres plus loin, jusqu'à ce que son frère la sorte de son apathie. Sans qu'elle s'en rende vraiment compte, il la prend par l'épaule et l'emmène vers la rue, tout en remuant les lèvres, le doigt pointé en direction des flammes ondoyantes qui surgissent des décombres. Ce n'est qu'alors qu'elle entend ses paroles.

« On ne peut pas rester ici ! »

La chaleur intense du feu et la fumée qui irrite ses narines la ramènent à la réalité. À la hâte, elle descend de la montagne de ruines et se met à courir avec Thijs et Lieke. Au bout de la Hoogstraat, ils bifurquent à gauche dans le Coolsingel, en proie aux flammes aussi. Katja n'a qu'une seule pensée : Daniel. Autour d'eux, plus aucun bâtiment n'est encore debout, mais qu'en est-il du grand hôpital de la ville ? Où est son mari ?

Elle est profondément soulagée de constater que l'édifice est intact. Les patients sont évacués, le personnel infirmier court en tous sens, mais Daniel reste introuvable.

Thijs oblige Katja à avancer sans lui laisser le temps de poursuivre ses recherches. Le Passage, la rue commerçante couverte, a été touché en plein cœur et a entièrement disparu. Partout, des gens s'enfuient pendant que d'autres traînent des blessés ou portent dans leurs bras des enfants en pleurs.

Plus ils progressent vers le centre-ville, plus le spectacle devient insoutenable. Tout est à feu et à sang, les flammes menacent d'encercler le quartier. S'ils ne trouvent pas rapidement une issue, ils seront pris au piège. Ils peinent déjà à respirer ! Tout le monde tousse autour d'eux, et la chaleur des flammes rougit la peau de Katja. Si cette journée printanière n'avait pas été si ensoleillée, elle aurait sans doute porté des vêtements lui offrant un peu plus de protection que la jupe légère et la veste à manches courtes qu'elle a enfilées ce matin.

Au bout du Coolsingel, ils s'arrêtent un instant, hors d'haleine. Thijs observe les alentours ; Katja perçoit dans ses yeux un affolement qui ne fait que renforcer sa propre angoisse. La gare de Delftsche Poort semble épargnée, mais l'espace qui les en sépare n'est qu'un tapis incandescent.

« On va devoir passer au travers, annonce Thijs d'une voix étranglée. La question est de savoir jusqu'où on pourra avancer.

— Et si on allait vers la Rotte ? Si la chaleur est trop forte, on pourra toujours sauter à l'eau et nager. »

Mais arrivés sur la Hofplein, ils comprennent qu'ils ne pourront pas rejoindre la rivière : le pont Langebrug brûle comme une torche ! Ils décident donc d'emprunter le Goudsesingel. Il n'est plus question de courir, la fumée est si épaisse qu'ils voient à peine où ils mettent les pieds. Un ciel d'étincelles semble en suspension au-dessus de leurs têtes, et certaines tombent même sur leurs vêtements qui s'enflamment. Katja passe son temps à tapoter pour éteindre les mini-foyers qui s'embrasent sur elle et sur sa sœur. Heureusement, Lieke a une veste qui la protège en partie. Les bras de Katja, en revanche, sont couverts de brûlures et de cloques.

Silencieuse et docile, Lieke ne bronche pas et se laisse porter par Thijs. Elle a les yeux d'une enfant qui en a déjà trop vu pour son âge.

Une nouvelle ondée de flammèches incandescentes s'abat sur la rue, et d'autres maisons s'écroulent sous la violence des incendies.

« On ne peut plus continuer ! s'écrie Katja. On va mourir brûlés ! »

Thijs s'arrête ; son visage est méconnaissable sous son masque de poussière et de suie. Tous observent le Goudsesingel, la large avenue bordée d'arbres, désormais transformée en enfer à ciel ouvert. À quelques mètres d'eux, un homme est au sol, brûlant vif.

« Venez par ici ! » reprend Thijs en s'engageant dans une rue transversale, en proie aux flammes, mais épargnée par les étincelles.

Alors que les maisons s'effondrent tour à tour, la fratrie court pour survivre, talonnée par des éboulements de pierre. L'espace d'un instant, Katja pense qu'ils ont commis une erreur fatale en empruntant cette rue étroite et sinueuse qui ne semble offrir aucun moyen de s'échapper. De toute leur hauteur, les façades vacillent au-dessus d'eux. Ils veillent à rester bien au milieu de l'allée et jettent constamment des regards alentour. Chacun crie au moindre danger pour avertir les autres. Tous éteignent les flammes qui embrasent leurs vêtements, leurs cheveux et leurs sourcils commencent à roussir sous la fournaise. Étourdis par le vacarme ambiant et le manque d'oxygène, ils trébuchent, tombent, se relèvent comme ils le peuvent, le sang coule de la multitude de plaies qui leur couvrent le corps. Ils cherchent de l'air et sont envahis par la certitude qu'ils vont périr dans ces ténèbres.

Et puis, alors qu'ils ne l'espéraient plus, la rue prend un ultime virage et ils débouchent sur la berge de la Rotte.

4

L'eau de la rivière coule avec une lente indifférence. La Rotte entre dans la ville venant de la campagne et dessine une ligne de démarcation entre la zone dévastée par le bombardement et la partie intacte de Rotterdam.

Malgré l'envie et le besoin d'étancher leur soif et de refroidir leurs brûlures, Katja et Thijs ne doivent pas s'attarder : la mer de feu les poursuit toujours et progresse rapidement. La fatigue et la douleur, ils le savent, les empêcheront bientôt de mettre un pied devant l'autre, mais il leur faut continuer.

Mus par l'énergie du désespoir, ils entament une longue marche autour de la ville en direction de Kralingen. Avec d'autres réfugiés, ils forment un piteux cortège de zombies couverts de poussière et de sang. Certains n'ont pour seuls bagages que les vêtements déchirés qu'ils portent ; d'autres trimballent quelques objets disparates qu'ils sont parvenus à emporter dans la précipitation du départ.

Du coin de l'œil, Katja observe Thijs, qui tient toujours Lieke dans ses bras. Est-ce bien son frère, ce jeune homme habituellement jovial au sourire taquin ? Elle ne reconnaît pas celui qui avance à ses côtés, affaissé, les traits crispés. Totalement épuisée, elle ne se reconnaît pas non plus elle-même alors qu'elle marche d'un pas fantomatique, comme insensible aux atrocités qui l'entourent. Elle entend les gens raconter leur histoire, exprimer leur inquiétude, entre deux sanglots ou deux jurons, mais elle ne les écoute pas vraiment. Sa propre angoisse occupe toute la place, et elle ne peut porter celle des autres.

Hagarde, elle observe les personnes âgées et les petits enfants assis sur les charrettes à bras, le père de famille qui transporte sa marmaille sous un matelas protecteur dont la partie supérieure est carbonisée, les voitures chargées à ras bord d'objets qui avancent à pas d'homme en klaxonnant et tentent désespérément de manœuvrer au milieu de la foule. Tous suivent la Rotte en direction des campagnes, du lac de Kralingse Plas et des parcs de Hillegersberg. En chemin, des pilleurs écument les boutiques abandonnées, prétextant que, « de toute façon, tout va brûler ».

Lorsque enfin ils atteignent Kralingen, Katja est exténuée. Elle se traîne sur les derniers mètres de la Goudserijweg, les yeux fixés sur l'entrée de l'Oudedijk où elle habite. À son grand soulagement, elle constate que le quartier est encore debout, même si l'incendie qui ravage la ville n'est plus très loin. La Lusthofstraat, déjà en proie aux flammes, n'est qu'à quelques rues de sa maison.

Au comble de l'anxiété, Katja presse le pas et, en dépit de sa démarche mal assurée, prend un peu d'avance sur Thijs et Lieke. Elle s'engage dans l'Oudedijk et vacille à la vue du chaos ambiant. La rue inondée de soleil qu'elle a traversée à vélo le matin même, pleine d'oiseaux qui chantaient joyeusement dans les arbres, baigne désormais dans une fumée opaque. Les habitations, les perrons et les jardins bordant la chaussée sont souillés d'un épais tapis de suie. Les murs sont fissurés, la plupart des vitres ont volé en éclats sur la chaussée. Les rideaux claquent au vent, juste hors de portée des brandons incandescents en suspension dans l'air. La caténaire du tram s'étale au milieu de la route en une torsade biscornue.

Lentement, Katja s'avance vers sa maison, gravit les quelques marches et accède au perron couvert de bris de verre. La demeure est noire de suie, mais elle est debout.

Elle farfouille nerveusement dans la poche de sa veste pour trouver la clé, fait un pas hésitant vers la porte et essaie de l'ouvrir. Mais elle a beau pousser, elle n'y arrive pas, le chambranle semble s'être déformé. Thijs vient en renfort, pose Lieke à terre et tente d'enfoncer la porte d'un coup d'épaule vigoureux, sans succès.

« Elle est sortie de ses gonds. Il va falloir passer par la fenêtre. »

En prenant garde aux tessons coupants, Katja grimpe sur l'encadrement, passe les jambes à l'intérieur et se laisse glisser dans le salon. Elle reconnaît la forme du mobilier et les motifs du papier peint, la grande horloge au mur, la radio sur le dressoir, de même que sa photo de mariage, mais pour le reste, rien ne ressemble plus au lieu de vie qu'elle a quitté le matin même : un manteau grisâtre recouvre tout. Des silhouettes fantomatiques s'échappent de la cheminée et dessinent une danse macabre sur le parquet.

Elle observe autour d'elle, consciente qu'elle peut s'estimer heureuse d'avoir encore une maison où se réfugier, mais elle est trop lasse et trop diminuée pour s'en réjouir.

Après avoir soulevé Lieke, Thijs se hisse à son tour sur le rebord et rejoint ses deux sœurs à l'intérieur.

« On ne peut pas rester ici, décrète-t-il. Le feu se rapproche. »

Katja jette un œil derrière lui par la fenêtre. Dehors, le panache des flammes de l'enfer flotte au-dessus des toits.

« Nous avons encore un peu de temps », juge-t-elle.

Elle s'avance vers Lieke assise sur le bord du canapé, la queue-de-cheval à moitié défaite, les pieds ballant dans le vide. Elle aussi est maculée de poussière et de sang. Katja s'accroupit à côté d'elle et prend sa main dans la sienne.

« Ça va ? Tu as mal quelque part ? »

Elle souffre probablement, ses jambes sont couvertes de cloques, mais la petite fait signe que non.

« J'ai soif. »

Thijs est déjà dans la cuisine, d'où il revient en secouant la tête.

« Il n'y a plus d'eau courante. Ce qui explique pourquoi personne ne tente d'éteindre l'incendie.

— Dans l'arrosoir », indique Katja en désignant l'appui de fenêtre, à l'arrière de la maison.

Elle l'a utilisé ce matin pour donner de l'eau aux plantes, il en reste un peu au fond.

Thijs verse le contenu de l'arrosoir dans un verre, où ils boivent tous les trois. La quantité ne suffit pas à étancher leur soif, mais dans le jardin, près de la porte de la cuisine, ils trouvent deux bouteilles de lait. Si les vitres à l'arrière ont toutes explosé, les deux bouteilles, elles, sont intactes.

« Une ou deux gorgées, précise Katja. On va devoir être économes. »

Elle monte ensuite rassembler quelques affaires. Des photos, des bijoux, de l'argent qu'elle avait cachés à différents endroits, des vêtements et des couvertures, au cas où ils devraient passer la nuit dehors.

Lorsqu'elle redescend, elle aperçoit quelqu'un au milieu de la pièce de vie. Elle sursaute, avant de se laisser envahir par une joie immense.

« Daniel ! »

Au lieu de courir vers lui et de lui sauter au cou, comme elle aurait voulu le faire, elle se traîne à la manière d'une vieille dame et enroule ses bras autour de ses épaules. Daniel la serre contre lui, tellement fort qu'elle en a le souffle coupé.

« Katja, mon amour, Dieu merci ! J'ai eu si peur ! » dit-il d'une voix tremblante d'émotion.

Il desserre son étreinte, fait un pas en arrière et la scrute de haut en bas.

« Tout va bien, tu n'es pas blessée ? »

Katja secoue la tête, et Daniel porte son attention sur Thijs. Les deux hommes se connaissent peu, mais se donnent à présent une accolade franche et vigoureuse.

Puis Daniel s'accroupit à hauteur de la petite Lieke.

« Salut, jeune fille, dit-il d'une voix qu'il veut apaisante et rassurante. Comment tu te sens ? »

Lieke le dévisage sans prononcer un mot. Daniel inspecte ses blessures.

« Il faudrait les passer à l'eau.

— Nous n'en avons plus, dit Katja d'une voix angoissée.

— Ah oui, la conduite d'eau principale a sauté, en effet. Mais il reste la pompe, non ? »

Katja lève les yeux au ciel. Comment a-t-elle pu oublier ? La vieille pompe du jardin qu'elle a toujours vue comme un élément décoratif fonctionne encore ! Elle sourit, soulagée, mais Daniel ne lui renvoie pas son sourire ; il semble perdu dans ses pensées, le regard absent.

« Tu étais chez tes parents quand tout a commencé ?

— Oui. Lieke ne se sentait pas bien, je l'ai donc emmenée. Thijs nous suivait à vélo quand les premières bombes sont tombées.

— Et les autres ?

— Je ne sais pas, répond Katja d'une voix cassée. Il ne reste rien de l'épicerie, la rue est méconnaissable. Ils ont peut-être réussi à se mettre à l'abri. J'imagine qu'ils viendront tôt ou tard voir si notre maison a été touchée… »

Daniel acquiesce d'un signe de tête et dépose un baiser court mais appuyé sur ses lèvres.

« Oui, bien sûr. Heureusement que tu es saine et sauve. Je dois retourner à l'hôpital.

— Non, reste avec nous, je t'en prie ! implore Katja en lui saisissant le bras.

— Ma chérie, je *dois* y aller. Énormément de blessés ont besoin de mon aide là-bas… Je voulais juste m'assurer que tu allais bien.

— Je ne vais pas bien ! Je suis blessée, moi aussi. Daniel, je ne peux pas affronter cette épreuve sans toi. La maison risque de partir en fumée d'une minute à l'autre ! » crie-t-elle en s'accrochant à lui comme une enfant.

Daniel se libère de son emprise avec calme et détermination.

« Tu n'es pas seule, Thijs est avec toi. »

À ces mots, le frère s'avance et lui adresse un signe de tête plein d'empathie.

« Pars sans crainte, Daniel. On s'en sortira. L'hôpital est encore debout ?

— Les murs le sont, mais le chaos règne à l'intérieur. On évacue les patients vers l'hôpital de Bergweg. »

Le médecin se tourne vers son épouse.

« Tu sais ce que tu as à faire : refroidir vos brûlures à l'eau et les couvrir ensuite d'un bandage spécial. Surveille la progression des flammes et, au moindre doute, allez vous réfugier dans la forêt de Kralingen ou dans la maison de mes parents.

— Tu les as vus ? »

Daniel hoche la tête.

« Vous y êtes les bienvenus. Je dois y aller, ma chérie. Faites bien attention à vous et tenez cet incendie à l'œil. On dirait qu'il ne viendra pas de ce côté, mais tout peut changer si le vent tourne. »

Daniel embrasse Katja avec passion, la serre une fois encore contre lui et, avant que Katja n'ait eu le temps de répliquer quoi que ce soit, il enjambe le rebord de la fenêtre, puis disparaît dans le nuage de fumée. Tandis qu'elle le suit des yeux, elle est envahie par le sentiment d'être seule au monde.

5

L'épaisse couche de poussière se montre coriace. Thijs remplit un seau d'eau à la pompe, et Katja rince les bras et les jambes de Lieke, qui hurle de douleur. Elle a beau essayer d'être le plus délicate possible, en veillant à ce que le filet d'eau soit léger sur la peau brûlée de la petite fille, ses précautions sont inutiles. Le supplice dure si longtemps que la grande sœur finit par pleurer, elle aussi. Lieke enfin rincée, vient le tour de Katja, puis de Thijs.

Les bras et les jambes encore mouillés, ils retournent dans la maison et se dirigent vers la chambre à coucher, où Katja enfile des vêtements propres. Thijs emprunte quelques affaires à son beau-frère, mais ils ne trouvent pas d'habits pour remplacer ceux que Lieke porte. Ils pansent les brûlures des uns et des autres, et tapotent comme ils peuvent pour enlever la poussière de la veste et de la jupe de la petite fille. Ils ne peuvent faire mieux pour l'instant.

Katja garde constamment un œil sur l'incendie ; Daniel a raison, le vent semble pousser les flammes dans la direction opposée. Pourtant, les habitants du quartier partent en emportant tout ce qu'ils peuvent, ce qui accroît son inquiétude.

Voient-ils une menace qui lui échappe ? Sous-estime-t-elle le danger ?

Au crépitement du feu, s'ajoute désormais une rumeur qui enfle au loin, semblable à un gigantesque essaim d'abeilles.

« Qu'est-ce que c'est ? » demande-t-elle, affolée.

Thijs s'approche de la fenêtre et tend l'oreille.

« Je crois que ce sont les réfugiés, conclut-il après quelques secondes. Le bruit vient de la forêt de Kralingen. »

Katja le rejoint et constate que le feu est en fait bien plus proche qu'elle ne le pensait.

« On doit partir, vite. Prends des couvertures et une veste chaude, il faudra peut-être dormir dehors. »

Katja enfouit quelques compresses, bandes de gaze et tubes de pommade dans les poches de sa veste, puis se précipite dans la cuisine pour récupérer du pain et du fromage. Lorsqu'elle revient au salon, elle voit les gens courir dans la rue, certains derrière des poussettes pour enfants remplies à ras bord d'effets personnels. D'autres ont les bras tellement chargés qu'ils peuvent à peine marcher, d'autres encore n'emportent rien du tout.

« Dépêche-toi, Katja ! Les flammes se rapprochent ! »

Thijs s'est déjà hissé hors de la maison avec Lieke et tend la main à sa sœur aînée pour l'aider à passer l'encadrement de la fenêtre. Katja remarque avec effroi que le feu a gagné la moitié de la Sionstraat, et la Taborstraat est également en proie aux flammes. À hauteur de la Nieuwe Rubensstraat, elles viennent lécher les maisons de l'Oudedijk, qui disparaît dans un épais brouillard gris.

Tous les trois partent de l'autre côté, en direction de la forêt de Kralingen. Lorsqu'ils y parviennent enfin, Katja pousse un soupir de soulagement. Les arbres y sont nombreux, mais, comme une vaste plaine les sépare de la ville, le feu ne pourra pas traverser cette bande de terre. Et même si le pire devait arriver, ils pourraient encore se réfugier au bord de l'étang et sauter à l'eau en cas d'extrême urgence.

Exténuée, la petite Lieke vacille sur quelques mètres, puis se laisse tomber au sol. Thijs la prend dans ses bras pour la poser un peu plus loin dans l'herbe où déjà des centaines, voire des milliers de personnes trouvent progressivement refuge, se faufilant entre les gens assis ou couchés. Katja tente de reconnaître un visage familier dans la cohue grouillante, mais renonce rapidement. La poussière et la suie ont fait de la foule une masse uniforme de silhouettes sans identité. Les mères crient le nom de leurs enfants, les membres d'une même famille se retrouvent et se tombent dans les bras en pleurant, d'autres regardent, hébétés, les flammes dévorer leur ville.

Les quelques rouleaux de pansement que Katja a enfouis dans les poches de sa veste semblent soudain bien dérisoires au milieu de cet amas de blessés, dont certains sont gravement atteints. La mort a décimé la ville et poursuit son œuvre ici, où beaucoup succombent à leurs blessures à même l'herbe, sans la moindre assistance médicale.

Accablée par le désespoir, la jeune femme erre parmi les réfugiés, s'arrête parfois, accélère quand elle croit reconnaître un visage. Mais les déceptions se succèdent et, chaque fois, son angoisse monte d'un cran.

« Katja ! » s'écrie une voix familière dans son dos.

Elle se retourne d'un coup et tombe sur sa voisine, Helena Sondervan. Flanquée de son mari, Gerlof, elle accourt vers Katja.

« Mon enfant, quel soulagement ! Nous ne te voyions pas revenir, nous craignions le pire ! »

D'une main tremblante, Helena replace une mèche qui s'est échappée de sa coiffure grisâtre.

« Il s'en est fallu de peu. »

Elle prend Katja dans ses bras et lui caresse les cheveux.

« Je suis heureuse que tu sois vivante. »

Par-dessus son épaule, Gerlof lui adresse un sourire chaleureux.

« Et ta famille ? Comment va-t-elle ?

— Je l'ignore, je suis justement à sa recherche. Seuls mon frère et ma petite sœur sont avec moi, explique Katja en se tournant vers eux.

— J'espère que tu trouveras vite le reste de ta famille. On va ouvrir l'œil ! » promet Helena avec conviction.

Katja remercie les Sondervan, qu'elle a toujours beaucoup appréciés. Ils ont plus de soixante-dix ans et n'ont pas d'enfants. D'une certaine façon, ce vide est compensé par la présence des jeunes du quartier, qu'ils accueillent souvent chez eux.

Lieke, fermement accrochée au cou de Thijs, pousse soudain un cri. Katja suit le regard de sa sœur.

« Jet ! »

Elle se précipite vers le groupe de filles, dont l'une ressemble à s'y méprendre à sa sœur. Elle croit à une nouvelle déception, mais non : c'est bien Jet, qui écarquille les yeux en voyant Katja, Thijs et Lieke. Entre rires et larmes, elles s'étreignent avec émotion.

« Vous êtes vivants ! Dieu soit loué ! s'écrie Jet. Je suis allée chez toi, mais tu n'y étais pas. J'ai craint un instant que tu n'aies tenté de venir à l'épicerie. Heureusement, ce n'était pas le cas. Comment se fait-il que vous soyez ici tous les trois ? » interroge-t-elle en tenant solidement sa sœur par les mains.

Ses larmes creusent deux sillons dans la couche de

poussière qui lui couvre le visage. Katja lui raconte ce qu'ils ont vécu au cours des dernières heures et demande à sa sœur comment elle a traversé cette épreuve.

« L'usine est équipée d'une grande cave, nous avons pu nous y cacher. Lorsque le bombardement s'est arrêté, j'ai couru à la maison, mais… » La jeune femme marque une pause. « Elle n'était plus là. Il n'en reste rien !

— Je sais, confirme Katja. Peut-être ont-ils réussi à arriver jusqu'ici ? »

Sans perdre de temps, les deux sœurs reprennent leurs recherches, parcourent la plaine de long en large, interrogent les exilés, scrutent les visages. Elles croisent un certain nombre de connaissances, mais personne de leur famille.

« Quel désastre… » murmure Katja en passant près d'un vieil homme qui regarde au loin, dans le vide, les yeux remplis de larmes.

Elle se retourne, Jet et Thijs s'arrêtent, eux aussi. La vue de la ville les glace d'effroi.

Non loin, l'enfer gronde et rugit, projetant bien au-dessus de la ligne d'horizon ses flammes furieuses, dont la lueur rougeoyante éclaire les environs à des kilomètres. Le crépitement du feu est d'une violence oppressante, une colonne de fumée sombre et menaçante de la taille d'un champignon géant s'élève vers le ciel. La bouche ouverte, tous observent le spectacle en se serrant les uns contre les autres.

Les réfugiés passent la nuit à la lisière de la forêt de Kralingen. Ils ne dorment guère, sommeillent tout au plus quelques minutes, puis se réveillent. Il y a trop de paroles et de pleurs autour d'eux. Le crépitement de l'incendie se poursuit, parfois entrecoupé par le fracas des bâtiments qui s'effondrent.

Des rumeurs commencent à courir, selon lesquelles les Pays-Bas se seraient rendus après le bombardement. La nouvelle est reçue avec une forme de résignation, voire un certain soulagement : si l'armée a capitulé, au moins n'aura-t-on plus à craindre de nouveaux largages de bombes.

Blottis les uns contre les autres, Katja, Jet, Thijs et Lieke attendent en silence le lever du jour.

Aux premières lueurs du matin, ils décident de se rendre en ville. Katja est réticente à l'idée de retourner dans sa rue, mais elle n'en peut plus de rester inactive : il faut qu'elle sache ce qu'il est advenu de son habitation. Que feront-ils, tous, si elle a été emportée par les flammes ? Où iront-ils ?

Oscillant entre espoir et désespoir, ils se mettent tous les quatre en route le long de la Mecklenburglaan, toujours intacte. Plus ils approchent, plus l'air devient chaud. La fumée irrite la gorge de Katja, la puanteur est insoutenable. Au bout de l'avenue, elle entend Jet, qui marchait devant, pousser un cri aigu qu'elle n'arrive pas à interpréter, et elle se sent soudain anéantie. Arrivée à l'angle de la rue, elle ose à peine tourner la tête. Elle voudrait fuir pour ne pas avoir à affronter la vue de sa maison ravagée, mais elle continue d'avancer, presque malgré elle.

Le large sourire affiché par Jet lorsqu'elle se retourne rallume immédiatement en Katja une lueur d'espoir. À l'angle de la Mecklenburglaan et de l'Oudedijk, elle marque un arrêt et lève les yeux vers la majestueuse maison de maître située de l'autre côté. La façade et l'oriel sont noircis par la suie, le toit est couvert de cendres fumantes, mais le bâtiment est toujours debout. L'incendie s'est arrêté juste derrière chez elle.

En pénétrant à l'intérieur par la fenêtre, Katja entend du bruit à l'étage. Des pas, d'abord dans la pièce juste au-dessus, puis dans l'escalier.

« Daniel ? » hasarde-t-elle d'un ton mal assuré.

Ce n'est pas son mari, mais Hein qui surgit dans la pièce en courant. Les garçons n'ont jamais été très démonstratifs, mais cette fois la charge émotionnelle est si forte qu'ils se tombent dans les bras, les yeux mouillés de larmes. Une fois le flot d'émotions apaisé, Hein raconte ce qu'il a vécu depuis la veille.

Il devait livrer une commande à la Mathenesserlaan, juste à l'extérieur de la zone bombardée.

« Lorsque j'ai vu les premières bombes tomber, je me suis éloigné le plus vite possible de la ville. Puis j'ai fait un énorme détour pour revenir ici. Mais il n'y avait personne quand je suis arrivé. J'ai eu si peur que vous soyez morts ! Je suis resté là toute la nuit à observer les flammes par la fenêtre.

— Je venais juste de quitter la maison des parents quand c'est arrivé, explique Katja. J'emmenais Lieke chez moi, car elle ne se sentait pas bien. On a réussi à trouver un abri avec l'aide de Thijs. Quand on a pu en sortir, il n'y avait plus rien, la rue avait été rayée de la carte, et l'épicerie avec. Tout n'est plus qu'un gigantesque tas de gravats.

— Papa et Maman sont… commence Hein dont la voix s'étrangle.

— Personne ne sait où ils sont en ce moment », répond Katja en caressant les cheveux brun-roux de son frère.

De tous les enfants de la famille, il est le seul à avoir hérité de cette couleur cuivrée, qui lui a souvent valu d'être traité de fils du facteur.

« Ils sont probablement sortis de la maison en

entendant les premières explosions et se seront cachés dans un abri.

— Mais ils sont où, alors ? Ils devraient être ici depuis longtemps ! »

Cela fait un moment que cette question la taraude, elle aussi. Au vu de leur mine soucieuse, Thijs et Jet se font la même réflexion.

« Je veux y aller, décrète Hein en s'avançant vers la fenêtre.

— Non ! rétorque Katja en lui saisissant le bras. La ville brûle toujours, et les bâtiments s'effondrent les uns après les autres. C'est trop dangereux ! Et puis, tu ne trouveras rien, car il n'y a plus rien ! Mieux vaut attendre ici.

— Mais je veux aller à la maison ! Je veux aller chercher Papa et Maman ! » hurle Hein en cherchant désespérément du soutien dans les yeux de son grand frère.

Katja secoue vigoureusement la tête pour que Thijs se rallie à son avis. Mais lui aussi semble avoir envie de partir à la recherche de leurs parents. Après une courte hésitation il finit heureusement par approuver sa sœur.

« Katja a raison, Hein. Le mieux est d'attendre ici. Je suis sûr que les autres ne tarderont plus. »

Son regard parcourt la pièce et s'arrête sur Lieke, recroquevillée sur le canapé.

« À partir de maintenant, on reste ensemble. »

Katja ne voulait s'allonger que quelques instants, mais le sommeil a eu raison d'elle. Elle se réveille couchée dans son lit, tout habillée, Lieke à ses côtés.

La jeune femme ouvre les yeux et se retourne avec difficulté. Encore aveuglée par la lumière, elle distingue une silhouette près de son lit.

« Papa ? » balbutie-t-elle, incrédule.

Une vague de joie l'envahit et elle tente de se redresser, mais une main délicate l'en empêche. L'ombre s'assied sur le bord du matelas et Katja reconnaît Daniel.

« Dan, articule-t-elle avec difficulté. Mes parents, Joep et Ellie… Ils sont revenus ?

— Je suis désolé, ma chérie, répond son mari d'une voix émue. J'aurais tant aimé t'apporter de meilleures nouvelles. »

Katja tente plus vigoureusement de s'asseoir, sa fatigue a disparu d'un coup.

« Je les ai cherchés au Coolsingel et au Bergweg ainsi que dans tous les hôpitaux de campagne, mais tes parents, ton frère et ta sœur sont introuvables. Katja, mon amour, tu vas devoir te faire à l'idée qu'ils ne reviendront pas.

— Ne dis pas ça ! Tu n'en sais rien ! Ils se sont peut-être réfugiés dans la famille, à Capelle ou à Schiedam, ils sont peut-être… »

La compassion qu'elle lit dans les yeux de Daniel coupe net son flux de paroles. Elle fond en larmes dans ses bras et exhale de longs sanglots déchirants, jusqu'à être complètement épuisée.

« Combien de temps ai-je dormi ? demande-t-elle finalement d'une voix faible.

— Toute la journée. Il est bientôt 5 heures de l'après-midi. »

Ils auraient dû arriver depuis longtemps. S'ils avaient été en vie, jamais ils n'auraient quitté la ville sans chercher à les contacter. Anéantie par le chagrin, Katja s'appuie contre Daniel, qui lui caresse les cheveux.

« Et ton frère ? Et Nora ? murmure-t-elle.

— Ils sont vivants. Ils sont venus ici ce matin. »

Katja hoche la tête, incapable de trouver en elle la force de lui dire combien elle est heureuse de l'apprendre. Elle ne s'est jamais vraiment entendue avec sa belle-famille, et Daniel n'est pas non plus très proche d'eux. Katja repense à l'agréable maison de sa jeunesse, à son père et à sa mère, à Ellie et à Joep, et sans même qu'elle s'en rende compte, ses larmes se remettent à couler.

Une petite main tire sur sa veste, et Lieke vient se pelotonner contre elle. La fillette ne pleure pas, elle se presse simplement contre sa sœur, le pouce dans la bouche et le regard vide. Katja essaie de se ressaisir, en vain. À l'abri dans les bras rassurants de Daniel, elle se soustrait à la vue de Lieke et s'abandonne entièrement à son chagrin.

6

L'impensable a donc tout de même fini par se produire. Malgré tous les signes qui annonçaient l'imminence d'une guerre, Katja n'a jamais cru qu'elle éclaterait réellement. Les sinistres messages de l'étranger, la distribution de cartes d'alimentation, les abris antiaériens construits à la hâte en ville : tout présageait l'entrée dans le conflit, mais comme l'ensemble de la population, la jeune femme ne pouvait se résoudre à envisager que les Allemands passeraient à l'attaque, d'autant que les Pays-Bas étaient neutres. Comme elle a été naïve. Terriblement naïve.

Il n'y a pas que la ville qui est en ruine : sa vie entière l'est aussi. Lieke, qui la suit partout comme son ombre, est sa seule motivation pour se lever le matin. L'enfant dort avec Katja et Daniel, dans leur lit, et accompagne ensuite sa grande sœur où qu'elle aille.

Tant bien que mal, Katja essaie de retrouver un semblant de vie normale. Avec ses voisins, elle observe l'entrée des Allemands dans la ville, par l'Oudedijk.

« Je n'arrive pas à y croire, dit Helena sous le coup de l'émotion. Qu'ils me fassent vivre ça, à mon âge !

— Ces salauds ne resteront pas longtemps, intervient son mari d'un ton rageur. Les Anglais ne les laisseront pas faire et viendront bientôt nous aider. Ils vont les hacher menu comme chair à pâté, vous allez voir ! »

Dans la partie de la ville encore intacte, des communiqués du bourgmestre Oud invitent les Rotterdamois à ne pas s'opposer aux Allemands :

« Veillez à ce que tous puissent faire leur travail dans les meilleures conditions. Je me suis personnellement porté garant du bon déroulement des opérations en assurant que la population de Rotterdam coopérerait. »

Comme si les gens avaient le choix ! Dans leur uniforme vert-de-gris, les soldats allemands marchent en ville d'un air triomphant, mais les regards que posent sur eux les habitants sont empreints de résignation davantage que de colère. Plus personne n'a la force de lutter : il y a trop de gravats à déblayer, trop de morts à enterrer. Dévasté, le centre-ville est surnommé le « champ de ruines ».

Katja évite la zone des montagnes de pierres encore fumantes que sont aujourd'hui les anciens bâtiments. Parfois, lorsqu'elle ne peut faire autrement, elle longe la lisière des décombres, sans oser y pénétrer, de peur de découvrir ce qu'est devenu le quartier où elle a grandi. Mais il est impossible d'échapper aux ravages du bombardement. Tout, en ville, rappelle cette réalité. Le quartier de Kralingen a lui aussi été durement touché. La Lusthofstraat, cette jolie rue commerçante où elle aimait tant faire ses courses, a été réduite en cendres. Elle doit à présent marcher beaucoup plus loin, trouver des magasins et des marchés situés dans d'autres quartiers. Elle ne s'est pas encore habituée à ce qu'il ne reste presque rien du monde qu'elle a connu.

Thijs et Hein s'étant portés candidats pour débarrasser les décombres, leurs journées sont longues. Ils ne parlent pas de ce qu'ils trouvent sous les gravats, mais plus le temps passe, plus ils se replient sur eux-mêmes. La nuit, Katja les entend marmonner dans leur sommeil agité.

Un jour, alors qu'elle cherche un magasin, elle tombe sur un convoi de charrettes chargées de restes humains qui font route vers le charnier creusé à Crooswijk. Elle comprend alors un peu mieux ce que ses frères endurent au quotidien.

La jeune femme voit à peine Daniel. L'hôpital a bien du mal à accueillir tous les blessés. Celles et ceux qui ont les meilleures chances de survie sont immédiatement pris en charge ; les autres doivent attendre.

Heureusement, les villes voisines ont rapidement apporté leur aide : Amsterdam, Haarlem, La Haye et Delft ont envoyé des médecins et du personnel infirmier ainsi que des forces vives pour déblayer les gravats et réparer ce qui peut l'être. Les villes organisent aussi des collectes pour les victimes.

À Rotterdam, les survivants travaillent d'arrache-pied. Après quelques jours déjà, l'eau et l'électricité sont revenues, et les bâtiments ont retrouvé leur vitrage.

Les Allemands se montrent particulièrement corrects : ils sont avenants, polis, ne pillent pas les maisons abandonnées, n'importunent pas les femmes et paient ce qu'ils souhaitent acquérir. En dépit de cette attitude obligeante, aucun habitant de la ville ne leur adresse la parole au-delà du strict nécessaire.

Arthur Seyss-Inquart, le bras droit d'Adolf Hitler, dirige le gouvernement d'occupation allemand aux Pays-Bas et suscite lui aussi une certaine méfiance, malgré son apparente amabilité. Dans son discours, le commissaire du Reich souligne que les Allemands ne sont venus ni pour réprimer ou annihiler le sentiment national, ni pour priver le pays de sa liberté. Mais ce que

Katja et beaucoup d'autres retiennent de son allocution, ce sont ses derniers mots, « *Sieg Heil*[1] », qui résonnent trois fois douloureusement dans l'élégante salle.

Le Binnenhof de La Haye, centre du pouvoir aux Pays-Bas, est bardé de drapeaux ornés d'une croix gammée. Les images des militaires allemands qui marchent en rangs disciplinés autour du bâtiment disputent la première page des journaux à la photo de cet étranger installé sur le trône de la reine Wilhelmine, dans la grande salle des Chevaliers.

« C'est horrible, ce qu'il s'est passé, déplore Barbara van Kesteren en déposant thé et gâteaux sur la table. Vraiment terrible. »

Sa robe couleur crème porte l'insigne de la NSVO, l'organisation nationale-socialiste des femmes. Clemens, son mari, marque son approbation d'un hochement de tête.

« Je suis d'accord ! Mais vous verrez qu'en fin de compte, nous serons mieux sous autorité allemande. Je déplore simplement qu'il ait fallu passer par ces horreurs pour y arriver. »

Ils ont pris place dans le jardin, à l'arrière de la maison des parents de Daniel. Hormis quelques dégâts mineurs, la prestigieuse villa de l'avenue Hoflaan a été épargnée par le bombardement. En ce dimanche de juin, égayé par les gazouillis des oiseaux, il est difficile de croire qu'on est en période de guerre.

Katja ne conçoit pas que quiconque puisse se féliciter d'être sous autorité allemande. Voilà des années que les parents de Daniel sont membres du NSB, le mouvement

1. Littéralement « Salut à la victoire », cri qui accompagnait le salut fasciste. (*N.d.T.*)

national-socialiste des Pays-Bas, fondé neuf ans plus tôt par Anton Mussert, et dont l'idéologie politique semble être globalement alignée sur celle du NSDAP d'Adolf Hitler. Barbara et Clemens van Kesteren adhèrent à ces idées et ne s'en sont jamais cachés. Néanmoins, Katja ne s'attendait pas à ce que ses beaux-parents aillent jusqu'à soutenir l'invasion allemande.

« Comment osez-vous dire une chose pareille ? réagit-elle, indignée, en bondissant sur sa chaise. Les Allemands nous ont envahis ! Comment pouvez-vous cautionner cela ? »

Clemens glisse sa main dans ses cheveux châtains clairsemés avant de joindre le bout de ses doigts devant sa poitrine.

« Nous n'approuvons certainement pas ce qu'il s'est passé, Katja, mais puisque c'est un fait, nous nous efforçons de voir le bon côté de la situation. D'une certaine façon, c'était peut-être la meilleure chose qu'il puisse nous arriver. Les Allemands peuvent nous apporter beaucoup. Tu devrais d'ailleurs le savoir.

— Pourquoi donc devrais-je le savoir ?

— Car tu es toi-même allemande.

— Ma grand-mère l'était. Son sang s'est dilué, depuis, je n'ai plus rien d'allemand. Et qu'ont-ils à nous offrir exactement ? Je vois mal ce qu'une nation peut gagner à être envahie par un pays qui lui impose sa volonté, rétorque-t-elle avec des éclairs dans les yeux.

— C'est le cas lorsque la nation en question est gouvernée par une bande d'incompétents, incapables de prendre la moindre mesure pour mettre fin à une crise qui dure depuis des années. Et que ce soit le chômage, la faim ou d'autres malheurs, nous ne sommes toujours pas sortis d'affaire. Ce qu'il nous manque, c'est un dirigeant déterminé, qui ose agir pour changer les choses.

— Et ce petit gueulard en serait capable ?

— J'en suis convaincu, affirme le beau-père. Je n'irai pas jusqu'à dire que je suis d'accord avec lui sur tout, mais on ne peut nier que cet homme est un visionnaire. Il a réussi à sortir l'Allemagne de l'impasse, ce qui est déjà une prouesse en soi. Nous pensions être en crise, mais ce n'était rien comparé à la situation économique là-bas.

— Je ne sais pas. Quoi qu'il en soit, ce roquet est bien trop belliqueux à mon goût ! »

Katja lisse un faux pli sur sa robe d'été blanche à motifs rouges.

« Elle a raison. Ce Hitler ne m'inspire rien qui vaille, je ne lui fais pas confiance. Il suffit d'ouvrir les journaux allemands pour voir ce qu'il adviendra de notre pays. »

Jusqu'à présent, Daniel avait suivi la conversation sans dire un mot, une cigarette à la main. Katja lui lance un regard plein de gratitude.

« Toujours est-il que l'Allemagne ne connaît plus ni la pauvreté ni la faim, reprend sa mère. En tant que médecin, tu ne peux pas y être indifférent.

— En tant que médecin, je me soucie du sort de tout le monde. Or, ce que cet homme inflige aux Juifs dans son pays me choque profondément.

— Sur ce point, je suis d'accord avec toi. Même s'il faut dire qu'ils l'ont un peu cherché…

— Pardon ? » s'étrangle Katja.

Barbara se tourne vers elle dans une attitude qu'elle veut apaisante.

« Ne le prends pas mal, ma chérie. Je sais que la petite amie de ton frère est juive, et elle est certainement charmante. Mais tu admettras que beaucoup d'entre eux sont foncièrement mauvais.

— J'en connais un paquet qui ne sont que des menteurs et des hypocrites, renchérit son mari, confortablement installé au fond de sa chaise de jardin. Pas tous, bien entendu, mais la plupart. S'ils peuvent tirer le moindre profit d'une situation, jamais ils ne manqueront de le faire. »

Katja jette un œil à Daniel, qui allume une nouvelle cigarette.

« Ce principe ne s'applique-t-il pas à nous tous ? relance-t-elle d'un ton désabusé.

— Bien sûr, ma chérie, tu as raison. Mais ce que ton beau-père veut dire, c'est qu'avec les Juifs, il vaut mieux redoubler de vigilance. Même si, encore une fois, on trouve aussi parmi eux des gens tout à fait honnêtes et vertueux. »

L'air pincé, Clemens expire la fumée de sa pipe. Il préfère manifestement que la discussion s'arrête là.

« Parlons donc d'autre chose. Que dirais-tu d'une petite partie de tennis à l'occasion, Dan ? Ou es-tu toujours trop occupé ? »

Daniel entreprend de raconter ses longues journées à l'hôpital, mais très vite, le sujet de la guerre revient sur la table. Cette fois, Barbara veille à ce que la conversation reste plus générale. Elle souligne l'attitude particulièrement correcte des soldats allemands, qu'elle interprète comme un signe de leurs bonnes dispositions vis-à-vis de la population néerlandaise. Ils évoquent ensuite la météo clémente des derniers jours.

Katja participe à peine à la discussion. Elle sourit et hoche la tête de temps à autre, mais n'ouvre plus la bouche. Non seulement en raison des propos antisémites de ses beaux-parents – auxquels elle est habituée –, mais aussi parce qu'elle prend conscience qu'elle ne pourra plus tenir longtemps le rôle de la belle-fille aimable et souriante. Tandis qu'ils sont réunis dans ce jardin, le chagrin causé par la disparition de ses parents, de son frère et de sa sœur la saisit. Quand elle est à la maison, elle se débrouille pour éviter de broyer du noir en restant constamment occupée. C'est la seule stratégie qu'elle ait trouvée pour continuer d'avancer.

L'arrivée d'Arnout, le frère de Daniel, et de sa femme Nora la sort de ses pensées.

« Alors comme ça, on prend du bon temps dehors ? J'ai sonné à la porte, mais personne n'est venu ! On a donc fait le tour par-derrière », explique Arnout gratifiant son frère d'une tape virile sur l'épaule.

Il dépose ensuite avec désinvolture deux baisers sur les joues de Katja. Nora, elle, lui souffle un baiser.

« Je suis vraiment navrée pour tes parents, Katja. Et pour ton frère et ta sœur. Comment vas-tu ?

— Je fais aller... » répond la jeune femme en s'efforçant de sourire, étonnée par l'amabilité de sa belle-sœur qui, d'ordinaire, ne lui accorde jamais beaucoup d'attention.

Avec sa robe d'un blanc impeccable, ses talons hauts et ses cheveux noirs brillants noués en chignon, Nora a l'allure d'une vedette de cinéma. À côté d'elle, Katja se sent souvent un peu quelconque.

Barbara et Clemens saluent chaleureusement les deux visiteurs.

La visite dominicale des enfants à leurs parents après le déjeuner est une tradition familiale. Katja n'est jamais très à l'aise pendant ces réunions de famille. Même s'ils se sont tous toujours montrés très affables à son égard, elle n'a jamais eu l'impression d'être vraiment intégrée parmi les van Kesteren. Son mariage avec Daniel n'y a pas changé grand-chose. Ce sont de petits signes, presque imperceptibles : la légère distance qu'entretient Barbara lorsqu'elle la salue, la pointe de condescendance dans sa voix, le sourire un rien exagéré qu'elle affiche pour tenter de la dissimuler. Clemens ne lui adresse pas souvent la parole, mais cette indifférence est sans doute due à une certaine gaucherie masculine en matière de conversation, car il ne parle pas davantage à Nora. Arnout, lui aussi, ne lui octroie qu'un salut superficiel et l'ignore complètement ensuite – Daniel ne semble pas le remarquer, mais Katja le ressent de plus en plus nettement à chaque visite.

Elle a fait la rencontre de Daniel au club de patinage sur glace de Kralingen. Pendant qu'elle patinait avec Mia, une ancienne camarade d'école, elle s'est fait bousculer par un inconnu et elle est brutalement tombée sur la glace. Mia l'a aidée à se mettre à l'écart au bord de la piste, où elle est restée assise à gémir de douleur. Soudain Daniel a surgi de nulle part et lui a proposé de l'examiner. Après avoir constaté qu'elle avait la cheville foulée, qu'elle aurait certainement des ecchymoses aux deux genoux, mais qu'elle n'avait manifestement rien de cassé, le jeune homme l'a raccompagnée chez elle. Le lendemain, il est revenu la voir pour s'assurer que tout allait bien, puis lui a rendu visite plusieurs fois au cours des jours suivants. Lorsqu'elle a été rétablie, il lui a proposé de sortir. Katja se souvient très bien de leur premier rendez-vous. Daniel l'avait emmenée au Pschorr, un restaurant chic sur le Coolsingel. Éblouie par les lustres en cristal, la piste de danse en verre et le dôme vitré, elle s'était sentie ce soir-là dans la peau d'une grande dame. La fois d'après, ils sont allés patiner et ont mangé des croquettes à emporter de chez Loos, célèbre restaurant de Rotterdam. Leur troisième sortie s'est déroulée dans un bar traditionnel au mobilier en bois – un « café brun » –, que fréquentaient beaucoup d'amis de Daniel et où ils ont passé une très agréable soirée. Avec lui, on ne sait jamais à quoi s'attendre !

C'est un homme plein de surprises, à l'aise en toutes circonstances, dans un contexte guindé aussi bien que chez elle, où il était régulièrement invité à la table familiale, à la bonne franquette.

Daniel est issu d'une famille aisée aux origines allemandes. Son grand-père maternel était allemand, un marchand d'art qui avait un jour décidé de s'installer aux Pays-Bas. La branche paternelle est fortunée aussi, ce qui a permis à Daniel et à son frère Arnout, de deux ans son cadet, de recevoir une instruction qui n'était pas donnée à tout le monde, surtout en temps de crise. Ils ont fréquenté les meilleures écoles et ont pu profiter d'un réseau relationnel étendu lorsqu'ils ont dû trouver un emploi. Grâce à l'intervention du bourgmestre Oud, voisin des van Kesteren, Daniel a pu obtenir un poste à l'hôpital de Coolsingel, tandis qu'Arnout a décroché un excellent poste dans la compagnie d'électricité où travaillait leur père.

Barbara et Clemens van Kesteren sont fiers de leurs fils. Si fiers que chacune des filles invitées par les garçons dans la maison familiale a été examinée sous toutes les coutures, d'un œil extrêmement critique. Nora, elle aussi originaire d'une famille fortunée, leur a aussitôt plu. En revanche, Katja a compris dès sa première visite qu'elle ne bénéficierait pas de la même considération. Elle sait qu'après leur rencontre, ses beaux-parents ont eu à son sujet une très longue conversation avec Daniel, à l'issue de laquelle ils ont exigé qu'il rompe.

Mais si leur fils est un homme infiniment amène et d'un abord facile, il peut se montrer entêté lorsqu'il est déterminé. Ce serait Katja et personne d'autre.

Son amour inébranlable est la seule arme dont elle dispose dans l'affrontement tacite qui l'oppose à ses beaux-parents. Après le mariage de leur fils, Clemens et

Barbara ont conclu avec elle une sorte d'armistice, dont les plaies ne sont pas totalement cicatrisées.

« Les opérations de nettoyage avancent bien en ville », commente Nora en prenant place sur une chaise. Avec grâce, elle ajuste sa robe sur ses genoux. « Ils déblaient les décombres à une vitesse impressionnante. »

Barbara fait signe à la domestique de servir le thé.

« Comment comptent-ils se débarrasser de tous ces gravats ?

— En les déversant dans des rivières, la Blaak et la Schie, répond Daniel. Il faut s'attendre à voir disparaître quelques cours d'eau. Le plus gros ira apparemment au fond du lac de Kralingse Plas.

— Je regrette qu'on envisage d'abattre les bâtiments qui sont encore debout, déplore sa mère. Le Grand Théâtre, par exemple. Pourquoi ne pas le conserver ? Ce vieil édifice est une splendeur !

— Il paraît que c'est le progrès, ironise Clemens entre deux exhalations de fumée. Les autorités profitent du fait que tout est en ruine pour réaménager l'ensemble de la ville, avec moins de canaux et plus d'espace pour les voitures.

— Le théâtre pourrait quand même rester en place ! insiste Nora. Le grand magasin Bijenkorf a été en partie détruit, mais l'aile qui est encore debout rouvrira bientôt.

— Seuls les quatre murs extérieurs du théâtre ont résisté. À l'intérieur, tout a été dévasté. Et les restaurations, ça coûte cher, argumente Clemens en tirant toujours sur sa pipe. La ville consacre l'intégralité du budget à la reconstruction, et je crois qu'elle a raison de suivre cette voie. C'est une occasion unique de faire de Rotterdam une cité moderne, en la dotant d'infrastructures propices au commerce et au transport. De toute façon, le centre-ville était un chaos sans nom, avec toutes ces petites maisons branlantes. Mais bon, on ne pouvait pas tout abattre, il fallait bien que ces gens vivent quelque part. À ce titre, les Allemands nous ont finalement presque rendu service en rasant la ville… »

Le visage inexpressif, Katja observe son beau-père. Son cœur cogne contre sa poitrine. Mais avant qu'elle puisse ouvrir la bouche, Daniel prend la parole.

« Papa, tu sembles oublier que Katja a grandi dans le centre-ville et que sa famille y a péri », déclare-t-il d'une voix glaciale.

Ses sourcils froncés se touchent presque.

« Pardonnez-moi, ce n'était pas le sens de mes propos, reprend Clemens en posant sa main sur le bras de Katja. Bien sûr que ce bombardement est regrettable, mais maintenant que c'est fait…

— Tout de même, je trouve vraiment fâcheux que le Bijenkorf ait été touché, répète Nora dans un soupir. Vous croyez qu'il faudra longtemps pour le reconstruire ? Quand je pense que je vais devoir aller faire mes achats à Amsterdam… »

En fin d'après-midi, alors qu'ils retournent chez eux en marchant main dans la main, Daniel présente ses excuses à sa compagne.

« Ce sont mes parents, mais parfois, j'ai honte pour eux. Ils ne saisissent pas la portée de leurs paroles, ils ne comprennent rien à rien. »

D'un geste affectueux, Katja lui serre plus fort la main.

« Du moment que, toi, tu comprends… »

7

« Je me demande parfois pourquoi le fait de ne pas être acceptée par les parents de Daniel me dérange à ce point, glisse un peu plus tard Katja à Jet, tandis qu'elles préparent le repas du soir. Chaque fois que je commence à penser qu'ils ne sont pas si détestables, ils me balancent une horreur à la figure.

— Je sais que c'est plus facile à dire qu'à faire, mais oublie-les ! tranche sa sœur en jetant la pomme de terre qu'elle vient d'éplucher dans une cuvette en émail. C'est un petit miracle que Daniel soit aussi gentil, aussi… normal. Rien que pour lui, tu dois t'efforcer d'accepter ses parents comme ils sont.

— Tu as raison… » admet Katja.

Son regard se tourne vers la salle à manger, où Lieke est en train de dessiner sur la grande table.

« Elle a dit quelque chose aujourd'hui ?

— Pas un mot. Je me fais du souci pour elle, Kat. C'est tout de même inquiétant qu'elle n'ait pas ouvert la bouche depuis le bombardement, non ?

— Daniel en a parlé à un psychiatre. Il est fréquent que les témoins d'événements traumatisants se replient sur eux-mêmes. Il faut laisser le temps au temps, elle s'exprimera lorsqu'elle sera prête à le faire. »

Un bref silence s'invite dans la conversation. Jet continue d'éplucher les pommes de terre, tandis que Katja observe sa petite sœur en coin. Lorsqu'elle pose à nouveau les yeux sur Jet, cette dernière est voûtée sur le plan de travail, appuyée sur ses deux mains comme pour s'empêcher de tomber. Katja est soudain bouleversée par l'apparence si frêle de sa jeune sœur. Elle s'approche et passe le bras autour de ses épaules :

« Qu'est-ce que tu as, Jet ? Ça va ?

— Parfois ça va, et parfois, ça ne va pas du tout, répond la jeune fille, qui lutte visiblement pour retenir ses larmes. Je réalise qu'ils ne reviendront pas, que Papa ne me taquinera plus jamais, que je n'entendrai plus la voix de Maman, que l'on ne sera plus jamais réunis autour de la table. Je n'arrive pas à... »

Elle déglutit avec difficulté et du dos de la main s'essuie les yeux.

« Je n'arrive pas à croire que c'est réel. Qu'ils sont morts, écrasés sous les décombres ou brûlés...

— Ne te laisse pas hanter par ces pensées ! coupe Katja gentiment. Dès qu'elles tentent d'envahir mon esprit, je m'occupe pour ne leur laisser aucune place.

— La nuit aussi ? Toi non plus, tu n'arrives pas à dormir ? » demande Jet d'une voix faible.

En vérité, Katja n'a pas ce souci. À sa grande surprise, elle dort profondément, sans cauchemars, sans doute épuisée par les émotions qui la traversent et les problèmes qu'elle doit gérer toute la journée.

Elle veut attirer sa sœur contre elle, mais celle-ci se dégage.

« Il y a autre chose dont je devais parler avec toi. Cela me gêne que nous nous soyons tous installés chez vous et que nous vivions ainsi à vos crochets.

— Tu n'as vraiment pas à t'en inquiéter, nous vous

accueillons avec plaisir. Et puis, Thijs et Hein gagnent de l'argent.

— Deux florins par jour, grâce à un travail qu'ils ne supporteront plus longtemps. Mais admettons ! Eux, au moins, ils se rendent utiles, contrairement à moi.

— Tu m'aides pour les tâches ménagères et les repas. Et tu veilles sur Lieke quand je dois m'absenter. À mes yeux, c'est largement suffisant, et Daniel partage cet avis. »

Jet secoue la tête d'un air contrarié.

« Pas moi ! L'usine Van Nelle a été détruite par le bombardement et je dois trouver un autre emploi. J'ai récemment croisé une amie qui suit des cours de couture. L'ancienne école a été bombardée, mais les leçons ont maintenant lieu dans un bâtiment un peu plus loin. J'aimerais y aller. Je pourrais y apprendre le métier et gagner un peu d'argent en vendant nos réalisations.

— C'est une très bonne idée ! Fonce, si c'est ce dont tu as envie.

— Je dois juste m'arranger pour trouver une machine à coudre et apporter mon propre tissu.

— On doit avoir une vieille Singer au grenier, elle appartenait à la grand-mère de Daniel. Tu peux l'utiliser aussi longtemps que tu le voudras. »

De joie, Jet serre sa sœur dans ses bras.

« Merci, Kat. J'ai vraiment besoin de me sentir utile. Sinon, ces quatre murs finiront par avoir raison de moi. »

Katja connaît ce sentiment. Avant que la guerre n'éclate, quand la chambre d'enfant était vide et qu'elle n'avait rien d'autre à faire qu'entretenir la maison, son quotidien était très monotone. Aujourd'hui, elle n'a plus besoin d'être occupée par un travail extérieur, elle doit être là pour Lieke et prendre soin de ses frères lorsqu'ils rentrent le soir, affamés. Elle a songé aussi à rejoindre l'équipe de volontaires qui s'investissent pour aider les victimes, mais elle n'a pas encore franchi le pas. Si Jet entre à l'école de couture, elle ne pourra pas le faire : quelqu'un doit rester à la maison avec Lieke.

Le lendemain, Katja est saisie par une envie d'aller en ville. Elle a perdu son vélo lors du bombardement, mais elle a toujours son vieil engin d'adolescente, qu'elle a conservé dans la remise. Elle roule lentement, emprunte d'abord la Nieuwe Rubensstraat et la Lusthofstraat, complètement détruites par l'incendie, puis se dirige vers le parc Nieuwe Plantage qui, lui, a été épargné. À proximité de la place Oostplein, elle s'arrête. Devant elle s'étend la Hoogstraat, ou du moins ce qu'il en reste. Les jambes tremblantes, elle se force à remonter sur son vélo pour continuer. Le passage est étroit, des montagnes de pierres bordent le couloir qui a été dégagé. Partout autour d'elle, des groupes d'hommes sont à l'œuvre. Les volontaires s'activent pour évacuer les débris aussi vite que possible. Pas un souffle de vent ni une goutte de pluie pour attiédir l'été, ils exécutent leur lourde tâche dans une chaleur accablante. Munis de treuils et de câbles en acier, ils font tomber les carcasses des bâtiments, puis concassent les blocs à la masse. Chaque fois qu'un édifice s'effondre, un gigantesque nuage de poussière s'élève à la place.

Katja slalome de son mieux à travers ce chaos. Elle peine parfois à respirer ; un épais brouillard de poussière flotte sur la rue et les environs. Tous les travailleurs, sans exception, toussent, crachent et se frottent les yeux.

Elle continue sa route, sans trop savoir où elle va. N'y avait-il pas une boucherie là, au coin de la rue ?

Elle pourrait tout aussi bien être plus loin, il est pratiquement impossible de s'y retrouver.

Le tonnerre des démolitions s'est substitué au tintement des tramways, aux sonnettes de vélo et à la rumeur des passants sur les trottoirs. Les grosses voitures rutilantes qui circulaient ont été remplacées par des camions chargés de pierres et de ferraille. Ce n'est plus le doux parfum du pain fraîchement cuit et de la bière servie dans les cafés qui lui monte aux narines, mais une forte odeur de brûlé, mêlée à la puanteur des corps en décomposition sous les décombres.

Outre les ouvriers et les Rotterdamois qui errent sans but précis, on rencontre des groupes manifestement venus d'autres villes. Un guide touristique leur indique le nom de la rue dans laquelle ils se trouvent et leur raconte l'histoire des lieux. Certains ont ramassé un fragment de pierre, d'autres se font photographier un morceau de ferraille à la main. Les bus qui les ont conduits jusqu'ici patientent un peu plus loin.

« Salauds ! » leur crie un homme âgé avec hargne.

D'autres se joignent à lui dans un mouvement de soutien, le groupe de touristes presse le pas.

« Bande de voyous ! lance une femme sur son vélo. Vous devriez avoir honte de venir vous distraire de la misère des autres ! » ajoute-t-elle en les fusillant du regard avant de disparaître au coin de la rue.

Katja poursuit sa route, jusqu'au lieu où se trouvait naguère l'épicerie de ses parents et contemple le monticule de gravats fumants, seuls vestiges de la maison familiale. De la sacoche de son vélo, elle extrait un bouquet de fleurs qu'elle dépose sur l'amas de pierres. Son regard balaye l'endroit où les siens sont censés reposer, essayant de s'imaginer leurs corps sous les décombres.

Elle se dirige ensuite vers le Coolsingel, cette rue si

familière que bordent les habitations d'autres membres de sa famille et d'amis. Elle peine à reconnaître son ancienne école et tous les lieux de son enfance. Ils auront bientôt entièrement disparu.

Elle reste un long moment devant la maison incendiée de Mia, sur le Kruiskade, et se demande comment son amie a traversé cette épreuve. Sa famille a-t-elle survécu ? Elle n'a pas eu de ses nouvelles depuis le bombardement. Elles ne se voyaient pas tous les jours, mais Mia se serait à coup sûr déjà rendue chez elle, si elle était en vie. Peut-être les siens ont-ils quitté Rotterdam, comme tant d'autres ?

Katja est sur le point de repartir lorsqu'elle entend une voix crier son nom. L'espace d'un instant, elle ose penser que c'est Mia et fait volte-face, pleine d'espoir. Une jeune femme s'avance dans sa direction et il lui faut quelques secondes pour reconnaître son amie Esther, avec qui elle était à l'école primaire. Ces dernières années, elles se sont croisées occasionnellement, se promettant chaque fois de rester en contact, mais les mois ont passé sans qu'elles se revoient. Avec un large sourire, Esther la prend dans ses bras.

« Katja, quel plaisir de te voir ! »

Les deux femmes s'enlacent quelques secondes, puis se dévisagent.

« Ça va, toi ? Et tes parents ? demande Katja.

— Par bonheur, tout le monde est sain et sauf ! annonce Esther. Plus rien ne subsiste de la première partie du Kruiskade, mais le reste de la rue n'a pas été touché.

— Ta maison a été épargnée ?

— Elle est toujours debout, oui. En revanche, nous avons perdu beaucoup de membres de notre famille. Des oncles, des tantes, des cousins et cousines. Et vous ? l'interroge Esther. J'ai vu l'état de la Hoogstraat…

— Mes parents sont morts. Joep et Ellie aussi, répond Katja qui s'étonne de garder une voix si calme et posée.

— Oh, mon Dieu, Katja, c'est terrible ! Je suis tellement désolée pour toi… Et les autres ?

— Ils vivent avec Daniel et moi. Les garçons déblaient les décombres, Jet et moi nous occupons de Lieke. Je me fais du souci pour elle. Elle est encore si petite, et elle a subi un énorme choc. »

Esther hoche la tête d'un air compréhensif.

« Heureusement, vous êtes ensemble. Comment allons-nous faire ? » demande-t-elle, comme si elle se parlait à elle-même, en contemplant la désolation qui règne sur ce qui était, il n'y a pas si longtemps, une rue animée.

Elle agrippe le bras de Katja et la regarde avec intensité.

« Il faut que l'on se revoie vite, Kat. Et vraiment, cette fois.

— Oui, promet la jeune femme. Tu sais où j'habite. Passe quand tu en as envie. »

Esther se présente à la porte dès le lendemain. À partir de ce moment, les deux amies se fréquentent plus régulièrement. Quand elle était petite, Katja rendait souvent visite à la famille Polak, mais elle n'a pas vu les parents d'Esther depuis des années. Elle est accueillie chez eux comme l'enfant prodigue. Sonia Polak l'écoute d'une oreille attentive et bienveillante, qui permet à la jeune femme d'exprimer son chagrin et ses soucis. De retour chez elle, elle se sent plus apaisée et prête à tenir le rôle de grande sœur protectrice qui lui revient. Ben Polak, propriétaire d'une boutique de vêtements florissante, lui apporte de temps en temps un chemisier ou une veste. Comme la plupart des magasins ont brûlé, tout manque, Katja accepte ces cadeaux avec plaisir.

Katja s'entend bien avec la sœur d'Esther, Bracha, de deux ans sa cadette, et avec Victor, le fiancé de son amie. À mesure que le printemps se fait oublier au profit de l'été, la jeune femme se rend souvent chez les Polak, et à l'occasion emmène Lieke. La petite a fini par sortir de la coquille dans laquelle elle s'était réfugiée et s'est progressivement remise à parler, au grand soulagement de tous.

« Elle ne parle jamais de Papa et de Maman, confie un jour Katja à Daniel, tandis que Lieke s'amuse dans leur jardin avec une bassine en zinc remplie d'eau. Ni de Joep et d'Ellie. Elle n'a demandé qu'une seule fois où ils étaient.

— Que lui as-tu répondu ?

— Qu'ils étaient morts. Comme le lapin qu'elle a eu un jour…

— Et que vous aviez enterré avant qu'elle ne le voie. Elle n'a aucune idée de ce qu'est la mort, Katja. Dans son esprit, tes parents, Joep et Ellie ont simplement disparu, ils pourraient tout aussi bien revenir. Elle est trop jeune pour se rendre compte que cela n'arrivera pas. Mais elle vous a, c'est ce qui l'aidera à s'en remettre. »

Katja observe sa sœur sans trop savoir quoi penser.

« Elle a vu des choses horribles pendant le bombardement.

— Elle ne les oubliera pas non plus, même si elle ne se rappellera pas tous les détails. Elle se souviendra que tu l'as protégée. Elle a besoin d'amour et de sécurité, Katja, et tu les lui apportes largement. Ne t'inquiète pas, elle s'en remettra. Je me fais davantage de souci pour toi, ajoute-t-il d'un air préoccupé.

— Je m'en sortirai aussi, répond-elle avec douceur. À condition que vous restiez tous près de moi, je m'en sortirai. »

8

Assise sur les ruines de la maison parentale, elle avait la sensation d'être auprès des siens. Mais c'était là sa dernière visite. Une semaine plus tard, cette dernière partie de la Hoogstraat était déblayée à son tour et, avec elle, les ultimes souvenirs de l'enfance de Katja. Désormais, il faut aller au cimetière de Crooswijk pour se recueillir : une fosse commune tient lieu de sépulture pour les victimes non identifiées.

Elle n'a pas toujours le temps de s'y rendre comme elle le voudrait, mais elle essaie d'y passer dès qu'elle le peut. Un jour, le banc sur lequel elle a l'habitude de s'asseoir est occupé. Ce n'est que lorsque la femme, coiffée d'un chapeau à la mode, se tourne vers elle que Katja reconnaît sa voisine d'en face, Rebekka Sternheim.

Celle-ci lui sourit, puis tapote le banc pour inviter Katja à prendre place près d'elle.

« Tu es sûre ? Si tu préfères rester seule… propose Katja avec respect.

— Sûre et certaine. Je suis bien assez souvent seule. Un peu de compagnie me ravit, au contraire. »

Pendant que Katja s'installe, Rebekka l'observe.

« Nous ne nous sommes pas du tout adressé la parole

depuis le bombardement. J'avais l'intention de te rendre visite.

— Pareil pour moi. Nous avons tous tellement de problèmes à gérer en ce moment.

— Tu as perdu beaucoup de proches dans cette tragédie ?

— Mes parents, un frère et une sœur. Et de nombreux amis et connaissances, comme tout le monde.

— En effet… confirme Rebekka, les yeux fixés sur la terre encore fraîche qui recouvre la fosse commune. Je ne crois pas que l'on puisse trouver à Rotterdam une seule personne qui n'ait pas perdu quelqu'un de cher. Ce qui nous est arrivé dépasse l'entendement.

— Heureusement, ton mari et ta fille ont été épargnés.

— Oui, Dieu soit loué. Mais mes parents, ma sœur et mes deux frères ont été tués, déclare Rebekka, le visage impassible et la voix tremblante. Il y a du monde chez toi en ce moment, non ? Tu as recueilli ta famille ? »

Katja acquiesce.

« Ta sœur a le même âge que Dafna, je crois, n'est-ce pas ?

— Oui, Lieke a quatre ans, elle aussi.

— Quel drame de perdre ses parents si jeune, déplore Rebekka d'une voix douce. Elle a de la chance de t'avoir auprès d'elle.

— Elle me suit littéralement comme mon ombre… La nuit, elle dort plus souvent avec Daniel et moi que dans son propre lit.

— Ce n'est pas surprenant… Dafna n'aime plus non plus rester seule. Viens donc prendre le café un jour, les filles pourront jouer ensemble. Cela leur fera du bien.

— Excellente idée », accepte Katja en souriant.

Elles demeurent assises en silence quelques minutes, toutes deux perdues dans leurs pensées, jusqu'à ce que

Rebekka se lève et lui dise au revoir. Peu de temps après, Katja quitte le cimetière à son tour.

Quelques jours plus tard, elle se rend chez Rebekka pour le café, accompagnée de sa petite sœur. Si les deux fillettes sont un peu timides au début, la glace ne met pas longtemps à fondre : il suffit que Dafna montre sa poupée à Lieke pour qu'elles commencent à jouer ensemble.

« Regarde-les, commente Rebekka, attendrie par la scène. Nous devrions nous voir plus souvent, Katja. Et pas seulement pour les filles, j'aime aussi parler avec toi.

— Plaisir partagé ! s'exclame Katja. Tu es la bienvenue à la maison. »

À première vue, la guerre ne semble pas avoir changé grand-chose à la vie quotidienne. Certes, il faut des coupons alimentaires pour obtenir du café et du thé, mais cette contrainte n'est pas nouvelle : déjà, pour assurer une distribution équitable pendant la grande crise, le sucre et les pois étaient rationnés. Le café et le thé sont simplement venus s'ajouter à la liste, puis, le mois suivant, le savon, la viande, le beurre, les œufs et les vêtements. Progressivement, il devient de plus en plus difficile pour les familles de se procurer en suffisance ce dont elles ont besoin.

Personne ne s'est vraiment habitué à la présence des soldats allemands, toujours plus nombreux dans les rues, mais la majorité d'entre eux sont courtois. Les jours de grand soleil, les officiers envahissent les terrasses, adressent des clins d'œil aux jolies filles et trinquent en heurtant leurs chopes de bière.

Néanmoins, les gens les suivent du regard avec méfiance, évitent de leur parler et les envoient dans la mauvaise direction lorsqu'ils demandent leur chemin.

On les appelle les « boches », parfois les « chleuhs » ou les « fritz ». D'après Daniel, ces surnoms existaient bien avant la guerre et ils sont réapparus avec l'invasion allemande.

Katja s'étonne que le bombardement ne vienne pas hanter ses nuits. Comme si ses souvenirs de l'événement s'étaient enfouis dans un coin reculé de sa tête, elle dort d'un sommeil réparateur, et seuls les réveils sont difficiles.

Un matin, elle ouvre les yeux très tôt, alors qu'il fait encore noir. Tout engourdie, elle pose les pieds sur le sol froid et se dirige vers la salle de bains. Au loin, elle distingue le vrombissement d'avions qui semblent voler à basse altitude. Katja fronce les sourcils. Est-ce le fruit de son imagination ?

Une énorme déflagration répond à sa question. Le bruit de l'explosion est tel que toutes ses émotions, ses peurs refoulées remontent instantanément en elle. Elle s'élance dans le couloir en hurlant. Lieke se met à crier, Jet court dans tous les sens en chemise de nuit, tandis que Daniel et les garçons tentent d'apaiser tout le monde en élevant la voix.

« Tous à la cave ! Vite ! lance Katja.

— Non, pas la cave ! Dehors ! » hurle Thijs, tandis que son frère Hein acquiesce énergiquement.

Ils dévalent les escaliers quatre à quatre et sortent en trombe dans la rue, où d'autres personnes les rejoignent. Les voisins de droite, Dina et Ernst Sanders, se tiennent au milieu de la chaussée avec leurs quatre enfants. Effrayés, ils s'accrochent les uns aux autres en scrutant le ciel. Les deux plus jeunes sont secoués par de gros sanglots, les deux plus âgés se pressent contre leur mère, terrifiés.

Par-dessus leurs têtes, Katja et Dina échangent des regards entendus. D'autres voisins accourent, parmi lesquels Helena et Gerlof Sondervan, qui habitent à gauche de Katja. Rebekka et son mari Nathan, qui tient Dafna dans ses bras, se joignent bientôt au groupe.

« Où sont-ils ? Ils viennent ici ? » demande Katja d'une voix étranglée.

Au loin, des flammes éclairent la nuit et des nuages de fumée s'élèvent dans le ciel.

« Quelque part au sud, suppose Daniel.

— Du moment qu'ils ne se dirigent pas vers nous… commente Dina, le visage blême. Ne devrions-nous pas nous mettre à l'abri ? »

Katja se tourne vers ses frères.

« Oui, pourquoi vous ne voulez pas aller à la cave ?

— On risque d'y être ensevelis et de ne plus pouvoir en sortir, explique Thijs. On en a vu assez pour se méfier…

— Nous sommes en sécurité ici, confirme Ernst. Et puis, ils visent probablement le port.

— C'est aussi mon avis, ils ne viendront pas par ici. D'ailleurs, écoutez, on dirait qu'ils s'éloignent », fait remarquer Nathan, les yeux rivés vers le ciel sombre.

Les minutes qui suivent lui donnent raison : le bruit des moteurs s'atténue lentement. Personne n'ose toutefois rentrer chez soi tout de suite, et il faut bien une demi-heure avant qu'ils se décident à rejoindre leur foyer. Le jour se lève, Daniel ne prend même pas le temps d'avaler un petit déjeuner, il veut aller directement à l'hôpital.

« Ne m'attendez pas pour dîner ce soir, la journée s'annonce de nouveau bien chargée. »

Il dépose un baiser appuyé sur les lèvres de Katja et sort.

Hein et Thijs ne s'éternisent pas non plus ; ils veulent se rendre dans le quartier touché pour constater l'étendue des dégâts. Coincée avec Lieke, qui s'accroche à elle comme un petit singe effrayé, Katja reste à la maison. L'après-midi, lorsqu'elle parvient à confier sa plus jeune sœur à Jet, elle enfourche son vélo et roule en direction du lieu des bombardements, d'où montent encore des volutes de fumée.

C'est en effet le sud de la ville, de l'autre côté de la Nouvelle Meuse, qui a subi cette fois le plus de dommages. Dans la Nassaustraat, une rangée de maisons est en ruine. S'il y a beaucoup de blessés à déplorer, les morts sont heureusement moins nombreux.

« Là, c'étaient les Anglais. Ils ciblaient le port, témoigne un homme qui observe les dégâts. Ils ont touché une partie de la zone résidentielle par accident. Hélas, je crains que ce genre de bavure ne soit pas la dernière. »

Katja fixe les décombres fumants. Pas plus tard que la veille, en ce lieu même, des citoyens innocents se couchaient tranquillement dans leur lit, sans se douter de ce qui les attendait. L'homme se remet en route, puis s'arrête et rompt le silence :

« Au revoir et bonne fête ! » lance-t-il en pinçant le bord de son chapeau.

Il se retourne avec un sourire ; Katja le suit des yeux, sans comprendre.

« L'anniversaire du prince ! » ajoute-t-il par-dessus son épaule en s'éloignant.

Le prince Bernhard, époux de la princesse Juliana qui s'est réfugiée au Canada, fête aujourd'hui son vingt-neuvième anniversaire. Depuis plusieurs jours, un appel a été lancé dans tout le pays pour engager la population à porter le 29 juin un œillet blanc, fleur préférée du prince. Katja ignore si cette protestation silencieuse a cours ailleurs, mais à Rotterdam, elle ne croise personne qui respecte la consigne. Une nouvelle vague de terreur s'est abattue sur la ville et, abstraction faite de la destruction quasi totale des magasins de fleurs, les gens ont d'autres préoccupations que d'acheter des œillets blancs, après le bombardement de ce matin.

Quelques jours plus tard, la reine Wilhelmine elle-même conseille aux habitants de Rotterdam qui vivent près du port d'évacuer la zone. L'industrie maritime, mais aussi les entrepôts de carburant et de munitions ainsi que les chemins de fer sont des cibles pour les pilotes de la Royal Air Force britannique. Au cours des raids aériens, les erreurs sont fréquentes, comme est sérieuse la menace pour les zones résidentielles proches.

Depuis, chaque soir, un long cortège de réfugiés fuit la ville, traînant des valises chargées de vêtements et de draps, pour rejoindre famille et amis dans des quartiers plus sûrs. Mais les Allemands ne tardent pas à mettre un terme à cet exode, arguant que le départ des résidents donnerait justement à la RAF une bonne raison de bombarder la zone sans retenue, ce qu'ils veulent éviter.

Les Allemands profitent de ces événements pour lancer une propagande antibritannique et présenter les Anglais sous le plus mauvais jour. Des réactions indignées, introduites par des titres tapageurs, font leur apparition dans les journaux et dénoncent la perfidie de l'ennemi, qui ne se soucie visiblement pas de faire autant de victimes innocentes.

Bien qu'il soit difficile pour les Rotterdamois de ne pas se désoler de ce nouveau bombardement au cœur de leur ville déjà si durement touchée, ils acceptent avec résignation les actions des Britanniques. Pas un instant, ils n'oublient qui est leur véritable ennemi, dont les vaines tentatives ne réussissent pas à tourner la situation à son avantage.

« Regardez ça ! » s'exclame Hein, de retour à la maison. Maintenant que le plus gros du centre-ville a été déblayé, que les écoles ont rouvert et que les cours ont repris, il est retourné en classe. Avec un sourire, il sort un tract de son sac et le tend à sa sœur.

Ils se sont approchés, les aviateurs.
L'air doux comme des agneaux,
Pleins de compassion, de douceur,
Ont survolé Rotterdam, ses canaux.
Ils ont alors largué leurs bombes,
D'amour et de tendresse divine,
Ces aviateurs à la grâce féconde,
Ont fait de Rotterdam un champ de ruines !
M. d'Orange

« Où as-tu trouvé ça ? demande Katja.
— Dans mon sac. Les tracts sont distribués et accrochés partout en ville. Le M. fait référence à la Maison d'Orange-Nassau. Bien trouvé, non ? »

Le bombardement et la perte de la moitié de sa famille ont très fortement marqué Hein ; sa rancœur envers les Allemands est profonde. Katja est inquiète à son sujet. Son petit frère prend plaisir à foncer délibérément à moto sur des soldats allemands et à les insulter dans une langue qu'il a inventée de toutes pièces. Il a de fréquents démêlés avec des membres du NSB. La veille encore, il est allé avec un groupe d'amis briser les vitres de la maison d'un enseignant qui a rejoint le mouvement. Puis ils sont tombés sur une poignée de colporteurs qui distribuaient la revue *Le Peuple et la Patrie* en porte-à-porte.

Katja a interdit à Hein de prendre part à de telles échauffourées, mais il met chaque jour des heures pour rentrer de l'école : son allure débraillée et son visage rougi par l'excitation ne laissent planer aucun doute quant à ses agissements.

« Fais attention à toi, je t'en supplie. Si les Allemands t'arrêtent avec ce poème sur toi, je ne suis pas certaine qu'ils trouvent ça drôle. »

Hein hausse les épaules.

« Ces Allemands sont des chiffes molles. De toute façon, ils ne parlent pas un mot de néerlandais.

— Ces trucs, ils sont distribués à l'école, comme si de rien n'était ? Qui est à l'origine de cette idée, les enseignants ?

— C'est probable ! Certains ont clairement le profil… On a justement eu ce matin une leçon d'histoire captivante, sur la guerre de Quatre-Vingts ans et la révolte contre les Espagnols ! apprend-il à sa sœur, en arborant un large sourire. Woutman nous a raconté comment nous avions résisté et comment nous avions fini par les vaincre. Et puis les Allemands ont fait retirer le portrait de la reine Wilhelmine de l'école. Le directeur s'est exécuté et l'a remplacé par un tableau de Guillaume d'Orange. »

Malgré son inquiétude, Katja ne peut réprimer un rire.

« Et on chante aussi ! Tous les jours… reprend Hein, encouragé par la réaction de sa sœur. Des chansons patriotiques. Tout le monde trouvait ça débile avant, mais maintenant, on ne pourrait plus s'en passer. »

Le jeune garçon guette l'attitude de Katja, voit qu'elle rit toujours et décide de sortir autre chose de son cartable : un mince journal sur lequel est écrit en grandes lettres noires *Bulletin des Gueux*, du nom du mouvement éponyme, fondateur de l'histoire des Pays-Bas. Au grand désarroi de Katja, ce journal est rempli de textes injurieux sur les Allemands et d'appels à venir en aide aux pilotes britanniques accidentés.

« Tu dois vraiment faire attention, Hein. Le poème, passe encore, mais ce journal pourrait te valoir la prison. Tu l'as eu à l'école ? »

Hein secoue la tête.

« Non, c'est Thijs qui me l'a donné. Il en a toute une pile. »

9

Vers 18 heures, Thijs rentre à la maison en compagnie de Roza. Katja a posé le *Bulletin des Gueux* bien en vue sur la table, et elle l'attend de pied ferme en épluchant des pommes de terre. Son frère remarque immédiatement le journal, mais ne bronche pas.

« Hein avait ça sur lui, lance Katja, qui n'a aucune intention de le laisser s'en sortir à bon compte. Il m'a dit que c'était toi qui le lui avais donné. C'est vrai ?

— Oui, et alors ?

— Et alors ? Tu veux que ton frère se fasse arrêter ?

— Se faire arrêter ? Pour un journal ?

— Et pourquoi pas ? Ce n'est pas n'importe quel contenu ! Où l'as-tu trouvé ?

— Dans la rue.

— Ne me raconte pas d'histoires, Thijs ! Hein m'a avoué que tu en avais toute une pile. »

Irrité, le jeune homme la regarde droit dans les yeux.

« Tu n'es pas ma mère, d'accord ? Je n'ai pas de comptes à te rendre.

— Peut-être, mais tu vis tout de même sous mon toit. Et si tu mets mon frère en danger, je pense avoir mon mot à dire. »

Ils se toisent en silence, des étincelles dans les yeux. Roza pose sa main sur le bras de Thijs.

« Ta sœur a raison. C'est dangereux. Hein est encore jeune et irréfléchi, il n'a pas vraiment conscience du danger. »

À la surprise de Katja, les paroles de la jeune fille produisent leur effet.

« Bon, d'accord, je vais lui dire de faire attention, promet Thijs.

— Non, il ne doit plus avoir ces journaux entre les mains. Plus jamais. Comment ces exemplaires sont-ils arrivés jusqu'à toi ?

— Je les ai reçus d'un ami. Et avant que tu ne me demandes qui, je précise que je ne te le dirai pas. Tu l'as dit toi-même, ceux qui se font prendre à distribuer ces journaux sont passibles de sanctions. Mais on le fait quand même, car personne ne bouge ! » dénonce-t-il, le visage crispé. Après quelques secondes de silence, il poursuit : « Presque tout le monde semble trouver normal que les Allemands nous dictent leur loi ! Ou bien les gens sont trop lâches pour exprimer leur désaccord ! Heureusement, certains refusent cette situation et unissent leurs forces pour contrecarrer leurs plans.

— Dans quel but, exactement ? Tu crois vraiment pouvoir les chasser avec ça ? demande Katja en brandissant le journal.

— Non, mais on peut au moins leur montrer qu'ils ne sont pas les bienvenus, contrairement à ce que font certains.

— Personne ne pactise avec l'ennemi ! On essaie juste tous de s'en sortir le mieux possible. Et je crois sincèrement que c'est la réponse la plus sensée. »

Thijs prend une profonde inspiration.

« Je ne devrais pas te le dire, mais manifestement je

vais y être obligé. L'opposition dont je te parle va plus loin que ces quelques journaux. Un véritable groupe de résistance s'est constitué : les Gueux. Je les ai rejoints. Pour des raisons de sécurité, je n'en connais encore que quelques-uns. Le groupe est dirigé par un certain nombre de généraux de l'armée néerlandaise. Ils sont en contact avec l'Angleterre et se chargent d'organiser le soutien des Pays-Bas en vue du jour où les Anglais pénétreront sur le territoire. Il ne devrait plus y en avoir pour longtemps, l'invasion aura sans doute lieu avant l'automne. »

Il faut un moment à Katja pour intégrer les propos de son frère.

« Quel rôle joues-tu exactement dans cette histoire ?

— Avec quelques autres, je fais de l'espionnage dans la zone du port et sur la voie ferrée. On prend des notes sur l'emplacement des dépôts de munitions, car les Allemands n'arrêtent pas de les déplacer. Les informations sont ensuite transmises aux dirigeants de la Résistance. »

Le regard que Thijs pose sur sa sœur indique qu'il est prêt à répliquer à toute remarque qu'elle pourrait formuler. Mais Katja garde le silence.

« N'avons-nous pas déjà assez souffert ? demande-t-elle au bout d'un moment. La moitié de notre famille a disparu dans cette guerre. Dois-je également me préparer à l'idée que je vais te perdre, toi aussi ? J'ai besoin de toi, Thijs. Pour Hein, Jet et Lieke. Nous sommes les aînés, toi et moi, les autres sont sous notre responsabilité, maintenant. »

L'expression butée qui crispait le visage de Thijs s'atténue et il s'adoucit.

« Je sais. Mais je ne peux pas fermer les yeux sur ce qu'il se passe, ni laisser les Allemands faire comme bon leur semble sans agir. C'est plus fort que moi. Crois-moi, ce sont des loups déguisés en moutons ! Si l'on ne fait rien, ils transformeront les Pays-Bas en un pays aussi horrible que l'Allemagne. »

Roza, qui jusqu'à présent s'était contentée d'écouter, prend la parole.

« Thijs a raison. Pour nous, les Juifs, l'Allemagne est devenue un véritable enfer que nous avons été contraints de fuir.

— Explique-lui », l'encourage Thijs.

Roza joint les mains devant elle sur la table.

« C'était si effrayant, j'ai vraiment cru qu'ils allaient nous tuer, dit-elle d'une voix faible. C'est arrivé il y a deux ans, tard dans la nuit. Nous étions déjà au lit. Des cris nous ont réveillés en sursaut. Un grand groupe de personnes s'était rassemblé et marchait dans la rue. On entendait des bruits d'éclats de verre et des injures. Ils ont fini par briser aussi les fenêtres de notre maison, ils hurlaient toutes sortes d'horreurs menaçantes. Mon père nous a emmenés à la cave et a verrouillé la porte de l'intérieur. Nous étions terrorisés à l'idée qu'ils mettent le feu à notre maison. Heureusement, il n'en a rien été, mais ils ont tout de même défoncé la porte et sont entrés chez nous. Ma mère avait eu la présence d'esprit de laisser la porte du jardin entrebâillée pour leur faire croire que nous nous étions enfuis par l'arrière. Ils n'ont pas cherché plus loin. Ils ont essayé d'ouvrir la porte de la cave, mais en voyant qu'elle était verrouillée, ils n'ont pas insisté. Nous étions recroquevillés les uns contre les autres, à trembler de peur et à prier pour qu'ils s'en aillent. Le vacarme a duré une heure. Quand tout s'est enfin calmé et que nous avons osé sortir de notre cachette, la maison était dévastée. Ils avaient emporté les meubles les plus précieux et détruit le reste. Les rideaux avaient été déchirés, les coussins éventrés, les peintures tailladées. Nous n'avions plus rien. Nous avons rassemblé quelques vêtements et nous sommes partis. Nous avons dû nous faufiler dans de sombres ruelles, car les Juifs étaient pourchassés partout. Mon père a réussi à nous faire sortir de la ville, mais nous n'avions pas d'argent pour prendre les transports publics, nous avons donc marché jusqu'aux Pays-Bas. »

Envahie d'une pitié sincère, Katja observe la jeune fille, assise à la table, le dos droit et le visage blême. Avec ses cheveux noirs qui tombent sur les épaules, sa jupe et son pull-over sobres, elle a l'air très jeune, aussi vulnérable qu'une enfant.

« Quelle tragédie… commente-t-elle dans un murmure. Je savais que la vie était difficile pour les Juifs en Allemagne, mais pas qu'une telle violence avait cours.

— Il n'en a pas toujours été ainsi, précise Roza, qui sourit tristement. J'ai eu une très belle enfance, dont je garde d'excellents souvenirs, mais tout a changé quand Hitler est arrivé au pouvoir. Du jour au lendemain, mon père a été licencié ; il avait un bon emploi dans le commerce. Après, mon frère, ma sœur et moi n'avons plus eu le droit d'aller à l'école, ni de prendre le tram, nous devions faire nos courses dans des magasins spécifiques à des heures particulières, nous ne pouvions même plus fréquenter nos amis non juifs. Nous vivions comme des parias, nous osions à peine quitter notre maison. Un frère de mon père avait emménagé à Rotterdam et nous avait déjà proposé de le rejoindre. Cette nuit-là, obligés de fuir en toute hâte, nous avons repensé à son invitation.

— Ils feront pareil ici, Katja, affirme Thijs d'un air grave. Nous nous réjouissons tous que les Allemands soient si accommodants. En réalité ils ne font que nous incorporer doucement, mais sûrement, dans leur Reich. Nous serions un peuple prétendument apparenté. Aujourd'hui, les journaux ne sont déjà plus libres de publier ce qu'ils veulent. Si nous ne résistons pas, les Allemands arriveront à leurs fins et annexeront notre pays.

— C'est déjà pratiquement le cas… admet Katja.

— En effet ! La question est donc : acceptons-nous la situation ou luttons-nous ? Voulons-nous que la reine revienne ou laissons-nous ce salopard de Seyss-Inquart nous dicter sa loi ? Tu verras : dès l'instant où nous nous résignerons, ce pays deviendra une seconde Allemagne, et la persécution des Juifs sera justifiée par toutes ces inepties sur la race aryenne et les peuples germaniques. »

Katja réfléchit un moment à ces paroles.

« Ça, les Néerlandais ne le toléreront jamais. Nous vivons en parfaite harmonie avec les Juifs.

— C'est certain. Mais nous n'avons plus notre mot à dire. »

« Thijs a raison, confirme Daniel le soir même, tandis que Katja se blottit contre lui dans leur lit. Le sujet a déjà été évoqué à l'hôpital également. Beaucoup de mes confrères craignent que les Allemands ne soient en train de nous passer de la pommade pour nous amadouer. Certains médecins juifs ont fui avec leurs familles, d'autres se sont même suicidés.

— Vraiment ?

— Ils ont préféré une mort rapide à une vie sous domination allemande. En Allemagne, les Juifs ont été déportés en masse et condamnés à des travaux forcés. Dans des usines, aux champs, dans des camps. En fait, ils sont utilisés comme esclaves. »

Katja se redresse en s'appuyant sur un coude.

« Tu crois qu'ils iront jusque-là, ici aussi ?

— Aucune idée. L'Allemagne a un passé très différent du nôtre. On lui a attribué la responsabilité de la dernière guerre, ses dettes sont énormes, tout comme la frustration de son peuple. En conséquence, son économie s'est complètement effondrée. Adolf Hitler a redonné aux Allemands l'espoir d'une vie meilleure et a restauré l'image qu'ils avaient d'eux-mêmes. Il était dans les tranchées pendant la guerre, il a été décoré de la croix de fer pour sa bravoure, ce qui lui a valu le respect et la confiance des Allemands. Il a gravi les échelons de la politique à la vitesse de l'éclair, si bien qu'aujourd'hui, toute la nation est derrière lui comme un seul homme. Il peut dire ce qu'il veut, les gens le soutiennent aveuglément. La situation est différente ici, les Pays-Bas ne souffrent pas d'un manque d'estime de soi, nous ne nous sentons pas humiliés par les autres peuples. Certes, nous connaissons le chômage et la pauvreté, mais nous n'en attribuons pas la faute aux autres pays. Nous n'avons aucune raison de haïr quiconque, ce qui me conforte dans l'idée que nous échapperons au pire. »

Katja médite cette analyse quelques secondes, puis reprend :

« Que penses-tu de ces journaux que Thijs distribue ? C'est dangereux, non ?

— Dangereux est peut-être un grand mot. Ce n'est qu'un journal, après tout. Tout au plus, il passera une nuit au cachot ou écopera d'une amende.

— Oui, c'est vrai, reconnaît Katja, rassurée. Les responsables éditoriaux qui critiquent les Allemands sont effectivement punis d'une amende. Mais bon, nous n'avons pas besoin de ça ! Nous avons beaucoup plus de bouches à nourrir qu'avant… D'ailleurs, ça ne te dérange pas trop que mes frères et sœurs vivent désormais avec nous ?

— Bien sûr que non ! Où iraient-ils ? Tu t'inquiètes ?

— À vrai dire, tout m'inquiète, en ce moment.

— Essaie de te détendre. Je sais que je suis souvent absent, mais je suis avec toi, d'accord ? »

Katja esquisse un sourire triste.

« Qu'ai-je fait pour te mériter ?

— Tu veux rire ? Tu es la femme la plus belle que je connaisse, douce, intelligente et drôle. Qu'ai-je fait, moi, pour te mériter ? »

Daniel l'attire à lui et se penche sur elle.

« Heureusement, je connais un excellent remède contre l'inquiétude. »

Il l'embrasse délicatement, puis ses lèvres glissent le long de son cou jusqu'au bord de son déshabillé en dentelle. Katja sourit, s'abandonne à ses caresses. Elle a la tête ailleurs, mais elle n'a jamais repoussé son mari. De toute façon, il a raison, il est capable comme nul autre de lui faire oublier les tracas du quotidien.

10

La chaleur de l'été n'occulte pas l'uniforme glacial de ceux qui peuplent les rues, le claquement des bottes sur le sol, les bras tendus du salut nazi et les drapeaux à croix gammée qui flottent sur les bâtiments publics. Le ciel est aussi bleu que l'année précédente, le soleil aussi brûlant et les terrasses le long des rues aussi bondées – pourtant, tout est différent.

Katja essaie de reprendre le dessus. Quand elle va se promener, le chagrin de la perte de ses parents et de ses frère et sœur n'est pas moins douloureux que lorsqu'elle reste à la maison, mais elle se sent mieux après une journée au grand air. Avec Daniel, Esther et Victor, elle fait de la voile sur le lac, flâne à la plage ou part en longues balades à vélo entrecoupées d'un pique-nique. Le plus souvent, ils emmènent Lieke et Jet avec eux, il leur arrive aussi de ne sortir qu'entre adultes.

Si ces escapades divertissent Katja, elle peine à en profiter pleinement. Quoi qu'elle fasse, quoi qu'elle dise, la disparition de sa famille demeure en toile de fond de ces instants. Elle s'efforce néanmoins d'apprécier les petites choses de la vie, seul moyen de faire face au vide immense qui menace à tout moment de l'engloutir.

Ces sorties font du bien à Lieke aussi. Elle ne parle

toujours pas beaucoup et ne perd jamais Katja ou Jet de vue, mais elle sourit plus souvent. Elle s'est liée d'amitié avec les enfants de leurs voisins, Dina et Ernst. Elle aime passer du temps avec Dafna et joue plus régulièrement avec Engelien, qui a le même âge qu'elle.

Les agissements de Thijs restent obscurs pour Katja. Depuis leur dernière conversation sur ses activités de résistance, il ne lui a rien dit de plus, et elle ne lui pose pas de questions à ce sujet. Elle est déjà contente qu'il n'implique plus Hein dans ses projets. Son petit frère est à présent en vacances d'été et passe ses journées à jouer dehors avec ses amis.

« Si seulement l'été pouvait durer toujours », soupire Esther, tandis que les deux jeunes femmes se détendent avec leurs conjoints respectifs, à la terrasse d'une taverne après une balade à vélo.

Quatre officiers allemands sont assis un peu plus loin, ils discutent et rient de bon cœur. Leurs casquettes sont posées sur la table à côté de leurs chopes de bière ; ils ressemblent à un groupe de vacanciers qui profite simplement de la clémence du temps et de la beauté verdoyante du paysage rural.

On les observe en coin, ce qui finit par attirer l'attention de l'un d'eux, qui se fend alors d'un sourire engageant avant de lever son verre et de s'exclamer avec un fort accent allemand :

« Quelle journée magnifique, n'est-ce pas ? À votre santé ! »

Les autres clients sourient maladroitement, puis détournent le regard. Victor a orienté sa chaise de manière à leur tourner le dos.

« Parfois, je voudrais qu'ils ne soient pas si aimables, on se sent presque obligé de l'être aussi, c'est exaspérant !

Je n'attends qu'une chose : qu'ils me donnent l'occasion de leur coller mon poing dans la figure.

— Je me demande combien de temps encore ils tiendront ce rôle de composition, dit Daniel. J'ai lu dans le journal qu'ils allaient interdire l'abattage rituel. Cette interdiction ne risque-t-elle pas de vous compliquer la vie ? Comment allez-vous faire pour respecter les commandements de la Torah ?

— Pure intimidation. Tant que les mesures se limitent à ce genre de restrictions, nous n'avons pas trop à nous plaindre, mais j'ai bien peur que ce ne soit qu'un début.

— Pareil pour moi. Les Allemands nous ont ordonné de stériliser les faibles d'esprit et les Juifs qui se retrouvent sur la table d'opération, quelle qu'en soit la raison. Vous imaginez ? »

Stupéfaits, les trois autres sont bouche bée.

« Et alors ? demande finalement Esther du bout des lèvres. Vous obtempérez ?

— Bien sûr que non ! Nous avons clairement fait comprendre aux Allemands que personne ne commettrait pareille ignominie. Tous les médecins du pays ont refusé. Nous sommes en contact permanent et nous demandons à tout le monde d'ignorer ce genre de consigne. »

Le silence retombe.

« Vivement que les Anglais arrivent, reprend Victor. Mais il faudra encore un certain temps, je le crains, vu qu'ils sont eux-mêmes la cible de bombardements. »

En effet, le 10 juillet, l'Allemagne a lancé des attaques aériennes sur les navires et les ports britanniques autour de la Manche. La nuit, on entend les avions de la Luftwaffe faire route pour l'Angleterre, qui les attend avec ses canons antiaériens et ses Spitfires.

« Les Anglais ont trop tardé à réagir, estime Daniel. Les Allemands ont eu le temps d'envahir les Pays-Bas, la Belgique et la France, et d'installer des bases tout le long de la côte.

— J'ai l'impression que les Britanniques voulaient rester neutres, observe Katja. Mais comme leurs ports sont bombardés, ils sont maintenant bien obligés d'entrer en action. La seule façon de se défendre est de riposter avec la même arme : des bombardiers.

— Dans quel intérêt ? interroge Esther en secouant la tête pour marquer son incompréhension. Ils ne font souffrir que des innocents…

— Il y a tout de même les ports, les ponts, les aéroports et les usines. L'objectif est de paralyser l'ennemi, de le mettre hors d'état de nuire », explique Daniel.

Il se tourne vers sa femme et poursuit :

« Katja a raison. Le Premier ministre s'est trouvé obligé d'entrer en guerre, mais il aurait préféré rester neutre. Maintenant que l'Angleterre est attaquée, il n'a d'autre choix que de se défendre. Une invasion des Pays-Bas ne lui apporterait rien.

— La libération est encore loin, les amis, croyez-moi ! conclut Victor, avant de boire une gorgée de bière. Et si les Anglais capitulent, alors les carottes seront définitivement cuites. »

Pour l'instant, l'Angleterre tient bon. La radio anglaise ne se prive pas de vanter les exploits de la Royal Air Force en réponse aux attaques de la Luftwaffe. Mais l'ennemi demeure coriace, et les attaques se succèdent sans interruption. Deux ou trois fois par jour, les chasseurs allemands partent pilonner les côtes anglaises. Les contraintes techniques rendent leurs opérations délicates, car il faut une demi-heure à la Luftwaffe pour traverser la partie la plus étroite de la Manche et, comme les avions ont un temps de vol de quatre-vingts minutes maximum, il ne leur en reste qu'une vingtaine pour mener à bien leur attaque, qui se limite *de facto* au sud-est de l'Angleterre. La réponse à ces raids aériens est donc toute simple : les Britanniques déplacent leurs bases hors de portée de l'ennemi. À la fin du mois de juillet, les ports sont en ruine, mais le pays est loin d'être vaincu.

N'ayant pas obtenu les effets escomptés, Hermann Göring, commandant en chef de la Luftwaffe, ajuste sa stratégie et cible désormais les villes. Le 7 septembre, Londres est secoué par le Blitz, un bombardement massif censé mettre un terme définitif à la Résistance. Près d'un millier de bombardiers et de chasseurs font leur apparition au-dessus de la ville, obscurcissent le ciel et larguent leurs charges mortelles. En réaction, les Spitfires et les Hurricanes décollent en urgence pour abattre les avions ennemis, ou du moins pour les tenir à distance.

L'Europe entière retient son souffle, l'oreille collée à la radio, tous prient pour que les Anglais tiennent bon.

Katja, Daniel et les autres suivent eux aussi de près les combats. Ce samedi après-midi, tous sont à la maison, assis en demi-cercle autour du transistor, ils écoutent dans une tension palpable. De temps à autre, Daniel tourne le bouton lorsque l'appareil semble perdre le signal et que les grésillements deviennent trop gênants, mais pour l'essentiel, le journaliste de la BBC reste compréhensible.

« C'est incroyable de pouvoir suivre ce bombardement en direct ! » s'exclame Jet, qui est parcourue de frissons au bruit des bombes que l'on entend exploser.

Katja écoute nerveusement, penchée en avant, les mains croisées sur les genoux.

« Les Britanniques ne peuvent pas capituler. Si l'Angleterre tombe, nous sommes tous perdus. »

Les yeux fermés, elle écoute le vacarme retransmis

par l'appareil. Elle sait parfaitement ce que les assiégés vivent en ce moment.

« Si Dieu existe, murmure-t-elle, qu'il barre la route aux Allemands. »

Malgré les pluies de bombes ininterrompues, les Britanniques non seulement ne cèdent pas, mais ils se défendent férocement et rendent coup pour coup. La RAF est partout à la fois et abat les avions de la Luftwaffe l'un après l'autre, tandis que les canons antiaériens pétaradent sans discontinuer, détruisant d'autres bombardiers.

Après une semaine, bien que ses pertes soient élevées, l'Angleterre n'a aucune intention de capituler. Pour se protéger des raids aériens, les Londoniens se réfugient par dizaines de milliers dans les couloirs du métro, où ils s'entassent sur les quais et entre les rails. Dès que la Luftwaffe se retire, ils refont surface et reprennent tant bien que mal leur vie au milieu des ruines. Quand une nouvelle formation de bombardiers pointe à l'horizon, tous replongent dans les abris et les bouches de métro, où ils se terrent pendant plusieurs heures, souvent toute la nuit.

Infatigables, les aviateurs de la RAF défendent leur nation, avec succès. À la radio, le Premier ministre Churchill exprime sa grande admiration : « Jamais, dans l'histoire des guerres, tant de gens n'ont dû autant à si peu », déclare-t-il d'une voix remplie d'émotion.

Aux Pays-Bas, les Allemands annoncent qu'il est dorénavant interdit d'employer des Juifs dans la fonction publique. Deux semaines plus tard, les journaux juifs sont proscrits, et tous les fonctionnaires sont tenus de remplir une déclaration aryenne qui atteste de leurs origines.

Ces mesures peuvent être considérées comme minimes et ne pas générer d'inquiétude, mais elles font naître un mauvais pressentiment dans l'esprit de Katja, qui essaie de se rassurer en se disant que les Allemands n'oseront sans doute pas aller beaucoup plus loin.

D'ailleurs, elle a d'autres soucis en tête. Même si elle voit Thijs régulièrement, il semble tout faire pour l'éviter. Elle n'a pratiquement aucun contact avec lui et ignore tout de ses occupations. Il a travaillé tout l'été dans les décombres, mais à présent, alors que le centre-ville de Rotterdam est en grande partie déblayé, il s'absente parfois pendant plusieurs jours et se montre de plus en plus taciturne.

Un jour que Jet remonte péniblement les escaliers de la cave, les bras chargés d'un sac de haricots, elle annonce, perplexe :

« Il y a un uniforme allemand en bas !

— Quoi ? » se glace Katja en se tournant vers sa sœur.

Elle était en train d'épingler son chapeau et s'apprêtait à sortir.

« Un uniforme allemand. Il était caché dans un sac en toile de jute, parmi les provisions. Il y a aussi des armes. »

Katja devient livide. Elle se précipite dans l'escalier et repère immédiatement l'uniforme et les pistolets. Elle s'en approche, incrédule. Thijs a-t-il perdu la tête ? Comment ose-t-il rapporter ça à la maison ! Furieuse, elle enfourne tout dans le sac et remonte les escaliers quatre à quatre. Elle ignore où est son frère, mais elle le trouvera, où qu'il soit.

Elle attrape son manteau sur la patère et saute sur son

vélo. La plupart des ouvriers chargés du déblaiement se connaissent, il lui suffit de se rendre à la cabane de chantier qui leur sert de cantine pour obtenir des informations sur l'endroit où se situe Thijs. Le spectacle qu'offre sa ville lui serre le cœur. Passé le moulin d'Oostplein, une grande plaine austère s'étend devant elle. Le premier point culminant est la tour de l'église Sint-Laurenskerk, tandis qu'au loin s'élèvent l'hôtel de ville et le grand magasin Bijenkorf. Entre les deux, tous les bâtiments ont laissé la place à une large zone dévastée. Le centre-ville n'est plus qu'un paysage de désolation.

Des ouvriers en salopette sont en train d'installer des conduites d'évacuation à proximité de magasins provisoires qui vendent des produits de première nécessité. Les rares édifices du cœur de la ville qui ont survécu au bombardement et qui sont en cours de restauration se comptent sur les doigts d'une main : le commissariat de police, le bureau de poste sur le Coolsingel, l'hôtel de ville, le central téléphonique, une partie du magasin Bijenkorf et l'hôpital Coolsingelziekenhuis. Derniers témoins solitaires d'une époque désormais révolue, ils se dressent au milieu d'un désert de poussière.

Il faut presque une heure à Katja pour trouver Thijs, en train de manger dans une cabane de chantier en bois, rue Aert van Nesstraat, où le Grand Théâtre est en train d'être démoli. Dès qu'elle entre, une vague de sifflements admiratifs l'accueille, qu'elle ignore complètement. Elle fait signe à son frère, qui se lève et la suit dehors à contrecœur.

« Qu'y a-t-il ?

— Pas ici », rétorque-t-elle sèchement.

Un peu plus loin, une fois hors de portée d'oreille d'un possible passant, elle se poste face à lui :

« Tout doit avoir disparu d'ici ce soir.

— De quoi tu parles ?

— Ne fais pas l'innocent. Des affaires que tu as cachées dans la cave. »

Thijs la dévisage, une ombre d'inquiétude dans les yeux.

« Qui les a trouvées ?

— Jet. Elle s'est affolée, et je la comprends. Que nous arrivera-t-il, selon toi, si quelqu'un découvre ça dans notre maison ?

— Je devais m'en débarrasser. J'emporterai tout dès ce soir.

— J'y compte bien. »

Katja observe son frère avec sévérité.

« Je veux que tu arrêtes tout ça. »

Thijs secoue brièvement la tête.

« Impossible, et tu le sais. »

Il laisse son regard glisser sur le paysage dévasté qui les entoure.

« J'en ai trop vu, Kat. Des restes d'hommes, de femmes et d'enfants. Souvent tout petits. Écrasés entre des poutres, brûlés vifs, déchirés en lambeaux. »

Sa voix est rauque, une douleur immense se lit dans ses yeux.

« Je donnerais volontiers ma vie pour les venger et rendre aux Allemands ce qu'ils nous ont infligé. Je ne veux pas vivre le restant de mes jours à revoir ces images horribles en me disant que je n'ai pas agi. Je ne pourrais pas me respecter moi-même si je demeurais les bras croisés. »

Il est au bord des larmes. Ses efforts pour ne pas pleurer touchent Katja autant que ses paroles. Hésitante, elle pose la main sur son bras. Il ne réagit pas et regarde au loin par-dessus son épaule.

« Je comprends, dit-elle doucement. Bien sûr que je comprends. Et je t'admire aussi, plus que tu ne peux l'imaginer. Mais tes agissements nous concernent tous. Tu nous mets tous en danger. Tu y as pensé ? »

Les yeux toujours fixés sur l'horizon, Thijs pousse un profond soupir, puis se tourne vers elle.

« Tu as raison, ces affaires n'ont pas leur place chez nous. Je n'avais pas d'autre solution, mais cela ne se reproduira plus. »

11

Début octobre, les journaux informent la population que les actes de sabotage, la possession d'armes sans autorisation, la distribution de pamphlets incitant à la révolte et toute autre action dirigée contre le régime allemand seront désormais considérés comme des activités terroristes. La police locale devra donc les signaler à la Sicherheitspolizei, la police de sûreté allemande.

Les habitants de Rotterdam ne prêtent guère attention à cet avertissement. Les journaux illégaux continuent de circuler et sont lus avec le même enthousiasme. Au cinéma Luxor, sur le Kruiskade, Hitler se fait siffler par la foule dès qu'il apparaît à l'écran dans le journal *Polygoon*, célèbre magazine d'actualités diffusé avant ou entre les projections.

Londres est toujours sous les bombes. Les Allemands ne mènent que des attaques nocturnes, ce qui les rend prévisibles et permet à la vie de reprendre ses droits la journée. La radio relate le quotidien des habitants qui passent leurs nuits dans le dédale des couloirs du métro et sur les quais.

Afin de compliquer la tâche aux pilotes britanniques qui font route vers Düsseldorf, Essen et d'autres villes allemandes, les autorités tentent de les empêcher de se repérer : il a ainsi été ordonné d'éteindre l'éclairage public dans les pays sous occupation allemande, d'installer des caches sur les phares des voitures pour réduire le champ lumineux, de recouvrir toutes les fenêtres de papier occultant.

Le 31 octobre, alors que Katja pose ses lourds sacs de courses sur la table de la cuisine, on sonne à la porte. Elle emprunte alors le couloir pour aller jusqu'à l'entrée, ouvre et découvre le visage d'Esther.

« Tu as entendu ? lui demande son amie, rayonnante.

— Non, quoi encore ?

— Ils viennent de l'annoncer à la radio. Les Allemands ont baissé les armes face à l'Angleterre. Les raids aériens ont cessé !

— Ah bon ? Vraiment ? s'exclame Katja.

— Oui, vraiment ! C'est le début, Kat. Le début de la fin. »

Les yeux humides, les deux femmes se prennent dans les bras.

Fin novembre, la douceur de l'automne laisse place à la neige et au gel. Éclairé par la lune, le manteau blanc étendu sur les rues contraste avec la noirceur des nuits hivernales.

Un soir, tandis qu'il gèle à pierre fendre, toute la famille est réunie au salon où Daniel a allumé le poêle à charbon. Katja a préparé du café, elle lit avec son mari sur le canapé pendant que les autres jouent à un jeu de société. Roza est là, elle aussi, serrée contre Thijs. Les rires autour de la table troublent parfois la concentration de Katja, qui lève les yeux de son livre avec un sourire.

Soudain, quelqu'un frappe violemment du poing contre la porte d'entrée. Alarmée, Katja se redresse.

Thijs bondit en même temps sur ses pieds et se rue vers la cuisine, prêt à s'enfuir par l'arrière.

Dans un silence angoissant, Daniel se lève pour aller ouvrir. Tous demeurent immobiles, la tension est palpable. Inquiète, Roza s'assoit à côté de Katja, qui passe un bras autour des épaules de la jeune fille.

Elle s'attend à ce que des voix allemandes grondent, mais elle ne perçoit que des marmonnements indistincts. Quelqu'un pénètre dans le couloir et, dès que la porte s'ouvre, un souffle glacial s'engouffre dans la pièce de vie.

Un jeune homme à large carrure entre. Thijs, qui surveillait ce qu'il se passait depuis la cuisine, revient et salue le visiteur, manifestement surpris par cette arrivée impromptue.

« Frits, mec, qu'est-ce que tu fais là ? Tu nous as fichu une trouille bleue, mon vieux !

— Tu dois partir, annonce le dénommé Frits avec gravité. Ils les arrêtent les uns après les autres. Jan, Simon, Leon : ils ont tous été emmenés par la Sipo. J'ai réussi à filer juste avant qu'ils débarquent à la maison. S'ils ont aussi ton nom, ils sont sans doute déjà en chemin. »

Le regard de Thijs reste posé fixement sur la porte. Il se retourne, embrasse Roza et se précipite dans le couloir pour prendre son manteau.

« Attends ! Où comptes-tu aller ? » demande Katja en lui attrapant le bras.

Thijs, qui a déjà ouvert la porte de l'autre main, se dégage d'un geste sec.

« Peu importe. Tu as entendu ce que Frits a dit, non ? Ils viennent me chercher !

— Il peut venir avec moi, dit son ami. Je connais une planque où nous pouvons nous cacher. Mais d'abord, on doit aller en prévenir quelques autres. »

À ce moment-là, une voiture s'engage dans la rue. D'un bond, les garçons rentrent dans la maison, dont Thijs claque la porte.

« Par la cuisine ! » s'écrie-t-il fiévreusement.

En même temps qu'il enfile son manteau, le jeune homme s'élance avec Frits vers la cuisine ; tous deux foncent dans le jardin, escaladent la clôture et disparaissent dans la nuit.

La voiture a finalement poursuivi sa route, mais Katja reste figée par la peur. Elle se tient immobile au milieu de cette pièce qui était encore un nid douillet l'instant d'avant, et qui est désormais un endroit presque angoissant, d'où ils peuvent se faire expulser à tout moment. Elle adresse un regard désespéré à Daniel, qui pose une main rassurante sur son épaule.

« Ils sont partis à temps. Tout ira bien. »

À ces mots, Roza éclate en sanglots sur le canapé.

Ils passent le reste de la soirée ensemble dans une atmosphère tendue, s'attendant à voir la Sicherheitspolizei débarquer d'une seconde à l'autre. Daniel a raccompagné Roza chez elle et lui a promis de la tenir informée. Juste avant de monter se coucher, Katja observe un moment la rue à travers une fente percée dans le papier occultant qui recouvre les fenêtres. Elle ne voit que la lumière opaline de la neige, un homme qui promène son chien, un chat qui traverse la route.

Parcourue d'un frisson, elle se glisse sous les couvertures.

« Ils viendront forcément en pleine nuit pour être sûrs de le surprendre à la maison. »

Daniel sait habituellement trouver les mots pour l'apaiser, mais ne peut pas objecter grand-chose à cette remarque.

« Repose-toi, ma chérie. Rien ne dit qu'ils viendront... Et puis Thijs est en lieu sûr, à présent.

— Qu'en sais-tu ? Il peut très bien s'être fait arrêter en chemin, ou dans la maison de quelqu'un qu'ils seraient allés prévenir !

— Ces garçons connaissent la ville comme leur poche, bien mieux que les Allemands. Je comprends que tu te fasses du mauvais sang, ma chérie, mais ton frère n'est pas né de la dernière pluie, il s'en sortira. »

Daniel ouvre les bras et invite sa femme à s'y blottir, ce qu'elle fait. Ils se parlent encore un moment, essayant de considérer les choses sous leur meilleur jour, puis Daniel s'endort.

Katja reste éveillée une grande partie de la nuit. Lorsque les premières lueurs de l'aube tentent de percer à travers les bandes occultantes, elle sort du lit et enfile un peignoir. Elle glisse ses pieds dans des chaussons et enlève le papier des fenêtres. Il a encore neigé. Une épaisse couverture d'un blanc virginal s'étend sur l'Oudedijk ; les voitures, les charrettes et les piétons peinent à s'y frayer un chemin.

Katja réajuste son peignoir en frissonnant.

Une heure plus tard, alors que Daniel est déjà parti à l'hôpital, elle et Lieke se rendent au bureau de distribution pour récupérer les carnets de rationnement. Les trottoirs ont été dégagés afin d'être praticables, mais de la neige fraîche volette toujours dans l'air. Pour faire plaisir à sa jeune sœur, Katja a emporté le traîneau. Un large sourire aux lèvres, la petite se laisse tirer, les joues rougies par le froid.

Le bureau de distribution se trouve dans le gymnase d'un ancien bâtiment scolaire. Après un quart d'heure de marche difficile dans la neige, Katja l'aperçoit au bout de la rue, mais, alors qu'elle s'apprête à pénétrer dans la cour de l'école, elle se fait accoster par un garçon qui doit avoir dans les treize ans. La casquette bien vissée sur sa tête pour dissimuler son regard, grelottant dans son short et ses chaussettes hautes, il vérifie :

« C'est vous, Katja van Kesteren ?

— Oui, répond l'intéressée en écarquillant les yeux.

— On m'a demandé de vous dire que Thijs et Frits vont bien. Ils resteront là où ils sont encore quelque temps. Ils voulaient savoir si vous aviez reçu de la visite.

— De la visite ? » répète machinalement Katja, partagée entre surprise et soulagement.

Elle observe un instant le garçon, puis rétorque :

« Non, personne n'est venu. Mais tu peux leur dire que c'est en effet mieux qu'ils gardent encore leurs distances pour le moment. »

Son interlocuteur hoche la tête et tourne les talons sans plus de cérémonie. Katja le suit des yeux, infiniment soulagée que son frère soit sain et sauf. Une fois le garçon sorti de son champ de vision, elle se retourne pour tirer le traîneau portant Lieke jusqu'au bâtiment de l'école.

À l'intérieur, une longue file d'attente s'étire devant le bureau. Katja se joint aux autres en tenant sa sœur par la main et laisse échapper un profond soupir. Les courses quotidiennes prennent de plus en plus de temps, elle y consacre chaque fois la majeure partie de la journée. Il lui faut d'abord consulter les journaux pour connaître les denrées mises à disposition dans la semaine et attendre ensuite de longues heures dans les magasins pour se procurer les produits. Les coupons ne sont pas un moyen de paiement en tant que tel, ils ne servent qu'à organiser le rationnement. De cette façon, les autorités évitent que la population ne stocke les vivres en pénurie, mais l'obligent aussi à sortir presque tous les jours pour se réapprovisionner.

Dans la queue devant la boucherie, la dernière vague d'arrestations est au centre de toutes les conversations. Des regards furtifs veillent à ce qu'aucun membre du mouvement national-socialiste ne soit dans les parages, les gens parlent tout bas.

« Ils en ont aussi arrêté en Hollande du Nord, un énorme réseau.

— Un de mes cousins habite sur le Heemraadssingel, en face du bâtiment du SD. Il dit qu'il voit régulièrement des prisonniers en sortir, souvent dans un sale état. Certains ne peuvent même plus marcher. Dieu seul sait où on les emmène. »

Katja n'intervient pas dans les échanges. Après avoir reçu son carnet, elle sort rapidement. Elle est prise de quelques vertiges et son cœur bat si vite qu'elle peine à tirer Lieke sur le traîneau.

À la moitié de l'Oudedijk, Roza fait son apparition à côté d'elle.

« Bonjour, Katja. Tu as des nouvelles de Thijs ?

— Bonjour, Roza. Pure coïncidence, mais un jeune garçon vient justement de m'en donner. Ils vont bien ! »

La jeune fille lâche un soupir de soulagement.

« Merci, mon Dieu. J'avais tellement peur.

— Et nous donc ! J'ai dit au garçon qu'il était préférable qu'ils restent encore à l'écart un certain temps. »

Katja scrute le visage de Roza figé par le froid.

« Tu m'accompagnes jusqu'à la maison ? Tu m'aideras à tirer le traîneau de Lieke. Je nous préparerai une bonne tasse de thé en rentrant, on l'aura bien mérité ! »

Roza acquiesce, et les deux femmes poursuivent ensemble leur chemin dans la neige.

« Quelque chose de prévu ce soir ? » lance Daniel après le dîner.

Katja le regarde sans comprendre.

« Ce soir ? répète-t-elle.

— Ma mère fête son anniversaire. »

Le désarroi s'empare de Katja, qui porte la main à sa bouche.

« Mince, j'ai complètement oublié ! Oh là là, je n'ai pas de cadeau pour elle, et…

— Je m'en suis déjà occupé. Elle souhaitait une carafe en cristal, j'en ai acheté une à un confrère qui voulait l'échanger contre des coupons alimentaires. Va simplement te changer, ma chérie, Jet et Hein débarrasseront bien la table. »

Jet hoche la tête en souriant ; Hein, lui, montre moins d'enthousiasme.

Katja se précipite à l'étage et se met à fouiller sa garde-robe. Elle n'a pas beaucoup de temps, d'autant qu'elle doit aussi s'occuper de sa coiffure. Elle fait d'abord chauffer ses fers à friser, puis enfile la première tenue qui lui semble convenir à la circonstance : une robe verte garnie d'une ceinture assortie qu'elle noue fermement autour de sa taille pour mettre sa silhouette en valeur. Elle enfile ses bas satinés et ses jarretelles, puis glisse ses pieds dans des chaussures à talons hauts. Ensuite, la jeune femme frise ses cheveux en ondulations souples. Une paire de boucles d'oreilles serties de diamants et une touche de rouge à lèvres complètent l'ensemble.

Elle se prépare depuis moins d'un quart d'heure, mais, dans le hall d'entrée, Daniel montre déjà des signes d'impatience et lui demande si elle a bientôt terminé.

« J'arrive ! » crie-t-elle en retour depuis l'étage.

Elle attrape dans le même élan son sac à main sur

la coiffeuse et se précipite dans les escaliers. Quand il l'aperçoit, Daniel siffle à la façon d'un ouvrier du bâtiment, ce qui fait naître un grand sourire sur le visage de la jeune femme.

« Que tu es belle ! »

Jet entre dans le hall et regarde sa sœur avec admiration.

« Cette robe te va à ravir ! Tu as vraiment des vêtements magnifiques », commente-t-elle finalement avec sincérité.

Dans sa voix, Katja ne perçoit pas une once de jalousie, même si elle sait que sa sœur doit se contenter de beaucoup moins, et l'espace d'un instant, elle se sent coupable.

« On ira bientôt faire les magasins ensemble pour t'en acheter une aussi belle ! promet-elle.

— Où ? Sur le marché ? Tous les magasins de vêtements ont été rasés. Et de toute façon, je ne vois pas trop pour quelle occasion je porterais une telle robe. »

Ne sachant pas comment réagir, Katja se contente d'embrasser sa sœur sur la joue. Elle sent alors une petite main agripper le tissu de sa robe, et elle fait volte-face.

« Tu es une vraie princesse maintenant ? » demande Lieke, très impressionnée.

Katja éclate de rire et se penche pour serrer sa benjamine dans ses bras.

« Pas encore, mais j'y travaille, tu vois ? Au revoir, ma chérie, tu montes bientôt faire dodo ? »

Pendant une fraction de seconde, une lueur d'effroi apparaît dans les yeux de Lieke, avant de disparaître lorsque Jet la soulève et la prend dans ses bras. Sans grande conviction, l'enfant fait signe à sa sœur aînée qui se dirige vers la porte d'entrée.

« Je ne sais pas ce que je ferais sans Jet, observe Katja

tandis qu'elle marche dans la rue au bras de Daniel. Il faut toujours qu'au moins l'une de nous deux reste auprès de Lieke, sinon elle se met à paniquer.

— C'est compréhensible : elle a appris récemment que les gens qu'elle aimait pouvaient disparaître soudainement et ne jamais revenir. Dans ces conditions, difficile de la convaincre qu'elle n'a pas à s'inquiéter de te voir partir.

— D'autant que je n'en suis moi-même pas forcément convaincue. J'y pense chaque fois que je quitte la maison, et j'espère qu'à mon retour tout sera comme je l'ai laissé, que tout le monde sera encore en vie. »

Daniel passe le bras autour d'elle.

« Tu es tellement courageuse, ma chérie. Tiens bon. La guerre sera bientôt terminée, et tout redeviendra comme avant.

— Tu le penses vraiment ?

— Absolument. Maintenant que Londres est en ruine, les Anglais veulent se venger, et les Allemands vont en prendre pour leur grade, tu verras. »

Après un silence, Daniel toussote, s'éclaircit la voix, puis glisse, soudain un peu mal à l'aise :

« Il y a encore une chose que tu dois savoir, Katja. À propos de ce soir. »

La jeune femme tourne brusquement la tête vers lui.

« Quoi donc ?

— Nous ne sommes pas les seuls invités. Comment te dire ? Il y aura aussi des Allemands. »

Katja s'arrête net.

« Des Allemands ? » lâche-t-elle d'une voix aiguë qui résonne au milieu de la rue déserte.

Spontanément, Daniel pose un doigt sur ses lèvres en ouvrant grand les yeux.

« Chut ! Pas si fort, s'il te plaît ! lui enjoint-il dans

un murmure. Oui, des officiers allemands seront de la partie, des gros bonnets du SD avec qui mes parents sont amis. Cette situation me met aussi mal à l'aise, mais que puis-je faire ?

— Ne pas y aller, par exemple ! rétorque Katja sur un ton sec. Tu comptes vraiment faire la fête avec des officiers allemands ? Tu t'imagines quoi, exactement ? Que tu vas trinquer avec eux et faire un brin de causette à propos de la guerre ? Ou de l'état dans lequel ils ont mis notre ville ?

— Chut ! insiste Daniel en regardant nerveusement autour de lui. C'est fâcheux, j'en ai conscience, mais je ne me vois pas manquer l'anniversaire de ma mère. On va donc devoir faire au mieux. D'autres invités seront également présents, comme le bourgmestre. On pourra discuter avec lui, si tu veux. »

Katja se masse la tempe du bout des doigts pour faire passer un mal de tête naissant.

« Ce que je veux, c'est rentrer à la maison. Tout de suite.

— Je t'en prie, ma chérie, ne fais pas ça. Viens avec moi, j'ai besoin de toi. Je sais que cette soirée risque d'être un enfer, mais je ne peux pas y échapper.

— Bien sûr que si ! C'est même très simple, en réalité : tu n'as qu'à expliquer à ta mère que tu ne désires pas fréquenter ses nouveaux amis et que tu passeras lui souhaiter son anniversaire une autre fois. »

À ces mots, Katja fait demi-tour. Dans son esprit, elle est déjà à la maison. Mais Daniel pose la main sur son épaule pour la retenir.

« Écoute-moi, Kat. Je comprends ton sentiment, mais songe aussi qu'il peut être intéressant d'établir quelques relations, compte tenu de la situation actuelle, des agissements de ton frère, par exemple. Nous n'avons aucune idée de l'endroit où Thijs se trouve, ni même s'il rentrera à la maison. Un jour, il n'est pas impossible qu'un contact nous soit bien utile pour lui venir en aide. »

Katja fixe son mari.

« Tu comptes donc, en plus, leur cirer les bottes ?

— Je compte entretenir des relations cordiales avec eux pour pouvoir en profiter si j'en ai besoin. Pour Thijs. Voire peut-être pour nous tous. »

Lentement, la résistance de Katja se délite. La rébellion qui se lisait sur son visage laisse place à l'irrésolution.

« Tu as raison, concède-t-elle au bout d'un moment. C'est sans doute la chose la plus intelligente à faire.

— Si tu n'arrives pas à être aimable avec eux, tâche juste de ne pas leur sauter à la gorge, d'accord ?

— Je peux essayer, ne serait-ce que pour mon frère.

— Parfait. Alors, allons-y. Ensemble ! » l'encourage Daniel en la prenant par la taille.

Serrés l'un contre l'autre, ils descendent l'Oudedijk, en direction de l'avenue Hoflaan.

12

Les innombrables bougies scintillent de tout leur éclat dans les lustres et les verres en cristal de la majestueuse villa du Hoflaan, où Barbara van Kesteren déambule parmi ses invités, le sourire aux lèvres. Acceptant avec grâce les cadeaux qu'on lui tend, la maîtresse de maison veille à faire les présentations entre les uns et les autres, et prend soin de discuter quelques minutes avec chaque convive.

Katja remarque d'emblée l'absence du bourgmestre Oud. Aurait-il pris ses distances avec ses voisins ? Ce pourrait bien être le cas, car l'homme fort de la ville n'est pas connu pour ses accointances avec l'occupant.

Entre la famille et les amis de ses beaux-parents en tenue de soirée, Katja repère effectivement le vert-de-gris de quelques uniformes. Elle pousse un soupir. Les Allemands sont toutefois moins nombreux qu'elle ne le craignait, elle pourra peut-être même les éviter sans se faire remarquer.

La jeune femme prend le temps de féliciter sa belle-mère, qui la remercie chaleureusement pour la carafe, et se dirige ensuite vers Arnout et Nora.

« Vous avez vu ? C'est Herbert Wölk, l'*Obersturmführer* du SD, le lieutenant en chef du service de renseignement, glisse Nora en indiquant d'un coup de menton un homme de grande taille qui discute avec un groupe de convives.

— Oui, j'ai remarqué. Que fait-il ici ?

— Clemens et Barbara l'ont rencontré lors d'une fête organisée par des amis communs. Apparemment, ils se sont trouvé des atomes crochus.

— Je n'ai aucun mal à le croire, il a l'air extrêmement sympathique », commente Arnout.

À la grande surprise de Katja, sa belle-sœur éclate de rire.

« Avec une bière à la main, tout le monde l'est ! Quoi qu'il en soit, en ce qui me concerne, je ne ressens aucunement l'envie de lui adresser la parole, dit-elle avec un regard complice à Katja, qui se réjouit de la solidarité tacite affichée par Nora.

— Vous savez pourquoi Clemens et Barbara l'ont invité ? demande finalement la jeune femme.

— Non, mais lui pourra peut-être nous renseigner », lance Nora en faisant un nouveau signe de tête, cette fois vers le coin gauche de la pièce.

Katja jette un regard derrière sa belle-sœur et avise un jeune officier blond aux larges épaules.

« Il n'est pas désagréable à regarder, lui chuchote Nora à l'oreille. On va faire connaissance ? »

Interloquée, Katja la considère sans savoir que faire. Elle ne peut pas être sérieuse ? Manifestement, si, car elle n'a pas le temps d'ouvrir la bouche que Nora la saisit par le bras et l'entraîne avec elle.

Avant que Katja ne puisse se dégager, l'officier allemand aperçoit les deux jeunes femmes, se fend de son plus beau sourire et s'avance vers elles. Fuir à ce moment serait flagrant, Katja n'a donc d'autre choix que de rester plantée là, avec la résignation d'un lapin voyant le colleteur approcher alors qu'il est pris au piège.

Nora se tourne immédiatement vers l'homme, lui sourit et fait les présentations. L'officier leur serre la main, puis décline son nom : Max Rösener, *Untersturmführer*, sous-lieutenant.

Sans la moindre retenue, Nora entame une conversation animée avec le militaire, qui lui répond avec amabilité, mais dont les yeux se posent principalement sur Katja. Dès que sa belle-sœur s'en aperçoit, elle interrompt la discussion en marmonnant une excuse et s'éloigne.

Katja est aussitôt prise de sueurs froides. Elle regarde alentour et tente de repérer Daniel, mais elle ne le voit nulle part. Il n'y a personne autour d'elle qui pourrait la sortir de cette ornière.

« *Also*, vous êtes la belle-fille de la maîtresse de maison ? » demande-t-il avec courtoisie.

Il a posé cette question en allemand, mais Katja n'a aucun mal à le comprendre, puisqu'elle a suivi des cours de langue lorsqu'elle était à l'école de commerce.

« *Ja, genau*, confirme-t-elle tout en continuant à fouiller la pièce des yeux à la recherche de son mari.

— Katja, c'est un prénom allemand, si je ne m'abuse ?

— Ma grand-mère était allemande.

— Je comprends mieux. Et vous êtes l'épouse de... »

Le regard de Rösener se pose sur Arnout, qui vient d'entrer dans la pièce.

« De Daniel. Le frère de l'homme que vous regardez en ce moment, clarifie la jeune femme, toujours aussi mal à l'aise.

— Daniel, le médecin, complète Rösener en acquiesçant, comme s'il était pleinement au fait de la généalogie familiale.

— Le connaissez-vous ?

— Pas personnellement. Vos beaux-parents m'ont raconté qu'ils avaient deux fils : l'un médecin, l'autre avec un bon poste dans la compagnie d'électricité, si je me souviens bien. Mais ce qu'ils ont omis de préciser, c'est que leurs fils avaient deux épouses aussi charmantes. Et vous en particulier, vous êtes éblouissante, si vous m'autorisez ce compliment.

— De toute façon, c'est trop tard, c'est dit », rétorque Katja, pas très avenante, comme si elle ne se rendait pas compte que ce n'était qu'une formule de politesse.

Le rire de Rösener retentit si fort que les invités autour d'eux se retournent.

« Décidément, les Néerlandaises sont plutôt "directes" ! J'ai déjà eu l'occasion de le remarquer ! s'exclame-t-il d'un air amusé.

— Depuis le temps que vous êtes ici, ça ne me surprend guère », répond spontanément Katja.

Réalisant sur le tard l'ambivalence insolente de sa réplique, elle jette un regard en coin à son interlocuteur, mais celui-ci ne semble pas s'en offusquer.

« Vous avez raison. Et je dois bien avouer que je ne m'attendais pas à trouver ici tant de beauté. Les villages et les villes, les dunes, la mer : ce pays est splendide. »

Katja doit se faire violence pour ne pas souligner la beauté de Rotterdam *avant* le bombardement, mais elle parvient à ravaler sa repartie et se contente de hocher la tête.

« L'Allemagne n'est-elle pas très belle, elle aussi ? demande-t-elle finalement par politesse, alors que le silence devient trop pesant.

— Sans aucun doute. Mais je viens de Hambourg, qui est une ville très animée. Du fait de leur taille humaine, les villes néerlandaises me semblent plus accueillantes. »

Katja sourit, tout en se disant qu'elle n'a aucune idée de la façon dont elle pourrait entretenir la conversation. À son grand soulagement, elle voit enfin Daniel s'approcher d'elle, un verre de vin blanc à la main.

« On t'a déjà proposé à boire, ma chérie ? » lui demande-t-il en lui tendant le verre.

Le médecin adresse un signe de tête à Rösener et se présente. Le bras autour de la taille de Katja, il entame une conversation avec l'*Untersturmführer* dans un allemand parfaitement maîtrisé.

Katja n'écoute que d'une oreille. Heureuse d'être débarrassée de son interlocuteur, elle parcourt l'assistance des yeux. Elle finit par apercevoir dans la salle à manger un cousin de Daniel avec qui elle s'entend bien, et elle prend congé des deux hommes après s'être excusée.

Daniel et Katja ne s'éternisent pas. Lorsque la bière commence à couler abondamment, et qu'Arnout et quelques cousins entonnent des chansons allemandes avec les invités, un regard suffit pour qu'ils se décident à partir.

Serrés l'un contre l'autre en se tenant par le bras, ils rentrent chez eux à pied. Il fait froid et la rue vernie par le givre scintille sous le clair de lune. Katja songe à son frère. Où est-il, où dort-il ? A-t-il besoin de quelque chose ? A-t-il envie de rentrer à la maison ? A-t-il peur ? Elle pousse un long soupir.

« Alors, cette soirée ? demande Daniel. Je t'observais pendant que tu parlais à ce Rösener, je me suis dit qu'il fallait intervenir pour te sortir de ce mauvais pas.

— Ah bon ? Ça se voyait à ce point ?

— Disons que l'on percevait assez nettement que tu

étais sur la défensive… Et Rösener qui se démenait pour briser la glace ! dit Daniel en riant.

— Je crains de ne pas être très douée pour jouer les hypocrites. Même quand c'est dans mon intérêt.

— Voilà pourquoi je t'ai épousée ! Et c'est pour cette raison que je t'aime tant… »

Katja esquisse un sourire, sans pour autant détourner son regard de l'obscurité de la rue.

« Et Thijs ? Tu crois qu'il va bien ?

— Je n'en doute pas.

— J'aimerais en être sûre.

— J'ai bien peur, reprend Daniel après un court silence, que pour l'instant nous ne puissions plus être sûrs de rien. C'est la guerre, Katja. Il nous faut apprendre à composer avec l'incertitude. »

La jeune femme ne dit plus rien jusqu'à la maison. Lorsqu'elle se met au lit, les mots de Daniel résonnent encore dans sa tête.

Le mois de décembre approche, et bien que Katja y soit réticente, elle essaie de profiter au mieux des fêtes de fin d'année. La Saint-Nicolas est célébrée comme d'habitude, avec des bonshommes en pain d'épice et en spéculoos ainsi que du massepain. Elle a acheté un yo-yo pour Jet, une nouveauté importée d'Angleterre avant que la guerre n'éclate. Lieke reçoit une poupée, Hein, une boîte de Meccano. Elle met le cadeau de Thijs de côté, avec l'espoir de pouvoir le lui offrir bientôt.

Bien qu'ils passent une agréable soirée, au cours de laquelle Lieke chante à tue-tête près du poêle, Katja a du mal à supporter le poids écrasant de son chagrin. Au même moment, un an auparavant, n'y avait-il vraiment rien à faire pour prévenir les malheurs qui les attendaient ? Comment ont-ils pu ne pas prendre la menace de guerre au sérieux ? Ils ne savaient alors rien de ce que l'avenir leur réservait. Elle peine toujours à réaliser que la moitié de sa famille a aujourd'hui disparu.

La période de Noël est tout aussi compliquée. Les parents de Daniel les ont conviés pour le réveillon, mais Katja refuse de s'y rendre.

« Ils n'ont invité que nous, souligne-t-elle. Tu ne t'imagines tout de même pas que je vais laisser Jet, Hein et Lieke à la maison ? S'ils ne sont pas les bienvenus chez tes parents, je n'irai pas non plus.

— Bien sûr qu'ils le sont ! se défend Daniel. Je vais en parler à ma mère.

— Le simple fait qu'elle ne soit apparemment pas capable de comprendre par elle-même que, si nous venons chez elle, les autres resteront seuls à la maison, et ce, après tout ce qu'ils ont traversé, suffit à m'ôter toute envie d'y aller. Et qu'est-ce qui me dit qu'elle ne nous mettra pas encore entre deux Allemands ?

— Là, tu exagères. Évidemment qu'elle n'invitera pas d'Allemands. Noël est une fête familiale, ma mère a toujours été très claire à ce sujet.

— Peu importe, je n'ai pas envie de me retrouver là-bas. Ce sera le premier Noël sans mes parents, Joep et Ellie. Je n'ai pas envie de faire semblant de m'amuser et d'entonner des chants de Noël allemands avec Arnout. Fais ce que tu préfères, mais moi, je reste à la maison. »

Cette querelle marque leur première vraie dispute conjugale. Même si elle est exempte de hurlements et de récriminations, elle assombrit indubitablement l'ambiance. Daniel se montre distant et renfermé pendant quelques jours, puis paraît s'adoucir. Une semaine avant Noël, il revient à la maison chargé d'un sapin, qu'il plante avec l'aide de Hein dans un pot rempli de terre. Tandis que Jet et Lieke le décorent, Katja arpente la ville toute la journée pour acheter de quoi préparer le repas du soir, ses coupons alimentaires à la main. Impossible de se procurer le nécessaire pour les roulades de dinde farcie que sa mère avait l'habitude de concocter, mais elle parvient tout de même à obtenir un poulet chez le volailler.

Le jour de Noël, elle prépare le réveillon, et la cuisine baigne dans de délicieux effluves. Lieke joue dans le salon avec sa nouvelle poupée. Par la porte entrouverte, Katja l'entend bavarder : « Et maintenant, dodo. Maman va rester avec toi, elle ne partira jamais. N'aie pas peur. »

Secouée par l'émotion, la jeune femme lâche la cuillère en bois avec laquelle elle remuait la sauce au vin rouge et fixe en silence le plan de travail en granit. Les larmes se mettent à couler sans qu'elle s'en rende compte.

13

La nouvelle année ne commence pas sous les meilleurs auspices. La presse ne parle que du procès des Gueux. Ce « réseau terroriste » aurait des ramifications dans une grande partie du pays, de Rotterdam à Arnhem. À cet endroit, la capture de l'un des cerveaux du mouvement a conduit, par effet boule de neige, à une avalanche d'arrestations : pas moins de deux cents hommes ont été mis sous les verrous. L'insuffisance de preuves permettra sans doute à certains d'être bientôt libérés, mais la plupart devront comparaître devant un tribunal.

Comme les infractions sont relativement mineures – de la distribution illégale de journaux de propagande à d'amatrices activités d'espionnage –, personne ne s'attendait à de trop lourdes peines. C'est pourquoi la population est frappée d'effroi lorsque la plupart des exécutants écopent de la prison à vie et que leurs chefs sont condamnés à mort. Une vague de colère et d'indignation déferle sur le pays. Au regard de la nature des infractions, la sanction est complètement disproportionnée, d'autant que la peine de mort est abolie aux Pays-Bas depuis 1870 ! Des pourvois en grâce sont déposés, mais les Allemands demeurent inflexibles.

On dirait qu'un vent nouveau a commencé à souffler

depuis le premier de l'An. Comme les Allemands se rendent compte que les Pays-Bas n'ont aucunement l'intention de se plier à leur occupation, leur attitude change. Le 14 janvier, on peut lire dans le *Deutsche Zeitung in den Niederlanden*, le journal allemand aux Pays-Bas : « Nous ne pouvons plus tolérer l'influence grandissante de la population juive sur la vie néerlandaise dans son ensemble. » S'ensuit alors une série d'arrêtés. Des agents spéciaux décrètent que les Juifs sont responsables des sifflements et du chahut dans les salles de cinéma pendant la projection du journal *Polygoon* qui vante les exploits allemands. Ils en sont donc bannis, tout comme des cafés et des restaurants.

Un jour, Katja et Esther emmènent Lieke au zoo. Les tigres et les lions ont été abattus, et beaucoup d'autres animaux sont morts pendant le bombardement, mais les survivants sont suffisamment nombreux pour que le public passe un moment agréable. Tandis qu'elles approchent des grilles tout en discutant avec légèreté et riant de bon cœur, elles aperçoivent un grand panneau à l'entrée sur lequel est écrit en néerlandais : « JUIFS INDÉSIRABLES ».

Toutes trois demeurent interdites quelques secondes. Puis, sans un mot, elles font demi-tour et repartent d'où elles sont venues, la tête basse, dans un silence pesant.

« Si j'étais vous, je partirais, lance finalement Katja après un moment. À en croire Daniel et Thijs, la répression des Juifs va devenir aussi intense aux Pays-Bas qu'en Allemagne. Pourquoi ne pas quitter le pays ? »

Esther secoue la tête avec gravité.

« Pour aller où ? Notre travail et notre famille sont ici.

— Pourquoi pas en Amérique ou en Angleterre ?

— En Amérique ? Tu sais combien coûte la traversée ?

— Si l'argent est un problème, nous pouvons vous en prêter. Daniel et moi en avons un peu de côté.

— Je n'en sais rien, répond Esther, perplexe. Je n'ai pas du tout envie de partir !

— Parles-en tout de même à Victor », insiste Katja.

Quinze jours plus tard, alors qu'ils sont assis tous les quatre dans le salon, Victor annonce que lui et Esther envisagent de quitter le pays. Le départ n'est pas imminent, car sa mère est mourante, mais il se fera probablement dans les semaines qui viennent.

« La situation va peut-être se stabiliser, hasarde Esther. C'est vrai que toutes ces interdictions sont contraignantes, mais de là à émigrer…

— En Allemagne, les Juifs sont envoyés dans des camps de travail, argumente Daniel. Je partirais dès que possible, si j'étais vous. »

Victor passe sa main dans son épaisse chevelure noire.

« Nous ne pouvons pas nous en aller maintenant. D'ailleurs nous sommes aux Pays-Bas, non ? Je ne peux pas imaginer que la situation dégénère à ce point…

— Et même si c'était le cas, nous pourrions toujours partir à ce moment-là, renchérit Esther.

— Absolument. Nos valises seront faites en moins de temps qu'il n'en faut pour le dire. »

Ils se sourient, mais Daniel et Katja échangent un regard inquiet.

« Je peux les comprendre, conçoit Katja plus tard dans la soirée, alors qu'elle est blottie contre Daniel dans leur lit. J'aurais moi aussi du mal à tout laisser derrière moi pour reconstruire ma vie dans un pays dont je ne connais rien. Sans parler du coût du voyage, une vraie fortune.

— La famille de Victor a les reins solides, mais c'est en effet une sacrée décision.

— Que ferais-tu à leur place ? »

Daniel la tire vers lui et écarte avec tendresse une mèche de cheveux de son visage.

« Nous serions déjà loin. Jamais je ne prendrais le risque de te mettre en danger. »

Katja sourit et l'embrasse.

« Ils ont raison de rester optimistes, la situation n'est peut-être pas si grave. Les Pays-Bas ne sont effectivement pas l'Allemagne.

— Non, mais ils commencent à y ressembler un peu trop à mon goût », rétorque son mari dans un soupir, avant de l'entourer de ses bras.

Ils demeurent ainsi allongés un moment dans l'obscurité, en proie à de bien sombres pensées.

Il arrive encore régulièrement à Katja de se réveiller dans son monde d'avant. Pelotonnée sous les couvertures, sur le flanc, elle est à peine sortie du sommeil par le baiser que Daniel dépose sur son front avant de partir pour l'hôpital. Elle se délecte alors de ces quelques minutes qui s'écoulent comme dans un vide temporel, où le passé et le présent se superposent. Le retour à la réalité est toujours violent : elle revient à elle dans un sursaut, le souffle coupé.

C'est la guerre.

Ses parents sont morts.

Joep et Ellie sont morts.

Thijs est en cavale, et elle n'a pratiquement aucune nouvelle de lui.

Comment a-t-elle pu dormir si paisiblement dans ces conditions ?

Elle s'en veut presque, même si ces heures d'oubli nocturne lui font du bien. Néanmoins, le contraste avec le nouveau jour qui se lève est toujours saisissant.

Au bout du compte, elle ne sait pas ce qui est préférable : endurer en permanence une souffrance sourde et continue, ou pouvoir y échapper de temps à autre la nuit, au prix d'un réveil deux fois plus douloureux.

Un matin de la mi-février, on sonne à la porte. Katja, encore en peignoir, demeure plantée sur le seuil, la main pressée contre sa bouche. Elle n'arrive pas à y croire : Thijs ! Elle lui saute au cou.

« Thijs ! Tu es de retour ! Oh, merci, mon Dieu ! »

Le sourire jusqu'aux oreilles, le jeune homme prend sa sœur dans ses bras, la soulève et la serre contre lui.

« Je t'avais dit qu'ils ne m'auraient pas. »

Il repose Katja à terre et jette un œil autour de lui.

« Allons à l'intérieur.

— Tu as raison ! » approuve-t-elle en le tirant dans la maison.

Elle claque aussitôt la porte derrière eux.

« Les Allemands sont venus ? »

La jeune femme secoue la tête. Tous deux se tiennent là, face à face, Thijs le sourire aux lèvres, Katja sans voix.

« Tu as l'air en forme », reprend-elle au bout d'un instant.

Elle le considère attentivement de la tête aux pieds.

« Où étais-tu ?

— À Rhoon, chez un ami de Frits. Il nous a semblé préférable de quitter Rotterdam.

— Tu comptes revenir vivre ici ?

— Si c'est possible… Je ne crois pas que mon nom soit connu du SD, sinon ils seraient déjà venus.

— Je le pense aussi », confirme Katja, qui laisse échapper un long soupir et, avec lui, la tension accumulée depuis des semaines.

Elle reprend son frère dans ses bras et l'étreint de toutes ses forces.

« Je suis si heureuse ! J'espère que tu cesseras pour de bon toutes ces provocations inutiles. Tu as vu le résultat ! »

Thijs esquisse un rictus, et tous deux se dirigent ensuite vers le salon.

« Comment va Roza ?

— Bien, mais elle se fait un sang d'encre. Comme elle va être contente !

— J'irai la voir tout à l'heure. »

À ce moment précis, Lieke entre dans la pièce. L'espace d'un instant, la petite fille reste figée, comme clouée au sol, puis elle court finalement dans les bras de son frère, qui l'attrape et la fait tournoyer.

Katja observe les retrouvailles, le visage radieux.

« J'ai encore un peu de farine, je vais préparer un gâteau », lance-t-elle en allant vers la cuisine.

Le soir, lorsque tout le monde est à la maison, y compris Roza, la famille célèbre le retour de Thijs. Daniel sort quelques bières ainsi qu'une bouteille de bon vin qu'il gardait pour les occasions spéciales.

« Je crois que c'est le moment parfait pour l'ouvrir… Santé à vous tous ! »

Après un toast et quelques applaudissements, ils dégustent le gâteau dans une ambiance légère. Katja repense au fait que Thijs n'ait pas réagi à sa demande de mettre un terme définitif à ses activités de résistance. Elle décide de lui en parler une autre fois. Ce soir, c'est la fête.

14

L'ambiance joyeuse ne dure pas. Les mesures antisémites se succèdent, des affiches présentant les Juifs comme le diable incarné sont collées dans les rues, aussitôt arrachées par des jeunes qui ont uni leurs forces pour combattre le WA, le bras paramilitaire du Mouvement national-socialiste aux Pays-Bas.

Des bagarres éclatent à Rotterdam, comme dans toutes les villes du pays. Au même moment, à Amsterdam, de vives protestations s'élèvent contre un nouveau décret qui oblige les chômeurs à partir en Allemagne pour servir de main-d'œuvre. Une grande partie de la population est désœuvrée, mais personne ne veut travailler dans les usines allemandes. En colère, les gens descendent dans la rue et distribuent des tracts appelant à la grève. Le 17 février, la plupart des entreprises d'Amsterdam marquent leur opposition en suspendant leurs activités.

En réponse, Hanns Rauter, chef de la police allemande aux Pays-Bas, organise une rafle de grande envergure dans le quartier juif d'Amsterdam. Quatre cents personnes âgées de vingt à trente-cinq ans sont arrêtées dans la rue, expulsées de force des trams et des commerces, et emmenées *manu militari*.

D'abord sous le choc, les habitants de la capitale se

ressaisissent rapidement et lancent un mouvement de protestation plus durable. Le 25 février, la grève générale est prononcée. Des milliers de personnes se rassemblent sur le Noordermarkt afin de dénoncer la répression des Juifs. Dans une tentative de disperser les manifestants, la police jette de l'huile sur le feu et déchaîne la colère de la foule. Les Amstellodamois ripostent en lançant des pavés et des pierres, ce qui déclenche d'âpres affrontements.

D'Amsterdam, cette manifestation – considérée comme le premier acte de résistance de grande ampleur contre les nazis aux Pays-Bas – se propage telle une traînée de poudre à d'autres villes, où des émeutes tout aussi violentes éclatent.

Rauter est furieux. Il envoie ses troupes militaires mater les rebelles et écrase le soulèvement avec une brutalité si féroce qu'après deux jours la population n'a d'autre choix que de se soumettre et de retourner au travail.

À Rotterdam, les velléités de résistance sont étouffées dans l'œuf. Ici comme ailleurs, la grève est sur toutes les lèvres dans les files d'attente, les bureaux et les usines. Mais, lorsque dans d'autres villes la police tire sur la foule pour disperser les manifestants, la volonté de descendre dans la rue disparaît.

La situation revient à la normale en peu de temps : les Allemands ont montré les dents et rappelé aux Pays-Bas qui est le patron. Bien que Rotterdam n'ait pas participé activement au mouvement, un grand nombre de Gueux de la ville sont extraits de leurs cellules et jetés dans des camions. Le 13 mars, ils sont exécutés dans les dunes de la Waalsdorpervlakte, près de La Haye.

Katja a de plus en plus de mal à s'adapter à la nouvelle réalité. Les démonstrations de force militaire de la WA dans la rue, les magasins vides, les cris de victoire allemands à la radio : cette atmosphère délétère commence à lui peser. L'Angleterre n'a toujours pas capitulé, mais n'est pas non plus en mesure de lancer une invasion. Pendant ce temps, l'Allemagne avance vers les Balkans et conquiert les pays les uns après les autres. Serait-elle invincible ? Et si la guerre s'installait à demeure ? Cette seule pensée la fait frémir.

La dernière mesure en date ne concerne plus seulement les Juifs, mais s'applique à tous les Néerlandais : à partir d'avril, tout citoyen âgé d'au moins quinze ans sera tenu de porter en permanence sur lui une carte d'identité.

« Je ne comprends pas trop à quoi cela peut servir », s'interroge Esther.

Assises à la table à manger chez Katja, les deux femmes partagent une tasse de café. Le soleil du printemps pénètre dans la pièce par les hautes fenêtres et vient se refléter sur le meuble en acajou.

Katja ouvre le document plié en trois. Elle n'a pas encore sa carte, elle doit aller la chercher l'après-midi même.

« Les Allemands veulent savoir à qui ils ont affaire. La Résistance et les dernières grèves y sont certainement pour quelque chose.

— Victor envisage de falsifier la nôtre en utilisant un autre nom, mais je ne vois pas comment on pourrait s'y prendre. Regarde, il y a même un tampon sur la photo. Comment veux-tu reproduire un tel document ? »

Katja partage son avis.

« Aucune idée. Je crois que Thijs en a un faux. Il s'est montré très évasif quand j'ai abordé la question. Toute cette histoire ne m'inspire rien qui vaille. S'ils te prennent en flagrant délit avec un faux passeport, tu risques très gros. »

Les deux amies gardent le silence quelques instants. On raconte que les quatre cents Juifs d'Amsterdam qui ont été déportés ont fini dans un camp de concentration à Mauthausen, en Autriche. Il semblerait que des résistants aient aussi atterri là-bas. Le camp a très mauvaise réputation. Très régulièrement, des avis nécrologiques paraissent dans les journaux, Mauthausen apparaît chaque fois comme lieu du décès.

« Je dois aller à la boulangerie et passer chercher ma carte d'identité, reprend Katja lorsque le silence devient trop lourd. Tu pourrais garder Lieke quelques heures ? Ce n'est pas la porte à côté, et comme elle est déjà enrhumée…

— Bien entendu, tu peux compter sur moi. »

Katja se met immédiatement en route. Derrière la vitre, il faisait bon au soleil, mais une fois dehors, le vent froid lui mord les joues. Même si l'on est en mars, le printemps semble encore loin, et dans la rue les arbres nus alternent avec les monticules de neige.

Dans le quartier résidentiel de Blijdorp, dans la Statenweg, un complexe de magasins provisoires a été construit : des bâtiments austères, dépourvus de tout caractère. La différence avec les anciens édifices qui se trouvaient au même endroit un an plus tôt est criante. Mais ces boutiques sont les seuls établissements ouverts, et Katja se glisse donc, faute de mieux, dans la longue queue qui s'étend jusqu'à l'entrée.

Une fois ressortie, elle fourre ses achats dans ses sacs et se rend à vélo jusqu'au stade de Feyenoord, à l'autre bout de la ville. Lorsqu'elle arrive, frigorifiée par le vent glacial, elle découvre une nouvelle file d'attente, encore plus grande que la précédente.

Sans se poser de question, elle se joint à la foule, tenant son vélo près d'elle. Les personnes dans la colonne semblent tout aussi usées qu'elle : engoncées dans des écharpes, coiffées de chapeaux ou de bonnets, toutes se protègent du froid et parlent peu.

Katja jette un coup d'œil vers la porte d'entrée, que les gens passent les uns après les autres. À la vitesse à laquelle ils avancent, elle estime en avoir encore pour au moins une heure. De temps à autre, elle piétine pour faire circuler le sang dans ses pieds. Son corps et son esprit sont engourdis par le froid.

Soudain, des voix sourdes et le claquement de bottes cloutées la sortent de sa torpeur. Un groupe d'officiers allemands passe devant la rangée de personnes qui patientent. L'un d'eux s'arrête subitement, juste à côté de la jeune femme.

Elle glisse un regard sur le côté et remarque avec stupeur que le militaire est en train de l'observer. Il porte un long pardessus et des bottes noires. Sa casquette arbore un insigne représentant une tête de mort surmontée d'un aigle avec, pris dans ses serres, un médaillon orné d'une croix gammée. L'apparence menaçante de l'officier contraste totalement avec le sourire qu'il affiche.

« *Frau* van Kesteren ? »

C'est à sa voix que Katja le reconnaît. Max Rösener, l'officier allemand avec qui elle a discuté à la fête d'anniversaire de sa belle-mère. Il la regarde comme s'ils étaient de vieux amis.

« Oui, je… je suis venue chercher ma carte d'identité, répond-elle en bégayant.

— Il fait bien trop froid pour rester dehors aussi longtemps. Venez avec moi ! »

Il tend le bras droit pour l'inviter à sortir du rang, et elle ne peut rien faire d'autre que de le suivre en poussant son vélo.

Rösener l'accompagne jusqu'à l'entrée du stade, demande à tout le monde de s'écarter pour que Katja puisse entrer avec sa bicyclette, qu'elle appuie finalement contre un mur. Le militaire escorte ensuite la jeune femme dans le hall, où des dizaines de fonctionnaires, attablés en enfilade, s'affairent au fichage de la population. Rösener stoppe l'homme en tête de file qui s'apprêtait à avancer en mettant son bras devant lui et dit d'un ton sec au fonctionnaire : « Elle d'abord. »

Le fonctionnaire de service acquiesce et invite Katja à lui remettre le formulaire qui lui a été envoyé. Elle l'a renseigné et y a joint deux photos d'identité. Avec efficacité, le fonctionnaire réceptionne le tout, prend les empreintes digitales de la jeune femme, dactylographie ses données personnelles sur le document, y colle la photo, appose le tampon, et tend la carte finalisée à Katja.

« *Also*, c'est allé vite, *nicht wahr* ? » commente Rösener, toujours souriant.

Katja ne sait pas quelle attitude adopter. Dans son dos, elle sent les regards réprobateurs de ses compatriotes lui transpercer la nuque.

« *Vielen dank*, dit-elle finalement en esquissant un demi-sourire maladroit. Je dois y aller maintenant. »

Sans attendre de réponse, elle fourre sa carte d'identité dans la poche de son manteau et se dirige vers son vélo. Rösener lui emboîte le pas.

« Nous nous reverrons j'espère une autre fois. Chez vos beaux-parents, peut-être ?

— Oui, peut-être. Merci encore. »

Guidant sa bicyclette vers la sortie, elle fait semblant

de ne pas remarquer le léger coup de coude qu'un homme assène au passage dans les côtes de Rösener. Celui-ci pince la visière de sa casquette et la salue avec amabilité. Katja enfourche son vélo et part. Elle n'a pas à se retourner pour savoir que tous les regards sont braqués sur elle.

15

« Tu admettras tout de même que la venue des Allemands est aussi source de bienfaits, soutient Arnout. Regarde, le chômage a diminué de moitié ! C'est un sacré tour de force ! »

Perplexe, Katja scrute le visage de son beau-frère, mais n'y décèle aucun signe d'ironie.

Arnout, Nora, Daniel et elle sont tous les quatre réunis autour de la table à manger. Alors que mai commence tout juste, ils devraient être installés dans le jardin, mais le froid ne recule pas. La nature a deux mois de retard, pas le moindre bourgeon ne pointe sur les branches des arbres et, à part quelques narcisses et autres crocus, aucune fleur n'ose sortir du sol.

« Plus que de moitié, même, ajoute Arnout pour briser le silence, tandis que Nora avale une gorgée de café. C'est incroyable, vous ne trouvez pas ?

— Nombreux sont ceux qui voient ces nouveaux emplois comme une aubaine, admet Daniel. Mais il ne faut pas oublier les circonstances dans lesquelles ils ont été créés. L'industrie mécanique, les hauts-fourneaux, la construction navale et la production de boîtes de conserve ont tous grandement profité du contexte, et notre économie ne se redresse que parce que les Allemands passent des commandes à nos entreprises et à nos usines pour faire tourner leur machine de guerre.

— Et alors ? Du travail, c'est du travail ! minimise Arnout avec un haussement d'épaules. J'entends que l'occupation allemande et la perte de notre indépendance soient difficiles à accepter, mais en fin de compte, nous avons tout à gagner de l'autorité du Reich. »

Katja, déjà écœurée par la récente décision de son beau-frère de rejoindre la milice armée du NSB, le Mouvement national-socialiste néerlandais, sent la colère monter en elle. Même s'il n'a pas apprécié la démarche, Daniel n'y a pas vu de raison suffisante pour couper les ponts avec son frère. Sa femme comprend son choix, mais elle peine malgré tout à surmonter sa consternation. Heureusement, Arnout ne porte pas l'uniforme noir brodé de l'écusson triangulaire du NSB – Daniel lui a clairement signifié qu'il ne mettrait plus les pieds chez eux s'il adoptait cette tenue. Toutefois, le couple ne peut empêcher le jeune homme d'avoir ses propres convictions politiques.

« Tu n'es pas sérieux ? Tu as vraiment l'intention de renoncer à ta liberté ? reprend Katja.

— La liberté ? Qu'est-ce que la liberté, au fond ? intervient Nora avant son mari.

— Exactement ! appuie Arnout. La liberté, c'est très relatif. Si l'on te garantit un emploi, une vie saine et confortable, cela compense largement, non ? À quoi sert la liberté dans un monde rongé par la famine et la pauvreté ?

— Sans vouloir te contredire, notre situation actuelle n'est pas aussi idyllique, objecte Katja. On manque de tout ! Lieke n'a plus aucun vêtement à sa taille. Avec ou sans coupons, je ne trouve plus le moindre habit à acheter, que ce soit pour elle ou pour nous. Jet tente de retailler nos vieilles frusques, nous n'avons pas d'autres solutions. Et tu as vu le prix des fruits et des légumes ? Ils sont devenus inabordables ! J'envisage même de remplacer le gazon et les fleurs du jardin par un potager !

— Bonne idée ! approuve Nora. Vous avez beaucoup de place derrière la maison. Je vais sans doute y songer, moi aussi.

— Ce n'est pas normal d'en arriver là ! insiste Katja. Les Allemands ont fait baisser le chômage ? Très bien, mais même si les gens gagnent de l'argent, plus personne ne peut s'acheter quoi que ce soit. Ils vident notre pays de ses richesses et emportent tout ce qui a de la valeur ! »

Un silence tombe. Manifestement mal à l'aise, Arnout évite le regard de Katja.

« C'est provisoire, rétorque-t-il après un instant. L'Allemagne a une guerre à gagner. Dans quelque temps, lorsque nous aurons retrouvé la paix et la stabilité, les richesses seront mieux réparties.

— Mais oui, bien sûr ! ironise Katja avec dédain. Tu peux toujours rêver ! »

Son beau-frère lui lance un coup d'œil agacé, mais préfère se taire.

Le 10 mai marque le triste premier anniversaire de la guerre. Les Allemands ont interdit toute célébration publique à la mémoire des victimes, mais de nombreux Rotterdamois trouvent tout de même le moyen de rendre hommage aux disparus.

Tôt le matin, un étendard orange est hissé en haut de la tour de l'église Sint-Laurenskerk et, même si les Allemands l'ont enlevé sur-le-champ, la ville entière l'a aperçu : tout le monde ne parle que de ça ! Dans la journée, les habitants font sécher à leurs fenêtres du linge rouge, blanc et bleu, les couleurs du drapeau néerlandais, et un grand nombre de filles se promènent dans la rue en arborant des nœuds orange dans les cheveux.

De son côté, Katja a renoncé à chercher une échappatoire à sa peine. Elle espérait, au début, que la tristesse s'atténuerait progressivement, mais, après un an, elle ne se berce plus d'illusions. Le chagrin ne s'estompe pas, il va et vient, se manifeste avec violence certains jours, puis s'adoucit pour revenir à un niveau supportable. Il couve en permanence, fait partie d'elle et guette son heure pour lui vriller le cœur lorsqu'elle ne s'y attend pas.

La jeune femme passe beaucoup de temps avec Esther, qui souffre aussi, d'une autre manière. Alors que l'été précédent, les deux amies profitaient largement de la plage ou du parc, ces endroits – comme tant d'autres – sont dorénavant interdits aux Juifs. La côte n'est de toute façon plus accessible à cause des clôtures de barbelés et des mines que les Allemands ont fait poser dans l'éventualité d'une invasion anglaise.

Même la forêt de Kralingen – qui était l'un de leurs derniers refuges – est désormais placardée de panneaux « JUIFS INDÉSIRABLES ».

« Ce n'est qu'une forêt, tente de dédramatiser Esther. Je n'y allais pas si souvent. Ni au parc, d'ailleurs. »

Les deux femmes partent donc pour de longues balades à vélo dans la région ; elles emportent à boire et à manger, car les Juifs ne sont plus admis dans la plupart des cafés et des restaurants. Peu de temps après, ils n'ont plus le droit de se rendre au marché et se voient même confisquer leurs radios et leurs bicyclettes. Il leur est aussi strictement défendu de fréquenter des non-Juifs.

« Ils peuvent toujours rêver ! s'insurge Katja. Qu'ils posent des panneaux d'interdiction partout si ça leur chante, mais ils ne choisiront pas mes amis pour moi !

— Et s'ils te repèrent ? s'inquiète Esther. Je suis très attachée à ton amitié, mais je ne veux pas qu'ils t'infligent une amende ou qu'ils te mettent en prison à cause de moi. »

À partir de ce jour, les deux femmes conviennent de ne plus se voir en dehors de la maison, et elles se retrouvent chez l'une ou chez l'autre. La rudesse de l'hiver a enfin laissé la place à un printemps des plus agréable. Elles étalent alors une nappe sur la pelouse, où elles s'installent pour pique-niquer et profiter ensuite d'un bain de soleil. Par ailleurs, elles retournent la terre d'une partie du jardin de Katja pour le transformer en potager.

Un jour, Thijs revient à la maison avec deux lapins, ce qui rend Lieke folle de joie. Elle joue des heures durant avec eux, les laisse gambader dans un petit enclos et leur fabrique des abris en carton. La fillette éclate de rire lorsqu'elle voit l'un des animaux grimper sur l'autre.

Katja observe la scène en fronçant les sourcils.

« Tu as eu la bonne idée d'acheter un mâle et une femelle ? Bientôt, notre jardin sera rempli de lapins !

— C'est un peu l'objectif, en effet. Ainsi, nous aurons non seulement de la viande gratuite, mais aussi de la peau et de la fourrure pour réparer nos chaussures en hiver. »

Tous deux baissent les yeux vers les deux lapins qui sautillent joyeusement dans l'herbe.

« Bonne idée, admet Katja après un temps. Mais ne dis rien à Lieke. »

Les semaines passent sans que la guerre connaisse de développements notables ; l'hégémonie allemande semble absolue. À la mi-mai, Hitler lance une nouvelle offensive contre l'Angleterre, cette fois par le biais de sous-marins. Heureusement, les Britanniques anticipent l'attaque et installent un cordon de mines marines au large des côtes. Ils ripostent en intensifiant les attaques aériennes sur les villes allemandes. Chaque nuit, Katja entend gronder les bombardiers britanniques qui survolent Rotterdam. Parfois, lorsqu'elle ne trouve pas le sommeil, elle se lève et écarte le papier occultant de la fenêtre de sa chambre pour observer le ballet des rayons de lumière émis par les projecteurs allemands.

L'offensive allemande contre l'Union soviétique constitue la grande nouvelle de l'été. À la surprise générale, le 22 juin 1941, Hitler déclare la guerre à la Russie, pourtant son allié initial. Derechef, toute la planète a l'oreille collée à la radio où le Führer vocifère ses menaces, promettant que son armée mettra l'Union soviétique à genoux avant l'hiver.

Au grand dam de tous, les premiers assauts semblent lui donner raison. Tel un rouleau compresseur, l'infanterie allemande poursuit son inexorable marche vers Moscou.

« Si la Russie et l'Angleterre tombent, les Américains nous viendront sûrement en aide, se rassure Daniel en éteignant la radio. Jamais ils n'accepteront que toute l'Europe soit sous la coupe des Allemands. Ils ne prendront pas le risque de voir le Reich s'étendre jusqu'en Asie et en Afrique. »

Katja s'efforce de le suivre dans cette espérance, malgré ses doutes. Jusqu'à présent, les États-Unis ont été réticents à s'impliquer dans le conflit. Bien qu'il soit sensible à la bravoure de la Grande-Bretagne, le président Roosevelt a dû promettre aux Américains qu'il ne les sacrifierait pas pour une guerre en Europe. Il se cantonne à offrir son aide en livrant des armes à la Grande-Bretagne et à la Russie, mais pour l'heure ce soutien matériel n'entrave en rien la progression des Allemands.

16

Depuis la rafle subie par les partisans du mouvement des Gueux, Katja n'a perçu aucun signe qui pourrait indiquer que Thijs aurait rejoint un autre groupe de résistance. Après en avoir fini avec le déblaiement des décombres, il a trouvé un emploi de charpentier et travaille à la reconstruction de la ville. Il est certes bien occupé, mais ce qu'il fait de son temps libre demeure un véritable mystère. La jeune femme espère qu'il le passe avec Roza, sans toutefois pouvoir en être sûre, tant son frère est parfois impénétrable.

Le 16 juillet, à 5 heures de l'après-midi, trente-six bombardiers anglais survolent la zone portuaire de Rotterdam pour effectuer un pilonnage ciblé. Quatre avions sont touchés par des tirs antiaériens : trois s'écrasent sans laisser de survivants, mais le quatrième réussit un atterrissage d'urgence sur le terrain vague qui s'étend désormais à la place du Kruiskade, naguère l'une des principales artères commerçantes de la ville.

Les habitants se précipitent pour secourir les aviateurs anglais, mais deux d'entre eux, coincés dans les débris de la carlingue, sont immédiatement arrêtés par les Allemands. Le troisième parvient à s'échapper avec l'assistance de la population, mais il est rattrapé par les officiers. Si la tentative des citoyens se solde par un échec, le ton est donné. Les Allemands, furieux, menacent de renforcer leurs mesures si les Rotterdamois viennent de nouveau à la rescousse des Britanniques.

Pourtant, leurs avertissements n'intimident visiblement pas grand monde.

Début août, un autre bombardier britannique doit atterrir en catastrophe. L'avion se pose à dix kilomètres au sud de Rotterdam, près du village de Greup. Les six Anglais sont d'emblée pris en charge par les villageois, qui les aident à s'extirper de l'épave, leur donnent de l'argent, de la nourriture et des vêtements civils.

Pour les Allemands, c'est l'initiative de trop. En représailles, ils rassemblent tous les hommes du village dans la cour de l'école communale. Ils les obligent à rester debout toute la nuit, tandis que les soldats ennemis fouillent les maisons à la recherche des six Britanniques, sans résultat. Après un interrogatoire collectif musclé, les forces d'occupation arrêtent quatorze hommes, les emmènent au poste du SD, sur le Heemraadssingel, où ils sont une nouvelle fois questionnés et torturés. Six d'entre eux sont finalement libérés, trois sont emprisonnés à vie et cinq se voient condamnés à mort.

Le lendemain, Katja découvre dans le grenier un stock d'armes et une pile de revues illégales émanant de l'organisation de résistance Nederlandse Volksmilitie, la milice populaire néerlandaise.

Malgré elle, la jeune femme comprend son frère. Alors que les atrocités commises par les Allemands se multiplient, elle sent sa colère enfler et, avec elle, son envie de lutter. Elle aurait peut-être distribué des journaux et des tracts, si ses responsabilités actuelles le lui avaient permis. Néanmoins, si quelque chose devait lui arriver, Lieke, Hein et Jet n'auraient plus personne pour les protéger et s'occuper d'eux. Thijs est adulte et peut se débrouiller seul, mais ses sœurs et son plus jeune frère ont encore besoin d'elle.

Le soir même, Katja aborde le sujet avec Thijs. Elle reconnaît qu'elle ne peut l'empêcher de rejoindre la Résistance s'il le souhaite, mais qu'il ferait mieux d'aller vivre ailleurs. Elle ne peut accepter que ses actes mettent toute la famille en danger.

Le jeune homme choisit d'emménager chez un ami, dans le sud de la ville. Lorsque la porte se referme sur lui, Katja s'assied à la table de la salle à manger et laisse ses larmes couler pendant de longues minutes. Elle sait qu'elle ne reverra son frère que rarement, mais elle ne peut revenir sur sa décision : c'est la meilleure solution.

Le 4 septembre, des bombes perdues britanniques tombent sur Rotterdam-Ouest ; de nombreux morts et blessés sont à déplorer. À peine un mois plus tard, une autre attaque a lieu. Encore une fois, c'est l'ouest de la ville qui est touché, mais une rue est également détruite au sud. Lorsque Katja apprend la nouvelle, elle est prise de panique. Heureusement, ce n'est pas la rue où vit Thijs.

L'été passe le relais à un déluge d'averses automnales entrecoupées de rafales. Katja profite des éclaircies dans la grisaille pour aller se promener au bois avec Lieke et Jet, où les trois sœurs apprécient la compagnie des arbres majestueux et de leur feuillage jaune et rouge. La nature expose son éternelle beauté sans se soucier de la violence des hommes.

Une vague de stupeur frappe la ville quand le bourgmestre Oud, anti-Allemands notoire, est arrêté, sans que personne en connaisse la raison. Mais tous poussent un soupir de soulagement lorsque le détenu est libéré au bout de quelques jours. Cependant le bourgmestre remet sa démission, et un certain Frederik Müller, membre du NSB, est nommé à sa place. Ce changement ne fait que renforcer la haine des Rotterdamois pour l'occupant.

La vie quotidienne devient de plus en plus difficile. Des pénuries sévissent dans tous les domaines, et il est désormais à peu près impossible de se procurer du savon, des chaussures ou des vêtements.

L'école de couture où Jet s'était inscrite avec tant d'enthousiasme a fermé ses portes en raison du manque de matériel. Pour se rendre utile, elle reprise de vieux habits et en fabrique de nouveaux à partir de rideaux ou de sacs de jute. Un jour, Thijs lui offre de magnifiques tissus provenant des parachutes anglais. Ravie, elle en fait de jolis chemisiers pour Katja, Lieke et elle-même, même si, par la suite, elles n'oseront pas les porter.

« Je suis enceinte ! » annonce Esther, début novembre.

Elle rougit légèrement en prononçant ces mots, car elle et Victor ne sont pas mariés, mais son regard étincelle.

Un curieux mélange de joie et de peur envahit Katja.

« C'est merveilleux ! s'écrie-t-elle en saisissant les mains de son amie, qu'elle serre ensuite chaleureusement contre elle. La naissance est pour quand ?

— Vers la fin du mois de juillet, d'après le médecin. En plein été ! »

Esther arbore le sourire d'une jeune femme qui voit enfin une lueur d'espoir dans sa vie. Puis, comme si elle prenait soudain conscience de quelque chose, elle dévisage Katja avec embarras.

« Oh, Kat, pardonne-moi de t'annoncer cette nouvelle

de façon aussi irréfléchie. Je sais que le sujet est sensible… Je suis navrée.

— Allons, ne sois pas bête. Je suis folle de joie pour vous. Un peu envieuse, c'est vrai, mais enchantée ! Ces deux sentiments peuvent très bien cohabiter, explique Katja sur un ton rassurant.

— Tu es sûre ? insiste Esther. Je comprendrais très bien que tu ne souhaites pas en parler davantage.

— Tu veux rire ? Et puis il faudra bien habiller cet enfant, non ? Mon aide te sera très utile, crois-moi ! »

Un sourire se dessine sur le visage d'Esther.

« Dans ce cas, je l'accepte avec plaisir. Ce sera sûrement compliqué de trouver des vêtements.

— On se débrouillera ! J'en ai déjà un panier plein au grenier, je te les donne bien volontiers.

— D'où viennent ces habits ? »

Un silence passe, et Katja baisse les yeux avant de confier d'une voix faible :

« Je les ai achetés peu de temps avant la guerre, quand tout était encore disponible. À ce moment-là, je croyais qu'ils me seraient utiles. Mais Daniel et moi sommes mariés depuis plus de deux ans maintenant, on peut dire que rien n'adviendra plus.

— Tu ne dois pas perdre espoir. L'une de mes cousines a dû attendre trois ans avant de tomber enceinte ! Et le deuxième est arrivé un an plus tard. Certaines femmes ont parfois besoin d'un peu plus de temps.

— Oui, je connais ces histoires. Dans tous les cas, il est sans doute préférable de ne pas mettre un enfant au monde en ce moment, au moins jusqu'à la fin de la guerre.

— À ce sujet, je voulais aussi te parler d'autre chose… »

Esther hésite un instant, puis reprend :

« S'il devait nous arriver malheur, à Victor et à moi… Après tout, on ne sait jamais… Et si ma famille ne pouvait pas prendre soin du bébé, est-ce que… »

Esther s'arrête à nouveau, n'osant pas achever sa question. Katja la scrute quelques secondes sans vraiment comprendre, puis elle finit par saisir l'objet et l'importance de la demande de son amie.

« J'accepterais de m'occuper du bébé ? termine-t-elle avec émotion. Mais oui, bien sûr ! Ce serait un grand honneur.

— Mais ce sera un bébé juif…

— Un bébé tout court, corrige Katja. Quoi qu'il arrive, tu peux compter sur moi. Même si je sais que ce ne sera pas nécessaire.

— Non, confirme Esther. Partons du principe que cette précaution sera inutile ! »

Ses yeux marron se perdent dans le vide ; son regard s'est éteint.

L'Union soviétique s'avère en définitive plus coriace que les Allemands ne le pensaient. Alors qu'ils progressaient rapidement en été, les assaillants se retrouvent en difficulté avec l'arrivée de l'automne. Des pluies incessantes ont transformé les voies en coulées de boue, ce qui empêche les chars et les véhicules de l'armée allemande d'aller de l'avant. De leur côté, les Russes bloquent les routes et font sauter les ponts.

Fin octobre, les Allemands atteignent Toula, à deux cents kilomètres au sud de Moscou. Les habitants se défendent avec détermination, pilonnent les ennemis de grenades à main et lancent des raids nocturnes à dos de cheval cosaque.

Le gel arrive et facilite d'abord la progression de l'armée allemande, qui avance beaucoup plus vite sur le sol dur. Comme ils supposaient que la Russie tomberait avant l'hiver, les soldats n'ont pas emporté de vêtements chauds, mais Moscou est en vue. Serrant les dents, ils endurent le froid dans leurs minces uniformes d'été.

Le 12 novembre, la température descend à quinze degrés en dessous de zéro, puis dégringole encore de cinq degrés le jour suivant. Il se met à neiger.

L'armée allemande peine à se frayer un chemin dans l'épaisse poudreuse. Les clous métalliques de leurs bottes s'avèrent d'excellents conducteurs du froid, et leurs pieds sont rapidement glacés. Le gasoil gèle également, ce qui immobilise les véhicules les uns après les autres. Encerclés par les Russes qui, invisibles dans leurs fourrures blanches, les assaillent jour et nuit, les Allemands ont le moral au plus bas.

Début décembre, la température chute à moins trente-cinq, des centaines de corps gelés sont retrouvés dans la neige tous les matins. Le 6 décembre, les Allemands battent en retraite.

À peine s'est-on remis de la nouvelle qu'une autre grande annonce secoue la planète : les Japonais ont attaqué Pearl Harbor, la base de l'armée américaine à Hawaï. En 1940, l'Allemagne, le Japon et l'Italie avaient conclu un pacte tripartite de soutien mutuel, et aujourd'hui, se sentant menacés par cette présence dans le Pacifique, les Japonais ont pris la décision de bombarder les installations militaires qui s'y trouvent. Plus de deux mille soldats américains périssent dans l'offensive, et leur flotte est complètement détruite. Le jour même, le président Roosevelt déclare la guerre au Japon. Le pays du Soleil levant n'aurait pas pu rendre un plus grand service à l'Europe occupée : peu après, l'Allemagne réagit à son tour en signifiant officiellement qu'elle va prendre les armes contres les États-Unis.

Tandis que le monde retient son souffle, Victor et Esther se marient. Le gel s'est également invité à Rotterdam, dont les rues sont couvertes de neige, comme si un voile nuptial avait été posé sur le sol.

Dans ce contexte, il est impossible de se procurer une robe de mariée, ni même du tissu pour en confectionner une. Heureusement, Jet dispose encore d'un grand morceau de toile de parachute blanche. Radieuse dans sa splendide robe, tout en sobriété, Esther porte des toasts, d'abord avec son nouvel époux, puis avec ses parents et sa sœur, Katja et Daniel, ses autres amis et ses proches, dans l'espoir de jours meilleurs.

1942-1943

17

« Ne porte pas cette chose ! supplie Katja. S'il te plaît. »

Elle a rejoint Esther dans sa nouvelle maison, sur la Mathenesserlaan. La mère de Victor est décédée en février et a laissé tous ses biens à son unique fils.

Nous sommes au début du mois de mai, et le ventre d'Esther s'est joliment arrondi. Malgré les problèmes du quotidien et les restrictions imposées aux Juifs, elle semble heureuse dans son nouveau logis. Elle est épanouie dans son rôle de future maman, et les étoiles pré-imprimées sur le bout de tissu jaune qu'elle a posé sur la table n'y changent rien.

« Je n'ai pas le choix. S'ils me demandent ma carte d'identité et que je ne porte pas d'étoile, ils m'enverront à Mauthausen sur-le-champ », plaide Esther.

La simple évocation de Mauthausen suffit à faire froid dans le dos à Katja. La réputation du camp de concentration est telle que les Allemands ont juste à prononcer son nom pour s'assurer toute obéissance.

Le port de l'étoile a été imposé par le dernier décret en date : tous les Juifs sont tenus d'en acheter quatre et de les coudre sur leur veste et sur les vêtements qu'ils mettent le plus souvent, sur la poitrine, de façon bien visible. Désormais, il leur est interdit de sortir dans la rue sans ce signe distinctif.

Katja saisit le morceau d'étoffe. Au milieu de chaque étoile jaune, en grosses lettres noires, on peut lire le mot « *jood* ». Juif.

« Si tu portes cet insigne, je vais le faire, moi aussi.

— Tu plaisantes ! C'est hors de question ! Je te trouve déjà très courageuse de venir chez moi.

— Courageuse ? Quelle valeur aurait mon amitié si je n'osais plus te fréquenter ?

— Crois-moi, des gens qui abandonnent leurs amis juifs, j'en connais beaucoup ! Et comment leur en vouloir ? »

Esther tire une chaise, s'y assied et observe le tissu jaune.

« Le pire, ce sera d'apposer cette horreur sur les vêtements du bébé. Quel monde s'apprête-t-il à découvrir, Katja ? Que va devenir mon enfant ? »

La jeune femme prend place près de son amie et pose sa main sur la sienne.

« Quand ton enfant sera assez grand pour comprendre ce genre de choses, nous aurons été libérés depuis longtemps. La guerre ne devrait plus durer éternellement. Les Américains vont réduire les Japonais en bouillie ! »

Esther la regarde avec un timide demi-sourire.

« Le Japon, c'est loin…

— Ils commenceront par le Japon, puis ils s'occuperont de l'Allemagne. Tu verras, tout sera bientôt terminé. Les manœuvres de Hitler en Russie ont été un fiasco. Dans quelque temps, les Allemands devront se défendre au lieu d'attaquer. »

Esther ne semble pas l'écouter ; elle laisse courir ses doigts sur les étoiles de tissu.

« Comment vais-je me promener dans la rue,

désormais ? reprend-elle. Cet insigne me paraît si humiliant… Je ne serai pas la seule, mais tout de même. En plus, Victor a un rendez-vous demain dans la matinée.

— Je viendrai te chercher. Il fera beau, nous marcherons un peu, nous irons acheter quelques provisions et nous resterons ensemble jusqu'à ce que tu t'habitues à cette étoile.

— Je ne crois pas que je m'y habituerai un jour. Mais merci. »

Esquissant un sourire, Esther lève les yeux.

« Que ferais-je sans toi… »

Le lendemain, le soleil rayonne pleinement, à l'inverse de l'humeur de Katja. Bien qu'elle s'y soit préparée, elle ne peut réprimer un sursaut quand elle voit des passants porter une étoile jaune dans l'Oudedijk. Ils ont l'air mal à l'aise, la gêne se lit sur leur visage. Certains fixent le sol sans lever la tête, d'autres ont opté pour une posture empreinte de provocation, mais la plupart pressent le pas, le regard fuyant.

Ils sont beaucoup plus nombreux que ce que Katja avait imaginé. Elle ne sait pas non plus quelle attitude adopter. Doit-elle faire comme si de rien n'était ou respecter leur volonté de passer inaperçus ?

Au loin, elle aperçoit Rebekka et Dafna, l'étoile bien visible sur leurs manteaux. Katja peut difficilement passer devant sa voisine d'en face sans la saluer, elle décide donc de s'arrêter à leur hauteur et pose le pied à terre, le cœur battant. Rebekka marque une hésitation avant de s'approcher d'elle, le visage fendu d'un sourire crispé. Dafna se tient timidement à côté d'elle.

« Je voulais vous souhaiter du courage, commence Katja. J'imagine que les choses ne sont pas faciles pour vous en ce moment.

— Nous aurons en effet besoin d'un temps d'adaptation. Mais pour être honnête, la situation pourrait être pire. Tout le monde se montre très gentil avec nous pour l'instant. »

À ces mots, Katja prend effectivement conscience qu'une bonne partie des passants adressent à Rebekka un signe de tête ou un sourire – discret, mais sans équivoque. Plus largement, tous les Juifs, enfants comme adultes, semblent faire l'objet de la même attention.

« Prends bien soin de toi, Rebekka. Et toi aussi, Dafna. Viens quand tu veux à la maison pour jouer avec Lieke.

— Il est sans doute préférable d'éviter qu'elles se côtoient, intervient aussitôt Rebekka. Dafna a suffisamment d'amies juives avec qui s'amuser. »

Leurs yeux se rencontrent.

« Je ne vois absolument aucun inconvénient à ce qu'elles continuent à se fréquenter, réplique Katja.

— Je le sais, et ton choix t'honore. Mais je ne veux causer de problèmes à personne. »

La jeune femme acquiesce, sans trop savoir que dire. Elle embrasse sa voisine sur la joue et reprend sa route.

Le soutien apporté aux Juifs dans l'Oudedijk se manifeste en réalité partout en ville. Katja prodigue elle-même avec enthousiasme des marques de sympathie et sourit chaleureusement à chaque passant qui arbore une étoile jaune ; elle propose même à un jeune garçon à la peine avec son sac à provisions de l'emmener sur son porte-bagages.

Elle arrive à la Mathenesserlaan de bien meilleure humeur et appuie son vélo contre la façade de la maison d'Esther. Son amie l'accueille, la mine déconfite. Les yeux de Katja avisent immédiatement l'étoile brodée sur son pull et, sans prononcer un mot, elle prend Esther dans ses bras.

Sa sœur Bracha est là aussi. Katja est bouleversée de les voir si malheureuses.

« Allez, haut les cœurs, ce n'est qu'un bout de tissu, après tout ! Portez-le avec fierté au lieu d'en avoir honte. En plus, tout le monde semble très bien réagir. »

Esther se redresse.

« Tu as raison, Kat. Nous n'avons pas à nous sentir déshonorées. Au contraire, nous devons en être fières et le montrer. Viens, Bracha ! »

Les deux sœurs sortent alors de la maison, remontent la Mathenesserlaan, et ce que Katja espérait tant se produit : une vague de sympathie les submerge. Elle observe avec joie le visage de ses amies lorsque les premiers chapeaux se soulèvent et que les enfants les saluent d'un « Bonjour, madame » poli.

Très vite, le sourire d'Esther et de Bracha revient, et il s'élargit encore lorsque certains sifflotent le chant populaire néerlandais *Oranje boven*. Dans les files d'attente des magasins, les clients leur laissent souvent la priorité.

De retour à la maison, Bracha est en larmes.

« Quel pays incroyable ! ne cesse-t-elle de répéter. Je savais que nous n'étions pas seules. Les Allemands n'ont qu'à bien se tenir ! »

Les manifestations de soutien durent plusieurs jours. Pour témoigner de leur solidarité avec les Juifs, un certain nombre de citoyens cousent de leur plein gré une étoile sur leur veste. Dans le port, les travailleurs non juifs en portent une, jusqu'à ce que les Allemands les arrêtent. Un décret est publié et annonce que toute personne arborant une étoile sera traitée comme un Juif, ce qui met rapidement un terme à ces initiatives.

Après l'agitation qu'a générée l'obligation du port de l'étoile, tout le monde est de nouveau attentif aux événements. Les avancées de la guerre relayées par la BBC captivent les habitants, qui jubilent tous les soirs en prenant connaissance des succès américains en Asie. Personne ne comprend comment les Japonais ont pu commettre l'erreur d'attaquer Pearl Harbor et de pousser ainsi les États-Unis à s'impliquer dans le conflit. L'Angleterre n'est plus seule, un puissant allié se tient désormais à ses côtés. L'espoir que la guerre se termine bientôt est plus grand que jamais.

À la mi-juillet, Esther se présente à la porte de Katja, le visage livide. Sa grossesse est très avancée, et pendant une fraction de seconde, son amie craint qu'il n'y ait un problème avec le bébé.

« J'ai reçu une lettre », annonce simplement Esther.

Elle lui tend une feuille de papier.

Dans le cadre de votre participation éventuelle à la politique allemande du travail, vous êtes convoquée à un contrôle d'identité et à un examen médical sous surveillance policière au camp de transit de Westebork, gare de Hooghalen. Veuillez vous présenter le 30 juillet 1942 à 18 heures au point de rassemblement suivant : Entrepotstraat, hangar 24, Rotterdam.

Les deux femmes s'asseyent et se regardent, hébétées.

« Le Conseil juif dit que nous devons y aller, déclare Esther d'une voix inquiète.

— Vraiment ?

— Oui. J'imagine que les responsables savent ce qu'ils font…

— Permets-moi d'en douter ! Ont-ils déjà mis les pieds dans un camp comme celui-là ? Connaissent-ils seulement les conditions de travail là-bas ? Qu'allez-vous y faire exactement ?

— Je crois que je peux obtenir une exemption. Ils tiendront forcément compte de la situation des femmes enceintes et des jeunes mères… »

Katja observe son amie avec compassion, cherchant ses mots.

« Ce n'est pas certain. Es-tu prête à prendre le risque ? À ta place, je resterais ici et j'attendrais de voir comment la situation évolue.

— Il paraît qu'ils nous envoient à Mauthausen si nous ne nous présentons pas spontanément. »

Un silence pesant s'installe.

« Vous devez fuir ! déclare finalement Katja. Bouclez vos valises et partez dès que possible.

— Pour aller où ? Et comment ? Nous avons l'argent de l'héritage, mais avec nos cartes d'identité, nous n'irons pas bien loin. Nous aurions dû partir quand nous le pouvions encore…

— Victor ne voulait-il pas vous trouver de faux passeports ?

— Il a essayé, mais sans succès. On raconte que certaines personnes peuvent en fabriquer, mais qui sont-elles, et comment entrer en contact avec elles ? »

Katja réfléchit quelques secondes en silence, puis elle lève les yeux vers le visage tendu de son amie.

« J'ai ma petite idée. »

18

Katja saisit la première occasion qu'elle a d'aborder le sujet avec Thijs lorsque celui-ci vient leur rendre visite. Elle lui fait part de la convocation d'Esther et Victor, et de leurs doutes sur la meilleure chose à faire.

« Qu'ils n'y aillent surtout pas ! assène immédiatement Thijs. Rien de bon ne les attend dans ces camps, les conditions de vie y sont horribles, à ce qu'il paraît. Certaines rumeurs prétendent même qu'ils assassinent les Juifs.

— Qu'est-ce que tu dis ? s'étrangle Katja.

— Seyss-Inquart a lui-même déclaré dans son discours de prise de fonctions que les Allemands ne seront tranquilles que lorsque tous les Juifs auront disparu de la surface de la Terre. À l'époque, personne ne l'a pris au sérieux, mais nous aurions dû.

— Ils n'auraient quand même pas installé ces camps pour tuer des gens, si ? C'est inconcevable !

— C'est pourtant ce que prétend la BBC.

— Je l'ai entendu, mais je ne peux pas le croire. Ce doit être de la propagande. Lors de la dernière Grande Guerre, les rumeurs allaient aussi bon train. On racontait que les Allemands crucifiaient les hommes, arrachaient les yeux des enfants et coupaient la langue des femmes. Rien n'était vrai.

— Dans tous les cas, il est certain que tes amis ne sont pas invités dans un camp de vacances ! Ils y seront traités comme des esclaves.

— Je ne suis pas sûre de tout saisir, poursuit Katja d'un air pensif. Si les Allemands veulent des travailleurs, pourquoi convoquent-ils aussi les personnes âgées, les femmes et les enfants ? Ils ne sont pas vraiment ce que l'on peut appeler de la main-d'œuvre productive… Je peux encore comprendre qu'ils ne séparent pas les enfants de leur mère, mais les vieillards ?

— Les Allemands souhaitent se débarrasser des Juifs, Kat. C'est aussi simple que ça. Ils les envoient en Europe de l'Est et les enferment dans des camps et des ghettos, où ils les épuisent par un travail harassant. Voilà pourquoi tes amis ne doivent pas y aller. Combien de temps crois-tu qu'Esther pourra supporter un travail physique lourd ? Et comment pourra-t-elle s'occuper de son bébé en même temps ?

— Elle sera exemptée, je ne vois pas comment il pourrait en être autrement.

— Mais si les malades et les plus vulnérables sont exemptés, comme tu dis, pourquoi ne restent-ils pas tout bonnement chez eux ? Ce serait beaucoup plus simple, non ? Ils pourraient ne recruter que les vaillants et laisser les autres derrière. Pourquoi s'embarrassent-ils d'une telle charge ? Or, ici, tout le monde doit y aller. Au prétexte qu'ils ne veulent pas séparer les familles.

— Et pourquoi pas ? Ce n'est pas plausible ?

— Je n'en sais rien. Quand je vois la façon dont les Allemands ont traité les Juifs jusqu'à maintenant, j'ai un peu de mal à croire qu'ils se soucient du bien-être des familles.

— Que penses-tu qu'il se passe là-bas, alors ?

— Je pense qu'ils laissent volontairement crever les plus faibles… Victor survivra peut-être, mais j'ai des doutes concernant Esther et le bébé. »

Un silence de plomb s'abat sur la pièce. Les paroles de son frère résonnent dans la tête de Katja. Même si elle n'a pas envie de le croire, le tableau qu'il dépeint lui inspire un sentiment étrange. Et s'il avait raison ? Cette hypothèse lui paraît pourtant si invraisemblable…

« Ils doivent passer dans la clandestinité, Kat, insiste Thijs.

— La clandestinité ?

— Ils doivent se cacher. C'est ce que nous recommandons à tous. Le Conseil juif ne sait pas ce qui se trame dans les camps, il se laisse manipuler par les Allemands. Il devrait plutôt indiquer aux gens de fuir ou de se planquer.

— D'après Victor, les cartes d'identité rendent tout départ impossible.

— Sauf pour ceux qui en ont une fausse… et qui n'ont pas l'air trop juifs. »

Katja songe aux traits d'Esther et à l'apparence très typée de Victor. Elle pousse un soupir.

« Et se cacher ? Comment s'y prendre ? Ils ne peuvent tout de même pas rester cloîtrés chez eux et ne plus jamais en sortir ?

— C'est pourtant l'idée. Ceux qui entrent dans la clandestinité le font de façon définitive. Ils doivent pour ainsi dire disparaître du monde. J'ai déjà prévu une planque pour Roza et sa famille. Ils partiront très prochainement, car je ne peux tout simplement pas accepter qu'ils répondent aux convocations des autorités. Moi vivant, jamais ! affirme Thijs avec gravité.

— Où vont-ils aller exactement ?

— Le lieu est tenu secret. On a nos adresses.

— Il vous en resterait une pour Victor et Esther ?

— Pas pour le moment, mais je vais me renseigner. »

Thijs réfléchit en regardant sa sœur.

« Sinon, rien ne t'empêche de leur offrir un asile chez toi », finit-il par conclure.

Le soir, Katja rapporte à Daniel la conversation qu'elle a eue avec son frère. Ils discutent à voix basse pendant que Jet est en haut, que Hein fait ses devoirs sur la table de la salle à manger et que Lieke est au lit.

« C'est vraiment ce que tu veux ? Accueillir Victor et Esther ici ? demande Daniel.

— Je n'en sais rien. Mes pensées sont embrouillées. D'un côté, j'ai envie de les aider, mais de l'autre, je me vois mal héberger deux adultes et un bébé sans que personne se rende compte de rien.

— Nous pourrions leur laisser notre chambre à coucher, c'est la plus grande de la maison. Ils pourraient y vivre, mais devraient maintenir les rideaux fermés en permanence.

— Ce serait trop voyant de la rue. La chambre de Jet, à l'arrière, me paraît plus appropriée.

— Mais un peu petite pour trois personnes. »

Ils se taisent un instant, comme s'ils cherchaient la solution dans le regard de l'autre.

« Et si quelqu'un découvre la vérité ? s'inquiète Katja. On devra tous bien garder le secret. J'ai confiance en Jet, en Hein aussi, mais Lieke… Imagine qu'elle nous dénonce sans le vouloir ? Et que les Allemands viennent contrôler notre maison…

— Nous pourrions prévoir une sorte de cache. La maison regorge de coins et de recoins. On pourrait par exemple utiliser le sous-sol.

— Et le bébé ? S'il se met à pleurer pendant une fouille… »

Katja ferme les yeux un instant. Elle entend déjà les bottes des agents du SD claquer dans la maison, tirer Esther et Victor de leur cachette et les pousser sans ménagement dans un fourgon.

« Si on se fait arrêter, on finira tous au camp.

— En effet, confirme Daniel d'un air grave. Tu es prête à prendre un tel risque ? »

Katja essuie nerveusement ses mains moites sur sa jupe.

« Je n'en sais rien. Et toi ? »

Daniel réfléchit un moment.

« Si j'étais le seul exposé, je le ferais sans doute. Mais je ne veux pas te faire courir le moindre risque.

— Et je ne veux pas non plus qu'il arrive quoi que ce soit à mon frère et à mes sœurs. Leur sécurité et leur vie sont-elles moins importantes que celles d'Esther et de Victor ? Ai-je le droit de mettre la vie de Lieke en danger ?

— Si tu hésites, alors, on ne le fait pas, tente de conclure Daniel avec philosophie. Ma seule préoccupation, c'est toi, ton frère et tes sœurs. Vous avez suffisamment souffert. »

Katja observe son mari en quête de réponses.

« Donc, on les abandonne ? Peut-on vraiment leur faire ça ? »

Au désespoir, elle se passe les mains sur le visage, se ronge les ongles.

« On peut peut-être les aider d'une autre façon… À se cacher dans leur propre maison, par exemple. Ils pourraient fermer les rideaux, ne plus sortir, ne plus répondre au téléphone, ne plus relever le courrier. En bref, simuler une fuite. Nous, on se charge de leurs courses, on leur apportera à la nuit tombée. »

Katja joint les mains, manifestement ravie de ce plan.

« Bonne idée ! Toujours pas sans risque, mais déjà moins dangereuse que la solution de les héberger sous notre toit. Tu es prêt à t'engager dans un tel projet ?

— C'est tout ce que nous pouvons proposer, appuie Daniel. Mais je n'irai dans ce sens que si, toi aussi, tu en es totalement convaincue. Si tu as le moindre doute, on renonce. On a encore le temps d'y réfléchir, la nuit porte conseil. »

Comment ne pas douter ? Katja ne ferme pas l'œil de la nuit. Par moments, elle est entièrement résolue, prête à aider ses amis, et l'instant d'après elle imagine son arrestation et se met à transpirer. Si seulement elle savait avec certitude la libération imminente, qu'elle n'aurait à tenir que quelques semaines. Il est plus facile de faire preuve de courage lorsque le danger est raisonnable et de courte durée. Mais que faire quand vous n'avez aucune idée de l'étendue de votre engagement ?

Elle se tourne sur le dos et fixe le plafond. À quoi s'exposent-ils exactement ? Esther et Victor ne mettront pas les pieds chez eux, Lieke, Jet et Hein sont donc en sécurité. Pour Daniel et elle, le risque est également minime, puisqu'ils ne devront réapprovisionner leurs amis que tous les deux ou trois jours, voire une seule fois par semaine. Comme son père le disait parfois, le véritable courage n'implique finalement que de vaincre ses peurs. Ces mots trouvent en elle une étrange résonance, comme s'ils lui étaient singulièrement destinés.

Au petit matin, elle a pris sa décision et s'abandonne enfin à un sommeil agité.

Le soir même, Katja et Daniel présentent le projet à leurs amis. Si Esther émet des réserves, Victor semble d'emblée conquis.

« Nous avons dans le garde-manger une trappe qui donne sur un espace supplémentaire, que nous pourrions aménager en cache, réfléchit-il. Il est facile d'ouvrir cette trappe de l'intérieur. Nous devrons juste la couvrir d'une bâche pour dissimuler la poignée.

— L'un de nous viendra vous réapprovisionner à la nuit tombée, poursuit Daniel. Jamais les deux en même temps. Je m'attellerai à cette tâche aussi souvent que possible, après mon travail. Je préfère que Katja ne sorte pas la nuit.

— Et mes parents ? Et ma sœur ? demande Esther, blême. Je ne peux pas les abandonner.

— Bracha pourrait éventuellement se joindre à nous, mais l'abri sous la trappe est trop exigu pour cinq adultes. Trois personnes, c'est déjà presque trop, précise Victor.

— Dans ce cas, ce sera sans moi, je ne veux pas laisser mes parents ! »

Katja lui saisit la main.

« Nous trouverons une solution pour ta famille. J'irai leur parler à la première heure demain. »

À la lumière de la lampe à huile, tous se regardent ; la tension est palpable.

« Et si quelqu'un vous repère ? fait remarquer Esther. Il n'y a aucun moyen de pénétrer dans la maison sans être vu. Vous devrez forcément passer par la porte d'entrée.

— C'est pourquoi nous ne viendrons que la nuit, explique Daniel. Comme tout le monde doit obscurcir ses fenêtres et que les lampadaires sont éteints, nos allées et venues devraient rester discrètes. Tout ira bien, Esther. Soyons confiants.

— J'ai confiance, confirme Victor en adressant un regard chaleureux à son ami, puis à Katja. Merci infiniment. Nous avons de la chance de pouvoir compter sur des amis comme vous. »

19

Le 29 juillet, la veille du jour où ils doivent se présenter pour leur départ au camp de travail, Esther ressent les premières contractions. Le lendemain matin, naît un petit garçon qu'elle et son mari prénomment Samuel. Les parents et la sœur de la jeune femme n'ont que quelques heures pour venir admirer leur petit-fils et neveu ; le jour même, Esther et Victor doivent investir leur planque.

Sur les conseils de Daniel, ils ont annoncé à leur famille qu'ils ont l'intention de fuir, qu'ils se sont procuré de faux papiers et que la Résistance les aidera à quitter le pays.

« Moins il y aura de gens dans la confidence, mieux ce sera, avait indiqué Daniel. Nous devons garder à l'esprit qu'une petite imprudence ou une simple erreur peut signer votre arrêt de mort. Nous ne dirons rien à la maison non plus. Seuls Katja et moi sommes au courant, et il faut s'en tenir là. »

Esther supplie son amie de tout faire pour que ses parents et Bracha trouvent eux aussi une planque.

« Ils n'ont visiblement pas l'intention de fuir ni de se cacher, ils préfèrent attendre la suite des événements. Je t'en prie, Kat, essaie de leur faire entendre raison. »

Sonia Polak, la mère d'Esther, insiste pour aider sa

fille à faire ses bagages, et Katja l'assiste pour plus de vraisemblance. Ben et Bracha sont également présents, il y a foule dans la petite maison.

« Vous n'avez pas reçu de convocation ? » questionne Katja.

Sonia secoue ses boucles noires légèrement grisonnantes.

« Non, mais ça viendra tôt ou tard.

— Le cas échéant, n'y allez surtout pas…

— Je ne sais pas encore… Je sais que la vie au camp sera rude, je ne me fais pas d'illusions, mais au moins, nous serons ensemble. D'une manière ou d'une autre, nous traverserons cette épreuve. Si les personnes qui obtempèrent sont nombreuses, les Allemands laisseront peut-être les fugitifs tranquilles…

— Je ne crois pas », rétorque Katja.

L'expression de Sonia laisse clairement entendre qu'il est de toute façon inutile d'en discuter pour le moment. Elle est manifestement peinée par le départ de sa fille et de son petit-fils ; Katja déplore d'avoir à leur mentir, mais ils n'ont pas le choix.

Une fois encore, elle tente de persuader les parents d'Esther de se cacher, mais ni l'un ni l'autre n'y est favorable. Quant à Bracha, son regard trahit son indécision.

« Ne pourrions-nous pas partir avec Esther et Victor ? suggère finalement Sonia. Au moins, nous serions ensemble, et je pourrais aider Esther à s'occuper du bébé… »

Katja fait mine de réfléchir quelques secondes.

« Je crains que vous ne soyez trop nombreux… Un tel groupe risquerait d'attirer l'attention. Il est préférable de…

— Nous ne partons pas, Maman ! » lance soudain Esther.

Habillée de ses vêtements de voyage, elle s'appuie contre l'encadrement de la porte.

« Nous faisons seulement *semblant* de nous en aller. Nous allons nous cacher ici, dans notre maison. »

Victor laisse échapper un soupir. Sonia et Ben, les yeux écarquillés, dévisagent leur fille.

« Qu'est-ce que tu dis ? s'exclame son père.

— Vous avez bien entendu. Nous allons faire croire aux Allemands que nous avons pris la fuite.

— Mais comment allez-vous faire ? Vous devrez bien sortir de temps en temps !

— Non, rétorque Victor. Nous resterons à l'intérieur, rideaux fermés. Au moindre danger, nous nous cacherons dans le vide sanitaire sous le garde-manger. Katja et Daniel viendront nous apporter des vivres tous les deux ou trois jours.

— Pourquoi leur as-tu dit, Esther ? demande Katja d'un ton de reproche.

— Mes parents ont bien le droit de savoir, non ? Je sais qu'ils feront attention, on peut compter sur eux ainsi que sur ma sœur, assure son amie en se tournant vers Bracha.

— Le plan m'a l'air bon », commente cette dernière.

Bracha pose sur son père un regard implorant.

« Je ne veux pas aller dans un camp de travail, Papa. Cachons-nous, nous aussi ! »

Une once d'hésitation passe sur le visage de Ben, mais il se ravise aussitôt et réaffirme sa position.

« C'est hors de question ! Où irions-nous, d'abord ? Et combien de temps devrions-nous demeurer ainsi terrés ? Je perds déjà la tête quand je dois rester enfermé une journée ! Comment tenir des semaines, voire des mois ? Personnellement, je préfère encore aller travailler au camp. »

Katja ouvre la bouche pour argumenter, mais Sonia la devance :

« Et puis, surtout, nous ne voulons être un danger pour personne. Dans le journal, j'ai lu que quiconque ne répondait pas à la convocation était envoyé à Mauthausen, mais que cette règle s'appliquait aussi à ceux qui cachaient des Juifs ou les aidaient à s'échapper.

— Mais enfin, Maman ! s'emporte Bracha. Tu comptes vraiment aller te présenter ? Tu ne sais rien du travail qu'ils exigeront de toi, et encore moins des conditions dans lesquelles tu devras l'accomplir. En plus, ces camps se trouvent en Pologne, où il fait horriblement froid.

— Je suis sûre qu'ils ont songé à du travail adapté pour les femmes. Au moins à l'intérieur…

— Peu importe, ma décision est prise ! décrète sa fille d'un ton rebelle. Je veux rester avec Esther et Victor. Je vais me cacher avec eux. »

Ses parents la dévisagent, déconcertés.

« Katja a raison, nous ne savons pas ce qui nous attend là-bas. Vous ne pouvez pas m'obliger à vous suivre ! » insiste-t-elle en élevant la voix.

Katja échange un regard avec Esther et Victor. Ils semblent soulagés que Bracha se positionne ainsi, mais l'inquiétude n'a pas disparu de leurs visages pour autant.

« Tes choix sont respectables, glisse prudemment Victor. Je ne souhaite pas te monter contre tes parents, mais tu es assez vieille pour pouvoir décider par toi-même. »

Il se tourne vers Sonia et Ben, dont l'expression reflète à la fois la gravité et la stupéfaction.

« Ne croyez-vous pas que, pour le bien de vos enfants, vous devriez également éviter de prendre le risque d'aller au camp ? Jusqu'à présent, les Allemands ne nous ont guère donné de raisons de leur faire confiance. »

Sonia interroge son mari du regard. Celui-ci fixe le tapis qui recouvre le sol, tête baissée, entortillant ses doigts.

« Très bien, laisse-t-il tomber après un long silence. Nous allons suivre vos préconisations. »

Pour la forme, Esther et Victor sortent de leur maison en fin de journée, le petit Samuel enveloppé dans une couverture. Daniel a quitté le travail plus tôt et les attend sur son vélo. Dans la rue, à la vue de tout le quartier, Sonia et Esther se disent au revoir de façon déchirante, la mère serrant longuement sa fille dans ses bras. Sa tristesse et ses larmes sont réelles, tout comme celles de son mari et de son autre fille.

Finalement, Bracha a décidé d'aller se réfugier chez ses parents, car la famille a jugé que la cache de la maison d'Esther était trop exiguë.

Daniel pose la main sur l'épaule d'Esther pour mettre fin aux adieux. Victor et lui enfourchent leurs vélos, puis leurs épouses respectives prennent place sur les porte-bagages. Esther maintient fermement Samuel contre sa poitrine. Sonia, Ben et Bracha leur font signe jusqu'à ce qu'ils sortent de leur champ de vision, tout au bout de la longue avenue Mathenesserlaan.

La tentation d'accélérer la cadence pour arriver à l'Oudedijk le plus vite possible est grande, mais toute marque de précipitation ne ferait qu'attirer l'attention. Ils veillent donc à garder un rythme tranquille.

Chez Daniel et Katja, Esther dort tout l'après-midi dans la chambre de son amie, tandis que les deux hommes restent en bas, le visage sombre, à jeter des coups d'œil réguliers sur la rue. Chaque véhicule qui passe ravive brièvement leur inquiétude, mais aucun Allemand ne se présente à la porte.

Pendant ce temps, Katja, avec l'aide enthousiaste de Jet et Lieke, s'occupe de Samuel.

« Regardez-moi ces petites menottes ! Et ces minuscules ongles… »

Affectueusement, Jet prend la main du bébé dans la sienne.

« Il est tellement mignon, j'en voudrais un, moi aussi ! lance Lieke avec candeur. Il va rester ici ?

— Non », répond Katja avec un sourire.

Elle baisse les yeux sur l'enfant endormi dans ses bras.

« Ce soir, il part en voyage avec sa maman et son papa. Dommage, hein ? »

Lieke hoche la tête sans chercher à dissimuler sa déception. De son côté, Jet fronce les sourcils.

« En voyage ? Ce soir ? »

En veillant à ce que Lieke ne la voie pas, Katja pose un doigt sur ses lèvres. Jet comprend aussitôt.

« Pauvre enfant, dit-elle à voix basse lorsque leur petite sœur part chercher sa poupée. À peine arrivé dans ce monde, et déjà en fuite. Tu sais où ils s'en vont ?

— Aucune idée. Et il vaut mieux que chacun en sache le moins possible.

— Je peux tenir ma langue…

— Je n'en doute pas, mais autant ne pas savoir. Pour être franche, je serai soulagée lorsqu'ils seront partis, car pas mal de gens les ont vus entrer ici.

— On peut faire confiance à Dina et Ernst, certifie Jet. Pareil pour M. et Mme Sondervan. »

Katja acquiesce. En vérité, il y a une autre raison qui explique pourquoi elle préfère que la petite famille ne reste pas trop longtemps sous son toit. Elle se penche sur

Samuel, hume son odeur de bébé et tente de faire abstraction de la douleur douce-amère qu'elle sent poindre en elle.

Tard dans la nuit, protégés par l'obscurité, Katja et Daniel raccompagnent leurs amis chez eux. Ils leur chuchotent un au revoir rapide ; les véritables adieux ont eu lieu à l'Oudedijk.

Après avoir inspecté la rue, Esther et Victor rentrent discrètement dans leur maison. Lorsque la porte se referme, Katja scrute de nouveau les alentours. Tout est calme et, pour autant qu'elle puisse en juger, personne ne les a épiés à travers le papier occultant. Pourtant, la nervosité qui l'a rongée toute la journée ne la quitte pas.

« Nous sommes donc les seuls à savoir qu'ils sont là… Avons-nous bien fait ? N'est-ce pas une idée folle ? S'il devait nous arriver quoi que ce soit… qui prendrait la relève ?

— Que pourrait-il nous arriver ? demande sobrement Daniel. Aie confiance, ma chérie. Si nous sommes prudents, personne n'en saura jamais rien. Ne t'en fais pas. »

20

Deux jours après le rassemblement auquel Esther et Victor avaient été convoqués, la Sicherheitspolizei s'est présentée à leur domicile. Au premier coup frappé contre la porte, Esther et Victor se sont précipités avec Samuel dans la cave, où ils ont attendu en silence, terrorisés. Pour éviter que la porte ne soit enfoncée, ils avaient laissé pendre la clé au bout d'un morceau de ficelle accroché à la boîte aux lettres, de manière que les Allemands puissent ouvrir. Ils sont entrés en trombe, ont passé les lieux au peigne fin et constaté aux armoires vides que la maison était inoccupée. Plus tard, ils sont revenus et ont pris tout ce qui avait de la valeur, comme un secrétaire d'époque, les lampes Tiffany, l'horloge frisonne et l'argenterie. Ils n'ont laissé que les meubles les plus modestes. Lorsqu'ils sont repartis, Esther et Victor n'ont pas osé quitter leur cachette, aussi par crainte de découvrir leur demeure complètement dévastée. Par sécurité, ils ont donc passé toute la nuit dans la cave, et ce n'est que le lendemain qu'ils en sont ressortis. Ils sont manifestement encore sous le choc.

« Mais tout va bien ! conclut Daniel en souriant à sa femme. Les Allemands pensent désormais qu'ils ont fui. Ils ont même scellé la porte, mais heureusement, le ruban adhésif se décolle facilement. Il ne faudra pas oublier de le remettre en place dès que nous quitterons la maison. »

Katja a écouté le récit des événements avec anxiété. Le fait que la porte soit scellée ne lui plaît guère.

« Si l'on doit desceller la porte chaque fois, puis tout remettre en partant, le ruban risque vite de s'abîmer…

— C'est de toute façon ce qu'il va se passer, ne serait-ce que sous l'effet de la pluie et du vent, non ? À un moment ou à un autre, il va tout simplement se détacher. Ne t'inquiète pas, personne n'y prêtera attention. »

Daniel la prend dans ses bras et l'embrasse.

« Je t'aime. Et je te trouve incroyablement courageuse. »

Katja esquisse un sourire.

« Je n'en suis pas aussi convaincue… Et puis c'est toi qui prends les risques en faisant tous ces allers-retours.

— Si je me fais pincer, ils t'emmèneront avec moi. Nous sommes dans le même bateau. »

Ce n'était assurément pas le but, mais les paroles de Daniel devaient coûter à Katja une nouvelle nuit blanche.

De nombreux voisins ont aussi reçu une convocation. Beaucoup se réunissent pour discuter sur l'Oudedijk, en proie à un grand désarroi. Ils évaluent longuement les avantages et les inconvénients de partir ou de rester, et les opinions divergent.

« Ça ne peut tout de même pas être terrible à ce point, si ? s'interroge Nathan Sternheim. On nous demande juste de travailler ! Les Allemands nous traiteront bien, c'est dans leur intérêt ! Cela dit, heureusement que nous n'avons plus de bébés ou d'enfants en bas âge. Les nôtres sont assez grands pour s'adapter. On s'en sortira ! »

Avec l'aide de Dina, Katja tente de le dissuader, mais

Nathan est soutenu dans son raisonnement par d'autres voisins juifs. La plupart d'entre eux se montrent réticents à l'idée de se cacher, et d'autres craignent davantage la sanction éventuelle que le camp.

« Dafna doit partir, elle aussi ? s'inquiète Lieke le soir, lorsque la famille est réunie autour de la table. Je ne veux pas qu'elle s'en aille, c'est mon amie. »

Il ne sert à rien de lui raconter des histoires, la réalité est inéluctable.

« J'en ai bien peur, ma chérie, répond Katja à contrecœur. Tous les Juifs doivent s'en aller.

— Mais pourquoi ? Je ne comprends pas !

— Parce que les boches sont des salauds », lance Hein.

Pour une fois, Katja ne le fusille pas du regard pour sa grossièreté. Elle se contente de soupirer et compatit avec sa petite sœur, désemparée par la situation.

« Alors on doit cacher Dafna ! J'ai entendu dire que certaines personnes se cachaient pour ne pas suivre les soldats !

— Qui t'a raconté ces bêtises ? demande Hein. Tu voudrais la cacher dans ton lit ? Si les boches la trouvent, tu devras les suivre, toi aussi. »

Lieke le dévisage, bouche bée.

« Je m'en fiche ! finit-elle par crier. On doit juste très bien la cacher.

— Pour qu'ils foutent le feu à la maison, avec nous à l'intérieur ? rétorque son frère.

— Hein, s'il te plaît ! intervient Katja pour le faire taire, des étincelles dans les yeux.

— Quoi ? Il faut bien lui dire la vérité, non ? Elle peut bien savoir dans quel monde nous vivons ! On ne cache pas des Juifs comme ça chez soi, Lieke. C'est dangereux ! »

Les mains devant le visage, la petite fond en larmes. Jet la prend dans ses bras pour la réconforter.

« Quand la guerre sera terminée, elle reviendra. Je te le promets. Et vous pourrez alors rejouer ensemble. »

Hein lève les yeux au ciel, mais n'en rajoute pas.

Bien que la Résistance distribue à la dérobée des tracts pour conseiller aux gens de se cacher, peu choisissent cette option. Les Juifs qui décident de partir pour les camps sont nombreux ; même si le premier appel n'a été suivi que par une assez faible proportion des convoqués – environ deux tiers –, la deuxième ordonnance est encore moins fructueuse, puisque seule une petite moitié se présente. Katja regarde le long cortège de voyageurs, valise à la main, passer dans l'Oudedijk. C'est un triste spectacle. Beaucoup pleurent, d'autres marchent, le visage impassible. Les gens les suivent du regard derrière leurs fenêtres ou, plus ouvertement, depuis le bord de la route. Ici et là, certains leur tendent quelques provisions, mais la plupart assistent à la scène avec impuissance. Katja se tient sur le seuil de sa porte en compagnie de sa voisine, Dina Sanders.

« C'est horrible, dit cette dernière à voix basse, mais que faire ? Nous sommes complètement démunis.

— Ils ne devraient pas y aller. Ils auraient dû chercher un endroit où se cacher, répond Katja d'un air dépité.

— J'ai envisagé de proposer une cachette chez nous, mais Ernst a refusé. Notre maison est déjà assez remplie, a-t-il dit. Et il n'a pas tort. Pour être franche, je suis soulagée qu'il n'ait pas été d'accord. Je n'en aurais plus fermé l'œil de la nuit.

— Mais est-ce une raison suffisante pour ne pas le faire ?

— Notre devoir chrétien nous dicte d'aider notre

prochain, c'est juste. Mais mes enfants sont ma priorité. Par ailleurs, les Juifs eux-mêmes se montrent assez passifs et résignés, je trouve. Pourquoi n'unissent-ils pas davantage leurs forces pour résister ? Pourquoi serait-ce à nous de risquer nos vies ? demande Dina en se tournant vers Katja pour solliciter son approbation.

— Je ne sais plus quoi penser. Je vais rentrer, je me sens fatiguée et j'ai encore beaucoup à faire.

— Oui, moi aussi. La situation n'est pas facile pour nous non plus. Il n'est même plus possible de se procurer du beurre, tu te rends compte ? Chaque jour est un combat, on doit se creuser la tête pour trouver quelque chose à mettre sur la table », répond Dina avant de saluer sa voisine d'un signe de main et de s'engager dans l'allée.

Katja fait de même et n'est pas mécontente lorsque la porte d'entrée se referme derrière elle. Elle est anormalement fatiguée. Comme vidée. Les expéditions nocturnes régulières de Daniel à la Mathenesserlaan lui causent plus d'anxiété qu'elle ne l'avait imaginé. Chaque fois qu'il part, elle attend son retour avec angoisse. Et les jours où il ne doit pas y aller, Katja vivote en redoutant sa prochaine sortie.

De surcroît, ils doivent désormais nourrir sept bouches au lieu de cinq avec le même nombre de coupons alimentaires. Esther prévoit d'allaiter son bébé le plus longtemps possible pour que Katja ne soit pas confrontée au problème de l'approvisionnement en lait maternel.

Et puis son amie lui manque. Esther a disparu de sa vie du jour au lendemain, et seuls les brefs messages que Daniel transmet entretiennent d'une certaine façon leur relation. Les jours se succèdent ainsi dans la morosité, alors même que la météo est magnifique : ils n'en profitent pas, ils n'en ont ni le temps ni l'envie. Tandis que la guerre se poursuit et que la menace ne cesse de croître, Katja perd chaque jour un peu de son optimisme.

Lieke a désormais six ans et a intégré l'école primaire. Elle s'y plaît beaucoup, et le contact avec d'autres enfants lui fait clairement du bien. Néanmoins, son absence laisse un vide à la maison, et la fillette manque à sa grande sœur.

Hein passe lui aussi ses journées en classe et ses soirées avec ses copains. Heureusement, Katja a toujours Jet auprès d'elle. La table en acajou de la salle à manger est constamment couverte de vieilles frusques et de morceaux de rideaux que la jeune fille utilise pour raccommoder et fabriquer des vêtements. Sans son aide, ils auraient tous été bien débraillés.

Le Sicherheitsdienst s'est lancé dans une grande rafle pour aller chercher chez eux les Juifs qui ne se sont pas présentés aux rassemblements. Comme ces derniers se sont tous inscrits sur les registres l'année précédente – sans soupçonner l'usage pernicieux qui serait fait de ces informations –, les Allemands disposent de toutes les adresses et n'ont aucun mal à les retrouver.

Un soir, alors qu'un bruit de moteur se fait entendre dehors, Jet écarte discrètement le papier occultant la fenêtre. L'affolement la gagne et elle annonce qu'un fourgon cellulaire est stationné dans la rue.

« Où est-il exactement ? s'enquiert Katja qui arrive en courant, le cœur battant.

— Juste en face, chez les Sternheim. »

Horrifiées, les deux sœurs voient des agents de la Gestapo sortir du véhicule et venir frapper à la porte de Rebekka et Nathan. Lorsque celui-ci ouvre, les Allemands le poussent sur le côté et pénètrent dans la maison. Peu après, Rebekka apparaît sur le perron, une valise dans une main, Dafna dans l'autre. Son mari porte le reste de leurs bagages. Les Allemands n'usent pas véritablement de violence, mais ils les rudoient sans ménagement. *Schnell, doch ! Weiter !* En cinq minutes à peine, la famille Sternheim a disparu.

Katja et Jet échangent un regard consterné.

« Je croyais qu'ils comptaient se présenter au rassemblement, balbutie Katja.

— Apparemment, ils ont changé d'avis. Et les voilà expulsés de leur propre maison. Les pauvres… »

Katja se détourne de la fenêtre et se laisse tomber sur le canapé sans dire un mot. Elle n'a aucune idée de la façon dont elle va annoncer la nouvelle à Lieke le lendemain matin.

La petite est inconsolable. Elle refuse d'aller à l'école et reste allongée sur son lit à pleurer toute la matinée. Katja la laisse faire ; elle comprend le choc que peut provoquer le départ de son amie d'enfance à qui elle était si attachée. Heureusement, Lieke a toujours sa voisine, Engelien, avec qui elle papote dans tous les recoins du jardin et de la maison.

« Engelien n'est pas juive, lance un soir la fillette, tandis que Katja la met au lit. Elle ne devra pas aller travailler au camp.

— Non, rassure-toi. Allez, au dodo maintenant. »

Une demi-heure plus tard, Katja remonte dans la chambre et s'assied sur le bord du matelas de Lieke. Pendant un moment, elle observe sa sœur endormie, ses longs cheveux blonds étalés sur l'oreiller, elle caresse son visage. Elle écarte quelques mèches de sa joue, sent la douceur de sa peau et écoute sa respiration régulière. Ses pensées vont vers une autre petite fille, du même âge. Dieu seul sait où elle se trouve en ce moment.

21

Un jour, les gens sont là, et le lendemain, ils ont disparu. Cette réalité fait désormais partie de la vie quotidienne, mais elle reste difficile à accepter. Si l'on avait dit à Katja, trois ans plus tôt, qu'elle vivrait dans un monde où des êtres humains sont traînés de force, arrachés de leur maison, pendant que leurs semblables poursuivent leurs activités comme si de rien n'était, elle ne l'aurait pas cru.

Après les Sternheim, d'autres voisins juifs se sont soudain volatilisés.

Katja est rongée par la culpabilité. Elle aurait dû agir, les cacher, tout faire, mais ne pas les laisser partir. Cependant, il y a moins d'une semaine, elle a vu une famille néerlandaise être expulsée de son logis avec les quelques Juifs qu'elle y dissimulait. Après quoi les Allemands ont incendié la maison. Est-elle prête à prendre ce risque ?

Elle tente de justifier sa passivité, mais la lâcheté dont elle estime avoir fait preuve la taraude.

Le lendemain, les parents d'Esther et Bracha reçoivent à leur tour une lettre qui les convoque au port, hangar 24. Aussitôt Katja insiste auprès de Thijs pour qu'il leur trouve une cachette au plus vite.

« Pourquoi est-ce si long ? S'ils n'ont pas un refuge d'ici vingt-quatre heures, il me reviendra de les héberger ici.

— Les endroits sûrs sont difficiles à dénicher, explique son frère. Les habitants qui prennent le risque de se faire arrêter sont de plus en plus rares. Si la convocation est pour demain, ils sont encore en sécurité aujourd'hui. Je vais voir ce que je peux faire. »

Le jour même, il annonce à sa sœur la bonne nouvelle.

« Quelqu'un va venir les chercher ce soir. Il s'appelle Jan et prononcera la phrase suivante : "L'hiver tombe tôt cette année." Tu peux leur transmettre l'info ? »

La jeune femme enfourche son vélo et pédale aussi vite qu'elle le peut en direction du Kruiskade. Dès que Sonia apprend qu'une cachette est disponible, elle se met à faire ses valises, le visage tendu.

« Quel est le code, déjà ? s'enquiert Ben, plus anxieux qu'il ne voudrait le montrer.

— "L'hiver tombe tôt cette année." Le contact s'appelle Jan. Il viendra dès qu'il fera nuit. »

Katja serre Sonia, Ben et Bracha dans ses bras l'un après l'autre et promet de transmettre leurs lettres à Esther. Puis elle passe livrer un paquet que Thijs lui a demandé de déposer dans une rue adjacente. Elle ignore ce que contient la boîte et ne tient pas à le savoir. Promptement, elle se débarrasse de l'encombrant colis et retourne vers le Kruiskade pour rentrer chez elle. Plusieurs fourgons de police surgissent et traversent l'avenue à toute vitesse. À son grand désarroi, l'un des véhicules est déjà garé devant la maison de la famille Polak.

Elle ralentit jusqu'à poser le pied à terre. La porte d'entrée est grande ouverte. Armé d'une mitraillette, un soldat allemand monte la garde. À l'intérieur, quelqu'un vocifère des ordres et l'instant d'après Ben Polak sort du bâtiment, tenu en joue par deux agents néerlandais. Derrière lui, sa femme et sa fille avancent d'un pas mal assuré, mains sur la tête. Elles sont les premières à être poussées dans le fourgon cellulaire. Ben jette un regard aux voisins qui lui souhaitent bonne chance. Certains osent lui crier : « Courage ! » et « Prenez soin de vous ! », tandis que d'autres insultent les Allemands. La menace des armes qu'ils orientent dans leur direction a tôt fait de mettre un terme aux protestations.

Katja se faufile entre les passants, jusqu'à l'arrière du camion, pour tenter d'apercevoir Sonia et Bracha. Elle se dresse sur la pointe des pieds, repère Bracha à l'avant du véhicule, mais au moment où celle-ci croise son regard, le véhicule démarre. Katja fait un signe, une main se lève pour lui répondre, puis le convoi disparaît.

La discussion entre les badauds se poursuit quelques instants dans un brouhaha agité. Un vieil homme serre le poing en criant : « Bande de salauds ! »

On lui enjoint de se taire, puis l'attroupement se disperse.

Les jambes en coton, Katja remonte sur son vélo et reprend la route. Elle glisse la main dans la poche de son manteau et touche les lettres qu'elle a reçues de Sonia, de Ben et de Bracha. Ce seront les dernières qu'elle pourra remettre à Esther… Elle préférerait ne pas parler de l'arrestation pour ménager son amie, mais comment expliquer l'interruption soudaine des échanges épistolaires ? Elle décide finalement de lui dire qu'elle ignore où sa famille a été emmenée, ce qui n'est pas complètement faux. La tristesse de son amie est incommensurable.

22

Katja n'a presque plus de contacts avec ses beaux-parents dont les idées radicales la heurtent avec violence. Daniel parvient néanmoins à la convaincre d'aller déjeuner un dimanche chez eux.

Le repas n'est pas un succès. Les voisins des van Kesteren ne partagent pas leurs opinions et les battent froid, ce qui nourrit l'indignation de Clemens contre le manque de clairvoyance de la population néerlandaise. Une fois de plus, il tente de persuader son fils et Katja d'adhérer au NSB.

« Pourquoi ferais-je une chose pareille ? interroge Daniel. Pourrais-tu citer une seule contribution digne de ce nom que le NSB aurait apportée à notre pays ? Les magasins sont vides, tout est soumis aux coupons alimentaires et notre économie s'effondre à mesure que nos travailleurs partent en Allemagne. Le moins que l'on puisse dire, c'est que le NSB n'est pas un mouvement très apprécié.

— Là n'est pas la question, réplique son père. Il faut savoir se battre pour ses idéaux. Rejoindre la majorité, bêler avec le troupeau, c'est le choix des faibles. Trop de citoyens s'engagent dans cette voie.

— Et s'ils avaient tout simplement raison ? intervient

Katja. Si la majorité de la population s'oppose à une politique qui lui est tout de même imposée, les gens ont le sentiment de vivre sous une dictature. Est-ce la ligne que le NSB souhaite suivre ? »

Clemens se redresse sur sa chaise et s'éclaircit la voix.

« Les choix du plus grand nombre ne sont pas toujours les meilleurs. Un petit groupe perçoit parfois plus clairement ce qui est bon pour son pays, précisément parce qu'il n'obéit pas servilement aux masses. J'ai une grande admiration pour Anton Mussert. Il dirige notre parti d'une main de fer et ne craint pas d'effectuer les réformes nécessaires. Voilà le genre d'homme dont nous avons besoin.

— Et les Juifs ? Ce qu'on leur fait subir… vous l'admirez aussi ? lance Katja d'un ton tranchant.

— Les Juifs ne subissent rien du tout, intervient Barbara dans une tentative d'apaisement. Certes, on leur demande de travailler pour faire tourner l'économie pendant que tant d'autres sont appelés au combat. Est-ce vraiment problématique ? »

Daniel adresse à sa mère un regard interrogateur.

« Tu crois donc réellement qu'on les envoie dans des camps pour y travailler ?

— Oui, pourquoi ? Qu'iraient-ils y faire d'autre ?

— Je l'ignore. C'est la version qu'on nous raconte, mais je suis surpris que les enfants, les malades et les personnes âgées soient également emmenés. Il faudra que l'on m'explique le genre de travail exigé d'eux là-bas.

— J'imagine qu'on leur propose différentes tâches, selon les profils. Personnellement, je considère que c'est une excellente initiative. Pourquoi ces gens devraient-ils rester chez eux sans rien faire, aux frais de l'État ? Et, avouons-le, les Juifs nous ont trompés et exploités assez longtemps ! D'une certaine manière, si à leur tour ils se mettent à travailler pour nous, ce n'est que justice. »

Le déjeuner est de courte durée. Daniel reste de mauvaise humeur toute la journée et, les semaines qui suivent, pas une seule fois il ne propose de rendre visite à ses parents.

Au sein de la Résistance, la déportation suscite colère et impuissance et les combattants trouvent un exutoire dans les actes de sabotage. Minutieusement préparé, un plan prévoit de placer des explosifs sur la voie ferrée le jour où doit passer un train bondé de permissionnaires allemands.

Tôt le matin, le détonateur est installé, mais les soldats allemands ont de la chance : le train a du retard, et la bombe explose avant leur arrivée.

Malgré l'absence de victimes, les Allemands se montrent impitoyables et exécutent sur-le-champ un groupe de prisonniers. Cette mesure de représailles choque profondément les Rotterdamois.

Une semaine après cet attentat raté, les résistants font une nouvelle tentative en dévissant les boulons des rails. Le plan est finalement déjoué à temps, mais le ton est donné : désormais, ce sera œil pour œil, dent pour dent.

Katja suit les événements avec anxiété. Officiellement, Thijs est embauché dans la construction, mais lors de l'une de ses rares visites, il confie à sa sœur aînée que son patron l'a autorisé à se consacrer entièrement aux activités de résistance. D'autres entrepreneurs de Rotterdam inscrivent sur leurs bordereaux de paie des résistants qui, en réalité, ne travaillent pas pour eux.

Si Katja se tient volontairement à l'écart de tels agissements, elle reste préoccupée par leur escalade.

Malgré une première débâcle sur le front de l'Est, Hitler décide d'envoyer ses armées en Russie pour une nouvelle opération. Au cours de cette reconquête à travers la toundra et les steppes, l'armée allemande ne se voit jamais gênée dans sa progression et atteint facilement Stalingrad, où, en revanche, elle se heurte à l'opposition féroce des habitants de la ville : hommes, femmes et enfants se jettent corps et âme dans la bataille. Les Allemands parviennent d'abord à prendre les quartiers de banlieue, puis les combattants – les femmes notamment, en authentiques tireuses d'élite – les empêchent de pénétrer plus avant dans leur ville. Dès qu'un bâtiment ou une usine passe aux mains de l'ennemi, les Russes font sauter l'édifice. Ils sont prêts à donner leur vie pour repousser les assaillants.

Jusqu'à présent, Katja considérait la guerre exclusivement comme une affaire d'hommes. L'idée que les femmes et les filles puissent rejoindre la lutte armée ne lui a jamais traversé l'esprit. Cette évolution la remplit d'une profonde admiration. Avant de se coucher, elle observe le ciel du soir par la fenêtre, et ses pensées vont vers les défenseurs de Stalingrad. Bien que la ville soit très loin de chez elle, elle se sent proche de ses habitants.

Pendant ce temps, la vie quotidienne se fait toujours plus difficile. Katja passe une bonne partie de ses journées à sillonner les rues dans l'espoir d'utiliser ses coupons alimentaires, mais les magasins se vident les uns après les autres. Le café, le thé et le sucre sont désormais introuvables. La farine se fait rare, et les boulangers ont recours à un mélange de pois et de haricots pour fabriquer leur pain.

Si Katja peut vivre avec un estomac qui gronde, elle s'accommode moins facilement des scènes horribles auxquelles elle assiste en ville : elle croise sans cesse des fourgons traquant les Juifs, ou des soldats qui les tiennent en joue au bout de leur fusil en les forçant à avancer devant eux, les mains en l'air.

Katja peut de plus en plus compter sur le soutien de son frère Hein qui, en cet hiver 1942, vient de fêter ses seize ans. Il reste plus souvent à la maison maintenant, plutôt que de traîner dehors avec ses amis. Il coupe du bois, transporte les sacs de charbon et construit quelques cages supplémentaires pour la famille de lapins qui ne cesse de s'agrandir. Jusqu'à présent, Katja n'a pas été capable d'en abattre elle-même, et elle est heureuse lorsque le jeune homme assume cette tâche. Une fois par semaine, il tue l'un des animaux pour que la famille puisse manger de la viande. Lieke ne semble pas remarquer les disparitions ou, du moins, elle n'en dit rien.

Les jours raccourcissent. Lorsque Daniel doit travailler tard à l'hôpital, Katja se charge d'apporter les provisions à Esther et Victor. Si elle se réjouit de retrouver ses amis, la première de ses visites est un choc. Très amaigris, le visage émacié et d'une pâleur cadavérique, ils végètent dans leurs trois pièces – leur univers depuis maintenant six mois.

Samuel a beaucoup grandi, mais pas autant qu'il aurait dû.

« Je n'ai pas assez de lait pour le nourrir convenablement, se désole Esther. Mes propres carences se répercutent sur lui. »

Sa voix est ténue, ses yeux semblent vides. Elle jette un regard vers la fenêtre, où un mince interstice entre les rideaux laisse pénétrer la lumière de la lune.

« Le plus dur, c'est de le voir grandir enfermé, sans connaître ni le soleil, ni la pluie, ni le vent. Pour le moment, il est encore bébé, mais que se passera-t-il ensuite ? Quel genre de vie aura-t-il dans ces conditions ?

— Le plus important est qu'il soit en vie. Le soleil et le vent, il aura tout le temps d'en profiter quand la guerre sera finie. »

Alors que Katja s'apprête à partir, Esther s'empresse de lui remettre les lettres qu'elle a continué d'écrire pour ses parents et sa sœur.

« Tu pourras peut-être te débrouiller pour qu'ils les reçoivent ? demande-t-elle, le regard plein d'espoir.

— Contiennent-elles quoi que ce soit qui puisse trahir votre présence ici ?

— Bien sûr que non.

— Dans ce cas, donne-les-moi. Si elles ne comportent rien qui pourrait vous nuire, je ne vois pas où est le mal. »

Elle n'a pas fini sa phrase qu'Esther l'entoure de ses bras osseux.

« Merci, Kat, merci ! Tu es merveilleuse. »

Katja serre son amie quelques secondes, puis salue la petite famille. Sur le chemin du retour, elle réfléchit à la meilleure chose à faire, tout en luttant contre l'abattement qui s'empare d'elle. Pour une fois, elle ne râle pas lorsqu'il se met à pleuvoir.

Une fois rentrée chez elle, elle lit les lettres, qui ne contiennent en effet pas d'informations imprudentes. Alors qu'elle s'apprête à les déchirer, elle hésite et décide finalement d'aller les cacher dans un coin sombre du grenier, sous les chevrons.

Neige et gel reviennent avec l'hiver. Le stock de charbon destiné à chauffer la maison est bien moins volumineux que celui de l'année précédente. Pour l'économiser, Katja et sa famille ne vivent plus que dans la cuisine et dans la pièce à l'arrière de l'habitation. Ils attendent le soir, tard, avant d'allumer le poêle dans le salon et de se rassembler autour de la radio pour écouter les dernières informations.

La deuxième tentative d'invasion des Allemands en Russie ne se déroule pas comme ils l'avaient envisagé. Alors que les températures sont descendues à trente degrés sous zéro, Stalingrad résiste encore et toujours même si, là-bas comme ailleurs, la population souffre du froid et de la faim.

Début février 1943, la BBC annonce la grande nouvelle : l'ennemi se retire définitivement de l'Union soviétique. Près de cent quarante-cinq mille Allemands ont péri de faim et de froid pendant l'hiver russe. Hitler proclame une période de deuil obligatoire de trois jours, au cours de laquelle l'Allemagne et les pays occupés doivent rendre hommage aux soldats morts au combat.

Les théâtres et les cinémas de Rotterdam ferment leurs portes, la radio allemande fait état de clients sortant des salles tête basse et épaules tombantes. Selon les informations locales, la réalité est toutefois différente et, dans la grande majorité des lieux de divertissement, la nouvelle de la défaite allemande est accueillie dans la liesse.

En milieu de matinée, Thijs surgit dans la cuisine.

« Où est Hein ? »

Katja, penchée sur l'essoreuse où elle fait passer les vêtements, relève la tête.

« À l'école, pourquoi ?

— Il n'est pas rentré à la maison ?

— Pas encore. Pourquoi ces questions ? » répète-t-elle, alarmée.

Agité, son frère se met à faire les cent pas dans la cuisine.

« La direction de l'école a renvoyé les élèves chez eux. Les boches ont arrêté tous les garçons de terminale. »

Katja laisse le linge propre lui tomber des mains sans se soucier de le voir s'étaler sur le sol et sur ses chaussures.

« Quoi ? Mais pour quelle raison ?

— Un haut placé du NSB s'est fait liquider par la Résistance. Cela ne s'est pas passé à Rotterdam, mais les Allemands s'en fichent. Rauter a ordonné que tous les étudiants de dix-huit ans et plus soient arrêtés.

— Et Hein ? Qu'a-t-il à voir dans cette histoire ? Il n'a que seize ans !

— J'ai bien peur que le Sicherheitsdienst ne soit pas très regardant. D'autres élèves plus jeunes ont également été emmenés, y compris dans son école. »

Katja s'avance vers Thijs et s'accroche à son avant-bras.

« Que sais-tu exactement ? Il a été arrêté ?

— Je n'en sais encore rien, Kat. Voilà pourquoi je suis venu, j'espérais le trouver ici… La descente a eu lieu il y a deux heures. »

Ils se dévisagent en silence, démunis.

« J'y vais ! annonce-t-elle soudain. La direction de l'école pourra nous dire qui a été arrêté.

— Bonne idée. Je t'accompagne. »

Ils se rendent à l'école de Hein, sur la Gordelweg, aussi vite qu'ils le peuvent. Jet n'est pas à la maison, mais Katja ne perd pas de temps à lui laisser un mot. Priorité à son frère, elle doit savoir ce qui lui est arrivé.

La cour de l'établissement est noire de monde. Les parents et les élèves y sont rassemblés, certains sont en larmes, et chaque enseignant qui passe par là est assailli de questions. Katja et Thijs se mêlent à la foule, interpellent des connaissances, cherchent à obtenir des nouvelles. Des camarades de Hein leur disent qu'il a été arrêté, d'autres sont convaincus qu'il a pu s'échapper.

Le directeur de l'école met fin à l'incertitude en placardant une liste de noms. Tout le monde joue des coudes pour s'en approcher, les esprits s'échauffent.

Non sans peine, Katja se fraie un chemin jusqu'à la feuille de renseignements. Thijs est loin derrière elle. Les yeux de la jeune femme parcourent le papier à toute vitesse, son cœur bat la chamade. Les élèves arrêtés sont classés par ordre alphabétique, Katja porte immédiatement le regard vers le bas du tableau. Juste au moment où le soulagement commence à l'envahir, elle aperçoit le nom de son frère. Sans un mot, elle se tourne vers Thijs : l'expression de son visage parle d'elle-même.

23

Plus tard dans la journée, on en apprend davantage sur les motifs de cette opération. Le général Hendrik Seyffardt, membre du NSB et important soutien des Allemands, a été abattu de sang-froid sur le seuil de sa maison. Fou de rage, le *Polizeiführer* Hanns Rauter a aussitôt pris des mesures. Il aurait préféré faire fusiller séance tenante un certain nombre de résistants emprisonnés, mais il s'est laissé convaincre par des membres dirigeants du NSB de déclencher d'autres représailles : dans tout le pays, cent soixante-trois garçons sont arrêtés dans les hautes écoles et les universités. Les fils des familles les plus aisées sont visés en premier lieu, mais les retombées étant jugées insuffisantes, le raid est étendu aux écoles techniques et professionnelles. Les forces de police ont encerclé les bâtiments, et tous les élèves âgés de dix-huit ans et plus ont été poussés dans les fourgons. La rumeur court qu'ils ont été transférés au camp de concentration de Vught.

Le soir, la famille de Hein, consternée, est réunie dans le salon.

« Il faut le sortir de là ! déclare Thijs, les dents serrées. Jamais je ne laisserai mon petit frère mourir dans un camp.

— Et comment comptes-tu t'y prendre ? Si seulement il était encore au bureau du SD, on aurait une chance, mais à Vught, c'est peine perdue… objecte Daniel.

— Nous n'avons aucune certitude qu'il est déjà là-bas. Il est peut-être toujours en ville. Si c'est le cas, il reste un espoir.

— Mais tu penses faire quoi ? Lancer un assaut contre le siège du SD ? s'agace Jet, le visage empourpré.

— Exactement ! confirme son frère. Je suis sûr de pouvoir réunir assez de résistants pour une telle action.

— Vous allez vous faire tirer comme des lapins, réplique Katja d'un air grave.

— On a aussi des armes, Kat ! Tu ne t'imagines tout de même pas qu'on va y aller les mains vides ? Et puis nous avons l'avantage de la surprise. Les boches ne s'attendent pas à nous voir venir récupérer des prisonniers chez eux. »

Daniel assiste au débat, perplexe.

« L'opération me semble bien risquée.

— Tu as une meilleure idée, peut-être ? Tu veux qu'on abandonne Hein à son sort ? »

Un lourd silence traduit toute leur impuissance.

« Il y a une autre solution », reprend Katja.

Elle laisse passer un moment, échange un regard avec Daniel et continue :

« J'irai moi-même demain au siège du SD. »

Cette nuit-là, Katja dort peu ; le cas de Hein et la conversation qu'elle aura le lendemain la préoccupent trop pour qu'elle parvienne à s'abandonner au sommeil. Elle se lève à l'aube, très nerveuse, emmène Lieke à l'école, puis rentre à la maison pour se préparer. Même si la température ne s'y prête pas, la jeune femme enfile des bas en nylon et une robe. Elle prend le temps de friser ses cheveux, qu'elle laisse flotter avec légèreté sur ses épaules. Elle camoufle la pâleur de son visage d'un soupçon de poudre et applique du rouge sur ses lèvres. Enfin, elle s'observe dans le miroir, manifestement satisfaite. Elle n'a pas été aussi belle depuis des lustres. Il faut dire que, ces derniers temps, elle a eu bien d'autres préoccupations que son apparence.

Grelottant dans son manteau d'hiver usé, elle traverse la ville jusqu'au Heemraadssingel, une large rue qui borde un canal, où vit la population la plus aisée de Rotterdam et dont les maisons cossues ont été épargnées par le bombardement. Après en avoir expulsé les résidents juifs, le Sicherheitsdienst a pris ses quartiers dans une bâtisse d'angle monumentale.

Lorsque Katja appuie son vélo contre la façade du bâtiment, son cœur bat si fort dans sa poitrine qu'elle en a le souffle coupé. Les drapeaux à croix gammée qui claquent au-dessus de sa tête ne font qu'accentuer son mal-être.

Elle prend quelques instants pour inspirer profondément, puis se dirige vers l'entrée. Deux sentinelles l'arrêtent dans le hall, à qui elle doit présenter sa carte d'identité, puis elle est accompagnée par les soldats vers le bureau d'accueil, derrière lequel est assise une jolie blonde : Liselotte Kohl, peut-on lire sur son badge. Elle salue Katja en allemand et lui demande comment elle peut l'aider.

« Je m'appelle Katja van Kesteren et j'aimerais parler à l'*Untersturmführer* Max Rösener. »

La jeune femme l'examine avec circonspection.

« Avez-vous rendez-vous, madame van Kesteren ?

— Non, mais nous nous connaissons personnellement.

— Un instant, s'il vous plaît. »

Elle décroche le téléphone, compose un numéro et,

après quelques secondes, échange brièvement avec son interlocuteur. En reposant le combiné, elle adresse un signe de tête à Katja.

« Vous êtes attendue. Suivez-moi, je vous prie. »

Liselotte se lève, passe de l'autre côté de son bureau et précède Katja dans un large escalier. Au premier étage, elle frappe à la porte d'une pièce située à l'avant du bâtiment.

« *Herein !* » répond une voix grave.

Liselotte ouvre la porte et invite Katja à entrer.

« *Frau van Kesteren, Herr Untersturmführer.* »

Tandis que la jeune femme se retire, Katja s'avance aussi calmement et élégamment que possible sur un tapis persan, élément central d'une pièce luxueusement meublée, sous le regard menaçant d'un portrait de Hitler en taille réelle.

Max Rösener suit attentivement les mouvements de Katja. Lorsque celle-ci s'arrête devant lui, l'officier se lève de son fauteuil, contourne son bureau et lui baise la main avec galanterie.

« *Frau* van Kesteren, quel plaisir de vous revoir. »

Katja lui sourit sans retirer sa main, que Rösener retient avec délicatesse pendant quelques secondes.

« Veuillez vous asseoir, dit-il en désignant le petit salon aménagé à sa droite. Puis-je vous offrir quelque chose ? Café ? Thé ? »

Katja est si nerveuse qu'elle doute de pouvoir avaler une gorgée de quoi que ce soit.

« Volontiers. Un café, s'il vous plaît », articule-t-elle malgré tout.

Rösener décroche le téléphone, commande deux cafés et va prendre place sur le canapé perpendiculaire à celui de Katja. Elle ne manque pas de remarquer que les yeux du militaire glissent ostensiblement sur ses jambes, mais elle ne se départ pas de son sourire.

« Je n'ai jamais pu vous remercier de façon convenable pour l'aide que vous m'avez apportée l'an dernier.

— L'an dernier ?

— Lorsque je patientais dans cette interminable file d'attente pour obtenir ma carte d'identité. Vous étiez si aimablement intervenu pour accélérer les choses. J'avais beaucoup apprécié.

— *Ach* oui, en effet. Il faisait terriblement froid. Une année s'est déjà écoulée ? Le temps passe si vite… »

Manifestement détendu, Rösener s'installe au fond du sofa et observe Katja avec intérêt.

« Comment allez-vous ? Nous ne nous sommes pas revus depuis cette rencontre, pas même chez vos beaux-parents.

— Je dois avouer ne pas avoir beaucoup de contacts avec eux.

— Parce qu'ils sont membres du NSB ? »

Surprise par cette question directe, Katja décide néanmoins d'être honnête.

« En effet, c'est un problème pour moi.

— Et pour votre mari, le médecin ?

— Pour lui aussi. »

Rösener hoche la tête d'un air pensif.

« J'imagine qu'il ne doit pas être facile de composer avec des opinions politiques différentes dans une même famille.

— Nous parvenons tout de même à faire abstraction de nos désaccords. Nous… »

Katja interrompt sa phrase, car on frappe à la porte. Liselotte est de retour avec un plateau sur lequel elle a préparé du café et une coupelle de biscuits. Elle le pose sur la table basse entre les canapés, fait un signe de tête et sort de la pièce. Lorsque la porte se referme derrière elle, Rösener invite Katja :

« Je vous en prie, servez-vous. Vous verrez, ces biscuits sont délicieux. »

Les mains de Katja tremblent, autant de faim que de nervosité. Elle redoute que sa tasse en porcelaine se mette à cliqueter sur la soucoupe. Elle ferait mieux de manger quelque chose d'abord.

La première bouchée lui procure une sensation étrange. Elle n'a pas touché à des aliments sucrés depuis tant de temps qu'elle a le sentiment d'avoir réveillé une partie de son organisme, et elle doit se forcer à déguster le biscuit par petits morceaux avant de prendre sa tasse en main. Du café… Elle laisse l'odeur familière envahir ses narines, puis avale une gorgée.

Soudain, elle prend conscience que Rösener l'observe attentivement.

« Il y avait longtemps ? demande-t-il en souriant.

— Très longtemps. Le café est désormais introuvable en ville, tout comme le thé.

— Encore une des nombreuses conséquences de la guerre. Sentez-vous libre de vous servir une autre tasse, nous en avons en suffisance. De quoi parlions-nous ? Ah oui, de votre belle-famille. Votre mari et vous ne souhaitez pas adhérer au parti ?

— Pas vraiment, répond Katja d'un ton hésitant. Mais, si nous voyons si peu mes beaux-parents, ce n'est pas seulement à cause de leurs liens avec le NSB. Avant la guerre, nos rapports étaient déjà compliqués. Mon mari vient d'une famille riche, et mes parents, eux, tenaient une épicerie.

— Vos beaux-parents ne vous trouvaient pas assez bien pour lui…

— En effet. Les affaires étaient pourtant florissantes, mais une boutique reste une boutique. Daniel a dû tenir tête à ses parents pour m'épouser.

— Votre mari a agi comme il le devait. J'apprécie les hommes capables d'assumer leurs choix. »

Katja sourit et avale une autre gorgée de café. Elle n'a aucune idée de ce qui la pousse à se fier si facilement à Rösener, mais elle se dit que l'intimité née spontanément entre eux lui servira certainement. Cependant l'amabilité de son hôte l'étonne : elle s'attendait à une réception beaucoup plus formelle.

Ils discutent encore un moment. Puis, après un bref silence, Katja dit avec retenue :

« J'ai trouvé très agréable de pouvoir de nouveau converser avec vous, mais ce n'est pas la raison première de ma visite. J'ai une demande à vous faire.

— Je l'imaginais assez bien. En quoi puis-je donc vous aider ? »

La jeune femme prend une profonde inspiration.

« Il s'agit de mon frère, Hein. Il a été arrêté hier à l'école technique.

— Ah ah ! lance Rösener, dont le visage s'illumine comme s'il saisissait d'un seul coup la situation.

— Je comprends fort bien que des mesures soient prises lorsqu'un homme est abattu de cette façon, poursuit Katja, et j'entends aussi qu'il ne serait pas raisonnable de vouloir s'opposer aux sanctions.

— Le meurtre de *Herr* Seyffardt est un acte d'une grande lâcheté, en effet.

— Je suis d'accord, s'empresse-t-elle de confirmer. Je ne suis pas membre du NSB, mais cela ne signifie pas que je souhaite vivre dans un pays où de tels actes sont commis.

— Dans pareille situation, les représailles sont hélas inévitables.

— Je le conçois très bien. Mais d'après les informations qui me sont parvenues, vos services ont reçu l'ordre d'arrêter tous les garçons âgés d'au moins dix-huit ans. Or, mon frère Hein en a à peine seize. Je crains donc qu'il n'ait été emmené par erreur. »

Rösener, qui affiche un masque impénétrable, est soudain beaucoup moins obligeant.

« Ah oui ? » reprend-il froidement.

Katja a l'impression d'être une naufragée luttant pour monter dans un canot pneumatique affreusement glissant.

« Il ne peut tout de même pas être dans votre intention de vous servir d'enfants comme moyen de représailles », répond-elle d'une voix douce.

Cet argument fait mouche ; les traits de Rösener se détendent, son regard semble s'apaiser et retrouver de son amabilité.

« Vous avez raison, acquiesce-t-il lentement, ce n'est pas notre politique.

— Tel était aussi mon sentiment. C'est pourquoi je voulais solliciter votre intervention en faveur de mon frère. »

Un long silence que Katja n'ose rompre s'installe dans la pièce.

« Vous m'en demandez beaucoup, déclare-t-il enfin.

— J'en ai conscience, mais vous êtes mon seul espoir. »

Il l'observe encore un moment.

« Je ne peux rien vous promettre, mais je peux essayer.

— Oh, merci ! Merci infiniment ! » s'écrie Katja, dont les yeux se remplissent de larmes.

Rösener se lève, et elle suit son exemple. L'officier

lui prend de nouveau la main et plonge un regard intense dans le sien.

« Mais si j'y parviens, *Frau* van Kesteren, glisse-t-il à voix basse, vous me serez redevable d'une insigne faveur. »

24

Après trois jours d'une attente éprouvante pour tous, Hein est de retour à la maison et raconte comment il a été emmené au camp de Vught et enfermé dans un baraquement.

« C'était horrible, raconte-t-il, encore livide. C'était crasseux et il faisait froid, on était serrés les uns contre les autres comme des sardines. On était tous couverts de puces, on n'avait presque rien à manger. Quand on est venu me dire que je pouvais partir, j'en ai pleuré. »

Katja aussi a versé de chaudes larmes à son arrivée. Alors que son petit frère relate les événements qu'il a vécus, elle tourne autour de lui et le touche, comme pour s'assurer qu'il n'est pas le fruit de son imagination. Mais il est vraiment là !

Pour l'instant, elle le garde à la maison, le temps qu'il digère cette épreuve. Thijs passe tous les jours et réclame des détails sur le camp, il assaille son frère de questions. Mais Hein ne se montre pas très loquace. Katja a l'impression qu'il en a vu plus qu'il veut bien en dire.

« Laisse-le tranquille, ordonne-t-elle à Thijs qui devient trop insistant. Il n'a pas forcément envie de ressasser constamment ce qu'il vient de vivre, tu sais ! »

Le jeune homme s'incline et n'aborde plus le sujet. Pour remercier Rösener, Katja se rend au bâtiment du SD, munie d'une bouteille de vin prise dans la cave de Daniel. À son grand soulagement, l'officier allemand n'est pas présent, et elle confie son cadeau à Liselotte.

La famille se réunit toujours régulièrement autour de la radio pour écouter les nouvelles de la guerre. Les Britanniques et les Américains ont uni leurs forces et préparent une invasion conjointe de l'Europe occidentale. Toutefois, comme ce plan ne semble pas réalisable dans l'immédiat, ils se concentrent sur la zone méditerranéenne. Katja suit avec la plus grande attention le déroulement de la campagne alliée en Afrique du Nord, de même que le récit des défaites du général Rommel en Méditerranée. Tout cela paraît très prometteur, même si les Alliés sont encore loin d'espérer une libération.

Au cours du printemps 1943 qui s'avère particulièrement froid, rien de notable ne se produit sur le front. À l'inverse, chaque jour apporte son lot d'événements en ville, dont le ciel est rayé des traces blanches signalant le passage incessant des bombardiers. Les rafles se poursuivent également sans discontinuer, à force, on s'accoutume aux pires horreurs.

La traque des Juifs prend la forme d'une chasse aux sorcières, initiée par les Allemands, mais, dans de nombreux cas, elle est menée par des Néerlandais qui constituent une sorte d'avant-poste de la *Landwacht*. Pour chaque Juif arrêté, ils reçoivent une prime de sept florins et demi.

Comment peut-on dénoncer et pourchasser ainsi ses propres compatriotes ? se demande Katja. Quel genre de personnes est capable de tels agissements ?

« Des bons à rien et des désœuvrés, des types

minables qui se sentent soudain très importants, s'emporte Thijs avec mépris lorsqu'ils en parlent. Nous en avons quelques-uns dans le collimateur.

— C'est-à-dire ?

— De plus en plus de voix s'élèvent pour exiger que les traîtres soient punis. La seule chose qui nous en empêche pour le moment, c'est que nous ignorons comment les Allemands réagiront.

— J'ai ma petite idée sur la question.

— Moi aussi. Mais est-ce une raison suffisante pour renoncer à mettre nos plans à exécution ? Devrions-nous les regarder faire sans intervenir ? Chaque jour où nous laissons vivre l'un de ces scélérats est un jour de trop, qui coûtera la vie à plusieurs Juifs. Et qui nous coûtera peut-être la vie à nous aussi. »

Katja garde le silence. Même avec la meilleure volonté du monde, elle ne parvient pas à se forger un avis. Cela fait longtemps qu'elle a abandonné l'idée de se battre pour protéger son frère. Qui plus est, elle participe également à la Résistance, d'une certaine façon. De plus en plus souvent, elle livre des paquets dont elle ignore le contenu, ce qui pourrait lui attirer de sérieux ennuis. Elle assume ce rôle avec l'aisance insouciante de celle qui a déjà franchi la ligne rouge.

Fin mars, l'une de ses missions de coursière la conduit dans le quartier de Bospolder-Tussendijken, où habituellement elle ne va jamais. Elle vient juste de confier son colis lorsque l'alarme antiaérienne se déclenche.

Au début, elle ne s'en inquiète guère, les sirènes retentissent assez fréquemment désormais. Elle continue de pédaler à travers la Hudsonstraat, mais, comme le mugissement strident persiste, elle se décide à chercher un endroit où s'abriter dans les alentours. À ce moment précis, les bombardiers britanniques font leur apparition dans le ciel, volant en direction du port, et les premières bombes se mettent à tomber avec un sifflement aigu.

Tout le monde crie, le doigt pointé en l'air.

« Les voilà ! Tous aux abris ! »

En un instant, la rue se vide. Les habitants s'engouffrent dans les maisons et sous les porches. Une jeune femme qui court au milieu de la chaussée en poussant un landau se volatilise, touchée de plein fouet par une déflagration. Une roue de la voiturette s'éloigne, solitaire, du nuage de poussière.

Cherchant à sauver sa peau, Katja pédale de toutes ses forces. Le cauchemar ne finira donc jamais. Une énorme détonation, juste derrière elle, est suivie d'une autre devant elle, puis encore d'une autre à côté. Partout maisons et bâtiments explosent et s'effondrent. Dans un vacarme infernal, Katja file à toute allure ; son cœur lui semble près d'éclater. Elle bifurque dans la Schiedamseweg, bombardée trois ans plus tôt.

La jeune femme a l'impression d'avoir quitté la zone de danger. Peu à peu, la fumée se dissipe, elle revoit le bleu du ciel, laisse ses poumons se remplir d'oxygène. Elle continue néanmoins d'avancer et jette de temps en temps un coup d'œil par-dessus son épaule. De hautes colonnes sombres s'élèvent derrière elle.

Comme elle arrive à hauteur d'un groupe d'habitants rassemblés pour assister à ce spectacle terrifiant, Katja, à bout de souffle, couverte d'une épaisse couche de poussière, s'arrête et s'étend à même le sol, épuisée, incapable de poursuivre sa route.

Des mains secourables se tendent, des visages inquiets se penchent sur elle. Une femme lui apporte à boire, une autre s'inquiète de savoir si elle est blessée. Katja secoue la tête, regarde sans mot dire les flammes qui rougeoient à quelques centaines de mètres, et se met à trembler de tout son corps. Au bout de quelques minutes, elle a un peu récupéré et se relève.

Encore vacillante, elle remonte sur son vélo et se dirige vers la Mathenesserlaan, que rien ne semble être venu perturber. À peine Jet et Lieke lui ont-elles ouvert la porte, qu'elle tombe dans leurs bras. En larmes, les sœurs s'enlacent un long moment.

« On croyait que tu étais morte ! sanglote Jet sans relâcher son étreinte.

— Je vais bien. Je suis partie juste à temps. »

La jeune femme avance à l'intérieur de la maison, aidée de ses sœurs. Dina est assise sur le canapé, Engelien pressée contre elle.

« J'ai pensé qu'il valait mieux rester un peu auprès de tes sœurs, elles étaient tellement bouleversées… explique Dina, passant son bras autour des épaules de son amie qui vient de s'asseoir à côté d'elle.

— Les dégâts sont importants ? Combien de rues sont touchées ?

— Difficile à dire », répond Katja.

Elle regarde machinalement dehors en direction des quartiers endommagés, où planent toujours des masses de fumée.

« Beaucoup, je crois. Beaucoup trop. »

Plus de quatre cents personnes ont péri dans le bombardement, et le nombre de blessés est encore bien plus élevé. Les établissements médicaux se remplissent de victimes souffrant de fractures multiples et de brûlures. Daniel passe toute la nuit à l'hôpital.

Le lendemain de la catastrophe, Katja décide de retourner sur les lieux.

Elle ignore pour quelle raison exactement, peut-être

souhaite-t-elle inconsciemment prendre la mesure du drame auquel elle a échappé la veille. Le déferlement de bombes n'a duré que quelques minutes, mais elles ont suffi à tout ravager. Des pâtés de maisons entiers ont été balayés, des montagnes de gravats bordent les rues criblées de cratères.

Des soldats allemands font voir la zone à des équipes de journalistes en s'indignant de ce que les Anglais ont infligé à la ville. Les riverains observent la scène avec perplexité, partagés entre plusieurs sentiments.

« Ils se donnent le beau rôle ! » estime une jeune fille avec dédain en s'adressant à son compagnon, qui acquiesce : « C'était un accident, le vent était contraire.

— Je veux bien le croire, mais ces imbéciles ne pouvaient-ils pas en tenir compte ? réplique amèrement un homme plus âgé. Ils savent qu'il y a du vent, non ? »

Katja ne se mêle pas aux conversations et poursuit sa route jusqu'à la Hudsonstraat. Elle descend de son vélo à l'endroit exact où tout a commencé. Quelques rares maisons – fortement endommagées – tiennent encore debout. Les derniers étages de la plupart des habitations ont été détruits, et ailleurs, les façades présentent des trous béants, comme une denture en mauvais état. Elle peine à s'imaginer que la veille elle se trouvait à cet endroit même et qu'elle en est sortie vivante.

Elle s'écarte pour laisser passer un homme qui pousse une charrette à bras remplie d'ustensiles de cuisine et d'équipement ménager. Son épouse et ses deux enfants marchent à côté de lui et veillent à ce que rien ne tombe. De l'autre côté de la route, une femme erre, une lampe de chevet à la main, peut-être le seul vestige intact de son habitation. Partout dans les ruines, les gens cherchent à récupérer des objets qui pourraient présenter une quelconque utilité.

Au moment où Katja s'apprête à remonter sur son vélo, elle aperçoit par terre un petit ours en peluche jaune. Elle le ramasse et essuie la poussière qui le recouvre. Les maisons en face d'elle sont maintenant un tas de ruines. Elle contemple l'ours, pousse un long soupir, regarde de nouveau les décombres, puis glisse l'ourson dans la poche de son manteau.

Ce soir-là, après 20 heures, elle prend la route de la Mathenesserlaan. Daniel n'est pas rentré pour le dîner, c'est donc à elle qu'il revient d'approvisionner ses amis en nourriture. Elle emprunte des ruelles moins fréquentées et finit par atteindre sa destination sans être vue. Au coin de la rue, elle descend et pose son vélo contre l'une des façades pour continuer à pied tout en scrutant attentivement les alentours. Par deux fois, le passage d'un véhicule allemand l'oblige à bondir sous un porche.

Finalement elle atteint la maison d'Esther et Victor sans encombre, frappe conformément à la procédure convenue – trois coups rapides, une pause, trois autres coups rapides –, puis elle ouvre la porte.

Esther la serre longuement dans ses bras.

« Tout s'est bien passé ? Personne ne t'a vue ?

— Non. Je fais toujours la dernière partie à pied. Beaucoup d'Allemands fréquentent cette rue, j'évite d'y passer à vélo.

— C'est plus prudent, approuve Victor. Quelle est la situation en ville ? On a entendu le bombardement hier, il semblait si proche.

— En effet, c'était à quelques rues d'ici seulement, dans le quartier de Bospolder-Tussendijken. Tout est dévasté, c'est horrible. Je m'en suis moi-même sortie de justesse.

— Quoi ? Tu étais là-bas quand les bombes ont été larguées ? demande Esther, surprise.

— Juste au bord de la zone touchée, j'ai eu de la chance. »

Katja s'approche du tapis de jeu où Samuel est allongé sur le ventre, en appui sur ses deux mains.

« Ça y est ! Il avance à quatre pattes ! Depuis combien de temps ?

— Quelques jours à peine. Il arrive aussi à se maintenir en position assise, ajoute Esther avec fierté. On met des coussins autour de lui pour éviter qu'il ne se fasse mal en tombant. »

Katja s'accroupit près de Samuel, sort l'ourson en peluche de sa poche. L'enfant tend les mains avec enthousiasme.

« Quel magnifique petit ours ! Où l'as-tu trouvé ? s'étonne son amie.

— Quelque part. »

Katja observe Samuel qui retourne l'ourson dans tous les sens, il ne semble plus vouloir le lâcher.

« Et vous, comment allez-vous ? Vous tenez le coup ? »

Esther vient s'asseoir par terre à côté d'elle et caresse les cheveux de son fils.

« On a lu tous les livres qu'on avait. Et après huit mois de parties quotidiennes, le jeu de l'oie n'a plus la même saveur, on commence honnêtement à s'ennuyer un peu. Mais au moins, on est en sécurité, on essaie de garder le moral. La guerre est presque terminée de toute façon, n'est-ce pas ? »

Pendant très longtemps, Esther et Victor n'ont pas osé allumer la radio. En principe, ils auraient pu le faire, car personne ne vit au deuxième. Seul le dernier étage du petit immeuble est habité. Ils ont des voisins à gauche et à droite, en qui ils ont confiance, et qui ont dû entendre les pleurs de Samuel à un moment ou un autre, cela ne fait aucun doute. Ils ne les ont pas trahis, c'est suffisamment parlant. Si bien que récemment ils ont allumé la radio à la cave, en sourdine.

« L'Italie va se rendre bientôt aux Alliés, suppose Katja. Ce sera alors au tour de la France, puis au nôtre.

— On peut espérer être libres avant la fin de l'année, d'après toi ? Ce serait merveilleux ! s'exclame Esther.

— C'est très probable. Encore un peu de patience, et les Alliés nous libéreront. »

Katja enlace son amie.

« Tiens bon, Esther. La fin est proche. La guerre ne peut plus durer longtemps. »

25

En revenant voir Esther et Victor trois jours plus tard, Katja constate que la porte d'entrée est entrouverte. La jeune femme se fige, regarde rapidement autour d'elle, mais ne voit personne. Elle ferme les yeux quelques secondes pour réfléchir à la meilleure chose à faire, puis entend un bruit : un soldat allemand surgit à vélo de l'obscurité. Elle se réfugie précipitamment sous le porche et attend, immobile. Le militaire passe et s'éloigne. Katja perçoit alors une sorte de gémissement. Bloquant sa respiration, elle colle l'oreille contre la porte. Plus un bruit. Elle est pourtant certaine de ne pas avoir rêvé.

Au moment où elle s'apprête à entrer, la porte de la maison voisine s'ouvre. Truus Visser, qui habite là, passe la tête dans l'entrebâillement. Katja ne la connaît pas, mais Esther et Victor lui ont déjà parlé de cette femme toujours aux aguets.

« Elle voit tout, elle entend tout, avait dit Esther. Il ne fait aucun doute qu'elle a entendu pleurer Samuel. »

Sans dire un mot, les deux femmes s'avancent l'une vers l'autre. Truus pose les yeux sur la clé dans la main de Katja.

« Ils sont partis. »

Bouche bée, Katja la dévisage sans comprendre.

« Ils ont été emmenés ce matin, poursuit Truus. J'ai tout vu. Il était encore très tôt. Mais le bébé n'était pas avec eux.

— Comment ça ? »

Truus secoue la tête.

« Ça m'a intriguée. »

Spontanément, toutes deux se tournent vers la porte.

« Je vous attendais. Je l'ai entendu pleurer toute la journée, mais je n'ai pas osé entrer. »

Katja lui jette un regard méfiant.

« Comment ont-ils su... Qui... ?

— Aucune idée. Peut-être quelqu'un de l'autre côté. Vous entrez ? Je monte la garde ici. »

Il se pourrait qu'elle lui tende un piège, comme il se pourrait que Samuel soit seul à l'intérieur. Katja n'a pas le choix, elle doit prendre le risque.

Les mains tremblantes, elle pousse la porte. Derrière elle, Truus scrute la rue.

« Continuez, au moindre danger, je frappe. »

Katja s'engouffre dans le couloir sombre. Elle tâtonne pour repérer la table basse sous le portemanteau où Victor et Esther gardent toujours une lampe torche. Ses doigts la trouvent et, guidée par le faible rayon de lumière, elle pénètre dans le salon. L'espace d'un instant, elle se crispe : les lampes vont-elles s'allumer brusquement et des voix graves lui ordonner de ne plus bouger ? Mais rien ne se produit. La pièce reste noire et silencieuse.

Elle balaie la pièce de sa torche lumineuse et distingue soudain un nouveau gémissement, étouffé, comme s'il provenait d'un meuble.

Elle s'approche de la cachette dans le garde-manger. La trappe est fermée, et elle doit poser la torche pour l'ouvrir. Elle dirige alors le faisceau à l'intérieur : vide.

La jeune femme fouille minutieusement l'habitation,

inspecte toutes les armoires et les tiroirs, examine le lit où Samuel dormait avec ses parents. Avec seulement un salon, deux chambres et une minuscule cuisine, l'appartement n'est pas très vaste. Katja ne jette qu'un coup d'œil rapide à la petite chambre qui sert de débarras. D'abord, la grande pile de linge entassée dans un coin de la pièce ne retient pas son attention, mais, comme les pleurs redoublent, par acquit de conscience elle commence à fouiller dans les draps et les serviettes, qu'elle écarte au fur et à mesure. Soudain Samuel apparaît. Avec un soupir de soulagement, elle dégage le bébé et le serre contre elle. L'enfant pleure à présent à pleine puissance.

Tandis qu'elle tente de le calmer, elle aperçoit au milieu du linge éparpillé l'ourson qu'elle lui avait offert. Elle le ramasse et le tend à Samuel, qui le presse immédiatement contre lui.

« On y va, bonhomme, chuchote-t-elle. Tu vas devoir être très sage. »

Il fait froid dehors, mais elle n'a pas le temps de l'habiller chaudement. Samuel n'a pas de manteau, vu qu'il n'est jamais sorti de la maison. La seule chose qu'elle puisse faire est de l'emmitoufler dans quelque chose. Elle se précipite dans la grande chambre, où elle a repéré une couverture au pied du lit. Dans le noir, elle trébuche sur un objet qui traîne au sol et, d'une main, se rattrape de justesse au montant de la porte, Samuel bien calé dans son autre bras. C'est alors qu'on tambourine vigoureusement contre la porte d'entrée. L'instant d'après, plusieurs véhicules s'arrêtent devant la maison.

Désespérée, Katja regarde autour d'elle. Elle n'a plus le temps de passer par l'entrée principale, néanmoins, elle peut peut-être s'échapper discrètement par la cuisine. Samuel dans les bras, elle presse le pas vers l'arrière de l'habitation. Elle bondit sur la poignée de la porte, malheureusement verrouillée. La clé n'est pas dans la serrure, elle est sans doute suspendue au support accroché au mur, mais il fait trop sombre pour la chercher. À l'extérieur, des portières de voitures claquent et des bottes martèlent le trottoir.

La jeune femme se rue vers le garde-manger, dépose Samuel sur le sol pour fermer soigneusement derrière elle. Les voilà plongés dans un noir absolu. Des deux mains, Katja ouvre la trappe qui mène à la cave, récupère Samuel, se glisse à l'intérieur et referme le battant. Le voile qui le dissimule habituellement devrait normalement retomber là où il faut.

Fébrilement, Katja rallume la lampe torche et tente tant bien que mal d'apaiser le bébé. Elle lui caresse la joue, presse l'ourson contre lui, fredonne une chanson. Mais rien n'y fait, il continue à pleurer.

En désespoir de cause, Katja plaque une main contre la bouche de l'enfant, ce qui produit l'effet l'inverse de celui escompté. C'est alors qu'elle se souvient des quignons de pain qu'elle a dans la poche de son manteau. Elle en loge une entre les lèvres de Samuel qui, heureux et surpris, commence à la suçoter.

Au-dessus de leurs têtes, une armée semble avoir envahi la maison. Ça piétine et ça rugit, armoires et tiroirs sont ouverts et refermés avec fracas, les meubles glissent sur le parquet.

Tremblante, Katja écoute. À chaque instant, elle s'attend à ce que la trappe s'ouvre brutalement et que des voix fortes la somment de sortir.

Lorsque les hommes arrivent au garde-manger, c'est à peine si elle arrive encore à respirer. La sueur coule sur son visage et dans son dos. Son cœur cogne à grands coups dans sa poitrine. Samuel, gentiment blotti contre elle, mâchonne la croûte de pain qu'il tient dans son poing, en babillant un peu.

« Chhh », murmure-t-elle, comme s'il pouvait comprendre.

Heureusement, il y a trop de bruit à l'étage pour que son babillement soit perçu.

Les soldats n'ont toujours pas trouvé la trappe, mais la porte du garde-manger doit être grande ouverte, car Katja les entend distinctement s'exprimer en allemand et en néerlandais. Elle tente de saisir la nature des échanges, mais sa respiration et son cœur qui s'emballe noient les conversations.

Elle doit attendre un long moment avant que le silence revienne enfin. L'espace exigu manque d'oxygène et Katja commence à suffoquer, prise de vertiges. Finalement, elle se décide à ouvrir la trappe.

Pleine d'espoir, elle jette un œil dans la cuisine depuis sa cachette : elle est déserte. Après tout ce vacarme, le silence qui règne dans la maison est presque angoissant.

Chargée de Samuel, Katja s'extirpe de l'abri, non sans peine car ses bras sont courbatus et ses jambes flageolantes. Elle fait quelques pas hésitants. Ses yeux parcourent les lieux de gauche à droite. Lentement, elle avance dans le couloir, précédée par le faisceau de la lampe torche. Il n'y a vraiment plus personne. Le clair de lune qui traverse les vitres de la porte d'entrée lui révèle que tous les meubles ont été emportés. Plus un tableau ne reste aux murs, pas un bibelot n'a été oublié. La maison gît là, telle une coquille vide, dépouillée de ses habitants et de son âme.

La jeune femme ouvre la porte d'entrée, serre Samuel contre elle et s'enfuit dans l'obscurité.

26

Cette nuit-là, Katja dort avec Samuel, un bras autour de lui. Ils sont un peu à l'étroit lorsque Daniel les rejoint, mais il va falloir s'habituer à la situation pendant quelque temps. En vérité, dormir ne reflète pas exactement la réalité : Katja et Daniel sont incapables de fermer l'œil, allongés dans le noir, trop bouleversés pour parler. Les mots leur manquent pour exprimer leur désarroi. Un tel événement, si inattendu et sans doute irréversible, ne peut que les réduire au silence.

Au petit matin, ils abordent à voix basse la façon dont ils vont expliquer l'arrivée de Samuel dans leur foyer. Cacher un bébé de huit mois est tout bonnement impossible. Et il est trop grand pour qu'on le croie leur propre enfant. Ils conviennent donc de dire que Samuel est le fils de cousins éloignés décédés dans le bombardement de la semaine précédente.

« On l'appellera Bas, suggère Daniel. Samuel sonne trop juif, ce prénom risque d'éveiller les soupçons. »

Seuls Jet, Hein et Thijs connaissent la vérité sur son identité. À sept ans, Lieke est un peu trop jeune pour garder un si grand secret. Avec entrain, elle a raconté aux voisins qu'elle venait d'avoir un petit frère : « Pas un vrai frère, mais un petit garçon qui n'a plus de parents. »

« C'est mon petit-cousin, dit-elle avec sérieux lorsque Dina se penche sur le landau. Sa maison a pris feu et ses parents sont morts. »

Dina se redresse et interroge Katja du regard.

« C'est son ourson », ajoute la fillette en montrant, en guise de preuve, les marques de brûlure sur la peluche.

Malgré elle, Lieke aide ainsi à dissiper quelques doutes sur les origines de Bas, mais Katja ne jurerait pas qu'elle y soit réellement parvenue. Helena et Gerlof Sondervan échangent eux aussi un coup d'œil sceptique, mais ne posent aucune question.

Fin avril, alors que Katja ne les a pas vus depuis des mois, les parents de Daniel passent à l'improviste, munis d'un lit-cage et de quelques vêtements.

« Nous avons entendu dire que vous aviez recueilli un orphelin, déclare Barbara. Nous savons combien il est difficile de se procurer du matériel en ce moment. Voilà ce que nous avons pu trouver en échange d'un chandelier en argent. »

Katja contemple le lit sans y croire ; elle est ravie. Bas commence déjà à être trop grand pour dormir avec le couple, il a besoin d'une couche bien à lui. Et ses beaux-parents qui surgissent avec un lit pour enfant tout neuf ! Même si elle abhorre leurs idées politiques, Katja apprécie la gentillesse de ce geste.

« Entrez donc ! » les invite-t-elle après une brève hésitation.

Mais apparemment, Clemens et Barbara n'envisageaient pas de s'éterniser.

« Nous sommes seulement venus vous apporter le lit et quelques affaires. Dans notre rue, les gens nous insultent. L'autre jour, une pierre a même fracassé la fenêtre avant d'atterrir dans notre salon. Nous ne voulons pas que cela vous arrive, justifie son beau-père.

— Ici, dans le quartier, tout le monde vous connaît, réplique Katja.

— Peut-être, mais il est préférable que nous vous laissions. Embrasse Daniel de notre part. »

Clemens pose les yeux sur Bas, que Katja a calé dans le creux de son bras.

« Et si j'étais toi, je ne le sortirais pas trop souvent. On voit bien que cet enfant est juif. »

« Ils avaient peur, commente Katja au dîner. Je ne les ai jamais vus dans cet état, si abattus… Tu crois qu'ils sont vraiment en danger ?

— Non, rétorque Daniel. Pour autant que je sache, mes parents ne dénoncent pas les Juifs. Ils ont des idées bien arrêtées, mais ils ne s'immiscent pas dans les affaires des autres. Ils sont malheureusement pro-NSB, mais on peut difficilement leur interdire d'avoir une opinion. Même si cette opinion n'est guère appréciée par la population en ce moment.

— J'ai toujours considéré ton père comme un homme fort, très sûr de lui, capable de défendre ses idéaux. C'était étrange de le voir raser les murs de cette manière.

— Le NSB n'est plus aussi puissant qu'il l'a été, observe Hein tout en raclant son assiette. Il a perdu plus de la moitié de ses membres. L'assassinat de Seyffardt lui a causé du tort, et l'avancée des Alliés n'arrange rien. Ces lâches commencent à avoir les chocottes. Le jour de la vengeance approche. On leur fera la peau.

— Hein ! » intervient Katja avec un froncement de sourcils.

Le jeune homme se tourne vers Daniel et ajoute à contrecœur :

« Seulement à ceux qui le méritent, évidemment. Ils n'ont qu'à bien se tenir. »

De l'autre côté de la table, Katja observe son petit frère, qui devient grand et fort. À seize ans, il a déjà un solide gabarit. Elle le soupçonne d'être impliqué dans les activités de résistance de Thijs, mais ne tente pas de s'y opposer. Ce serait inutile, de toute façon, d'autant qu'elle-même est loin d'avoir respecté à la lettre les consignes adressées à la population.

Les choses sont de plus en plus claires dans son esprit : se contenter de ne rien faire de mal ne suffit plus. Il faut aller au-delà de cette approche tranquille pour réussir à se regarder en face dans le miroir chaque matin. Trop de gens détournent les yeux, comme si les événements ne les concernaient pas ; Katja elle-même a longtemps attendu et espéré qu'il ne serait pas nécessaire d'agir. Ce temps est révolu. Elle s'est engagée dans une autre voie, désormais, et il n'y a plus de retour en arrière possible.

En mai, les Allemands proclament le décret sur la loi martiale. Toute infraction, ou presque, est à présent passible de la peine capitale. D'abord, il est interdit de se réunir, de refuser de travailler, de posséder des armes, et même de détenir une radio. La population reçoit l'ordre de venir déposer les appareils et on risque la mort en cas de désobéissance.

« On peut en conclure que la guerre ne tourne pas à l'avantage des Allemands », analyse sobrement Daniel.

Pour lui, il est hors de question de se séparer de son récepteur à cristaux, grâce auquel ils écoutent *The Voice of the Free World* sur la BBC. Hein construit alors dans le clapier à lapins un petit coffre pour cacher l'appareil.

Entre-temps, les Allemands ont décrété une autre mesure : l'*Arbeitseinsatz*. Le travail forcé.

Depuis le début de la guerre, ils ont tenté de convaincre

les travailleurs néerlandais d'aller en Allemagne, sans jamais parvenir à susciter l'engouement espéré. Comme une bonne partie des Allemands dans la force de l'âge ont été envoyés au front, le besoin de main-d'œuvre est urgent pour soutenir l'économie de guerre, qui doit continuer à tourner à plein régime. Ainsi, depuis un an déjà, Hitler oblige les firmes néerlandaises à détacher des travailleurs dans le cadre de l'*Arbeitseinsatz*.

Pourtant, la campagne ne porte pas ses fruits : les entreprises qui ne peuvent se passer de leurs employés doivent en rédiger la déclaration, ce que le pays entier finit par faire.

Fin avril, le général Friedrich Christiansen annonce que tous les soldats de l'armée néerlandaise seront faits prisonniers et forcés à travailler en Allemagne. En même temps, tous les hommes âgés de dix-huit à trente-cinq ans sont invités à se présenter aux bureaux de placement. L'intention est claire : on veut expulser des Pays-Bas tous les hommes valides pour les empêcher de rejoindre les Alliés par la suite.

Des grèves sont organisées dans tout le pays pour protester contre cette pratique, mais on les disperse rapidement, et l'*Arbeitseinsatz* continue.

En mai, un nouvel appel ne rencontre pas davantage de succès : presque personne ne se manifeste. Beaucoup se cachent ou partent travailler à la campagne chez des agriculteurs, qui déclarent ensuite que les garçons sont leurs employés. Quant aux rares personnes qui se présentent tout de même, toutes sont jugées aptes et envoyées sur-le-champ en Allemagne.

Katja craint que d'autres groupes d'âge ne soient appelés, mais pour l'instant ni ses frères ni Daniel ne sont concernés.

Elle a parfois l'impression qu'elle est en plein rêve et

qu'elle va se réveiller tout à coup pour retrouver le monde d'avant. Ce n'est que maintenant qu'elle prend la mesure du bonheur qui était le sien à l'époque, lorsqu'elle était entourée de sa famille, sans réelles préoccupations, sans devoir lutter en permanence pour subvenir à ses besoins et à ceux de ses proches. C'était un temps où elle comprenait le monde. Aujourd'hui, le mal semble rôder à chaque coin de rue. Katja se lève tous les matins avec la peur au ventre, ignorant ce que les heures à venir lui réservent, et elle ne fait plus confiance à personne.

Les pénuries de plus en plus graves ont habitué son organisme à la privation de nourriture, mais les rations diminuent si vite qu'elle a toujours faim.

Katja, qui était déjà mince avant la guerre, a tellement maigri que, pour empêcher ses vêtements de flotter sur son corps, il faut constamment les reprendre. Jet passe des journées entières à coudre, installée à la table à manger, en compagnie de quelques amies. Les filles manipulent les vestes et les gilets imprégnés d'une odeur de sueur qui les oblige à respirer par la bouche.

Tout au long du jour, la pièce résonne du bourdonnement des machines à coudre, du bruit des ciseaux qui découpent le tissu et des discussions animées. Katja se réjouit de voir Jet si joyeuse. Sa sœur a connu des moments plus difficiles, elle avait mauvaise mine, le teint pâle et l'humeur morose. Mais, en compagnie de ses amies, elle semble revivre.

Le soir, elle est souvent de sortie. Katja ignore où elle va, sans doute chez un garçon. Hein confirme un jour ses soupçons.

« Tu sais avec qui j'ai vu Jet cet après-midi ? Chiel van Vliet ! dit-il avec indignation. Son bras autour de son cou, ils s'embrassaient devant tout le monde !

— Et alors ? Elle a dix-huit ans ! minimise Katja. C'est normal qu'elle ait un petit ami, non ?

— Oui, mais pas un membre du NSB ! Son père est un vrai salaud ! »

Katja le dévisage, interdite.

« Un membre du NSB ? Tu en es sûr ?

— Tout à fait. Chiel et moi étions dans la même école, il était quelques classes au-dessus de moi. Il est le seul à ne pas avoir été arrêté pendant la rafle ! »

Katja se laisse tomber sur une chaise, elle doit assimiler la nouvelle.

« Tu es certain que c'était Jet ?

— Je crois être encore capable de reconnaître ma propre sœur ! proteste-t-il, vexé. Tu comptes vraiment accepter qu'elle fréquente un type pareil ? »

La jeune femme prend une grande inspiration, puis répond dans un soupir :

« Je vais lui en parler. »

La conversation n'est pas facile. Jet entre immédiatement dans une colère folle.

« Pourquoi je ne pourrais pas sortir avec un membre du NSB ? Il est très gentil ! Les parents de Daniel en font partie eux aussi, non ? Pourtant, vous continuez à les voir !

— Très peu, corrige Katja. C'est compliqué de fréquenter des gens qui ont une vision des choses si différente de la nôtre.

— Chiel est un simple membre du parti, il n'est pas actif. Il ne dénonce pas les Juifs et les résistants.

— Il ne manquerait plus que cela… Le problème, Jet, c'est qu'il n'est vraisemblablement pas non plus *contre* les agissements des Allemands. Tout ce qu'ils ont fait endurer aux Juifs, les représailles, les rafles,

les horreurs de la guerre dans notre pays… Comment peux-tu cautionner de tels actes ? Je m'étonnais déjà que certains aient pu prendre fait et cause pour les Allemands au début du conflit, mais camper sur cette position aujourd'hui, après tout ce qu'il s'est passé, c'est pire. Fraterniser avec l'occupant fait de lui un antisémite et un traître, et je ne veux pas en entendre parler. Que tu oses poser tes lèvres sur celles d'un type pareil me dépasse ! »

Katja a élevé progressivement la voix, au point de crier. Elle n'a pas remarqué que Jet, le visage rougi, est visiblement au bord des larmes.

« Tu ne le connais même pas ! Tu juges sans savoir ! Jamais je n'aurais cru ça de toi.

— Quelle suite envisages-tu exactement à cette relation ? Tu comptes te joindre à la fête du parti et encenser ce salopard de Mussert ? Ou l'aider à distribuer la revue du NSB dans le quartier ? Vous devez bien avoir des atomes crochus… »

Jet semble près d'éclater en sanglots, mais elle parvient à se maîtriser.

« Tu es horrible ! crie-t-elle d'une voix chevrotante. Tu sais très bien que tous les membres du parti ne sont pas comme ça. Chiel est lui aussi très perturbé par ce qui arrive aux Juifs. Il connaît la cachette de certaines familles, mais il se tait.

— Ah oui ? Et comment peux-tu en être si sûre ? Parce qu'il te l'a dit ? Et toi, tu le crois forcément sur parole ?

— Non ! D'ailleurs, il sait aussi que vous… »

Jet s'arrête brusquement et se mord la lèvre.

« Que sait-il ? » questionne Katja, des éclairs dans les yeux.

Elle fait un pas vers sa sœur.

« Tu n'as quand même pas parlé à ce garçon d'Esther et de Victor, n'est-ce pas ?

— Non, bien sûr que non. Mais il sait que nous aidons certains Juifs.

— Et comment le sait-il ? demande Katja, un ton plus bas.

— Il le sait, c'est tout. On a discuté plusieurs fois de la persécution des Juifs. Il m'a expliqué qu'il en aidait quelques-uns qui se cachaient dans sa rue. Alors j'ai pensé que je pouvais moi aussi…

— … partager un secret qui pourrait nous coûter la vie ? Tu as perdu la tête ? Je me suis souvent demandé comment les Allemands avaient découvert Esther et Victor, mais je comprends, à présent !

— Mais pas du tout ! Chiel ne ferait jamais une chose pareille ! Et puis, les Juifs qu'il a aidés dans sa rue sont toujours là, et…

— Arrête, s'il te plaît ! Je ne veux plus t'entendre. Tu ne comprends pas qu'aucun Juif ne se cache dans sa rue, il t'a menée en bateau, c'est évident, ma pauvre. Je te croyais plus maligne que cela ! gronde Katja en se retournant brutalement, avant de refaire face à sa sœur. Tu vas rompre avec ce garçon, Jet ! Sur-le-champ !

— Tu te prends pour qui ? Tu n'es pas ma mère ! J'ai dix-huit ans, je suis en droit de décider seule de mes fréquentations.

— Pas tant que tu vivras sous mon toit ! rétorque sèchement Katja. Sinon, tu peux faire tes valises. »

27

Dans la soirée, Daniel parvient à calmer les esprits. Il a d'abord une longue conversation avec Jet, seul à seule, puis il réunit les deux sœurs.

« Vas-y, invite-t-il Jet avec un sourire engageant.

— J'ai décidé de rompre avec Chiel, annonce-t-elle du bout des lèvres. Tu as raison, il est trop compliqué de fréquenter un garçon qui vient d'un milieu complètement différent du mien. Mais tu as tort de le voir comme un traître. Je sais qu'il n'en est pas un.

— Dans ce cas, pourquoi as-tu décidé de te séparer de lui ? »

Jet détourne les yeux.

« Parce que je ne veux pas me disputer avec toi. J'ai déjà perdu assez de membres de ma famille. »

Sans attendre de réponse, elle disparaît dans sa chambre. Katja et Daniel se regardent en silence.

« Merci, dit finalement la jeune femme. Tu crois qu'elle va vraiment rompre ?

— Je pense que oui. Nous avons eu une bonne discussion. »

Katja pousse un long soupir.

« J'ai probablement tout faux.

— Tu es sa sœur, et donc un peu juge et partie, ce qui

peut compliquer certaines discussions. Elle a tendance à se montrer plus ouverte avec moi. »

Daniel laisse son regard glisser sur le visage de Katja.

« Tu as l'air fatiguée, observe-t-il. Et tes traits sont creusés. Tu es sûre que ça va ? »

Elle hausse les épaules.

« Je n'ai pas vraiment le choix, il faut bien avancer. Mais si je pouvais me débarrasser de ces affreux cauchemars la nuit, et avaler un bon repas, ça irait encore mieux. Les coupons alimentaires ne valent plus grand-chose. Heureusement qu'on a un lapin à manger de temps en temps.

— Tout est expédié en Allemagne. À l'hôpital aussi, on se demande comment on va nourrir tous ces gens. Avec d'autres médecins actifs dans les hôpitaux du pays, nous avons rédigé une pétition pour exiger que Seyss-Inquart nourrisse mieux la population. Nous le renvoyons à la convention de La Haye de 1907, qui dispose qu'aucune nation ne peut laisser une autre nation mourir de faim, même en temps de guerre. »

Katja en reste bouche bée.

« Ah bon ? Et vous comptez réellement lui envoyer cette lettre ?

— Non, car il lui suffirait de l'ignorer, de faire comme s'il ne l'avait jamais reçue. Nous voulons faire bouger les lignes, le forcer à répondre, en publiant la pétition dans un journal.

— Vous ne pourrez pas, les journaux sont soumis à la censure.

— La pétition sera éditée dans une revue clandestine, distribuée par la Résistance. C'est un texte de deux pages. Seyss-Inquart n'aura pas le choix, il sera obligé de réagir. »

Katja éprouve un étrange fourmillement au creux de l'estomac.

« Tu es sûr que ce n'est pas dangereux ? Ce ne serait pas plus prudent de lui envoyer cette pétition par la poste, plutôt que de la publier dans un journal clandestin ?

— Si on veut mettre toutes les chances de notre côté, on doit frapper fort. Les gens souffrent de malnutrition, ils n'arrivent plus à lutter contre les maladies. En ce moment, nous devons gérer une épidémie de tuberculose face à laquelle nous sommes impuissants, car les patients sont trop affaiblis pour être traités, explique Daniel. Tu n'as pas à t'inquiéter, c'est une demande tout à fait légitime. En tant que médecins, nous ne sommes pas en danger. Les Allemands ont besoin de nous. Nous avons déjà refusé de stériliser les Juifs et les faibles d'esprit, et ils n'ont rien pu faire pour l'imposer.

— Peut-être, mais c'était il y a deux ans. La situation était différente, à l'époque.

— Je te l'accorde, mais je continue de penser que nous pouvons avoir l'esprit tranquille. Seyss-Inquart n'est pas un monstre, il saisira le caractère raisonnable de notre requête. »

Daniel ponctue sa phrase d'un signe de tête rassurant. Katja esquisse un sourire : elle a depuis longtemps cessé de se fier à la raison.

Son monde se rétrécit de jour en jour. Elle ne quitte son domicile que pour rejoindre la file interminable de ceux qui attendent devant le boulanger et le marchand de fruits et légumes. Entre-temps, elle emmène Lieke à l'école et la récupère. Le reste de la journée, elle est à la maison.

Le soir, elle s'affaire longuement dans son potager et nettoie le clapier à lapins. Il y en a trente-trois maintenant, et chaque semaine, elle en tue un. Le temps où elle laissait Hein faire ce travail déplaisant est révolu. Désormais, elle ne voit plus en eux que de la nourriture. Jet utilise la fourrure et le cuir pour confectionner des vêtements, ce qui est utile, car le printemps est frais.

À la mi-juin enfin, la température devient agréable et Katja peut récolter les premiers légumes de son potager. Le soleil teinte sa peau, mais son corps maigrit encore. Si elle s'est habituée depuis un moment à une sorte de faim permanente, les vertiges et les tremblements constants qui l'accompagnent rendent les journées de plus en plus pénibles.

Bas représente la seule lumière de son existence. Agrippé aux clapiers à lapins, il se hisse sur ses deux pieds et pousse de petits cris de plaisir quand il aperçoit les animaux derrière les barreaux. Le petit garçon rampe dans le potager, porte les mauvaises herbes à sa bouche, se salit des pieds à la tête, se relève en pleurant, puis retombe aussi sec. Il rit aux éclats lorsque Katja lui apprend à marcher en lui tenant les mains et adore qu'elle le prenne dans ses bras ou l'asseye sur ses genoux.

Lieke est pour lui comme sa grande sœur. Quand elle rentre de l'école, Bas se précipite à quatre pattes en direction de la porte.

Souvent, lorsqu'il dort, Katja observe sa petite frimousse. Attendrie, elle se force à garder espoir, à se dire qu'un jour Esther et Victor reviendront le chercher. Elle essaie de ne pas trop s'attacher à ce fils adoptif, mais c'est impossible.

Le mois de juin passe, et la famille peut jouir d'une nourriture plus abondante grâce au potager et aux arbres fruitiers. Lieke et Hein, qui sont en vacances d'été, aiment à étaler une couverture sur l'herbe et manger les fraises de leur propre jardin au soleil. C'est ainsi qu'ils retrouvent un peu la saveur de leur vie d'avant.

Le beau temps colore les journées, adoucissant l'humeur des habitants. L'espoir que la guerre trouve une fin imminente revient, et les nouvelles de la BBC sont prometteuses. L'Afrique est à présent aux mains des Alliés qui continuent d'avancer en Italie. Leur progression n'est pas aussi rapide que tous le souhaiteraient, mais elle est sensible.

Ce jour-là, dans la file habituelle devant la boulangerie, il n'est question que de la libération. Pour une fois, Katja ne rechigne pas à attendre ; un parfum d'espérance flotte dans l'air et procure un sentiment général de gaieté et de légèreté.

La mauvaise nouvelle qui tombe est d'autant plus dure à encaisser. Katja sent le coup de massue arriver dès qu'elle rentre à la maison, son pain sous le bras, et qu'elle voit ses beaux-parents à travers la fenêtre du salon. Si cette visite a de quoi l'étonner, c'est la façon dont ils parlent à Jet qui l'inquiète le plus. Par la vitre, elle remarque leurs épaules tombantes, les larmes qui coulent sur les joues de Barbara, le désespoir sur le visage de sa sœur. Katja s'engouffre à l'intérieur, sans accorder d'attention à Bas qui venait joyeusement vers elle.

« Que se passe-t-il ? »

Ils se tournent tous les trois en même temps vers elle.

« Oh, Katja… »

Barbara sanglote. Katja comprend qu'il s'agit de Daniel.

« Quoi ? insiste-t-elle avec anxiété.

— Il a été arrêté, de même que quelques autres

médecins. Nous ne savons pas pourquoi. Une histoire de pétition.

— Oh non. J'en étais sûre…

— Tu étais au courant ? s'étonne Clemens en fronçant les sourcils.

— Ils ont rédigé une pétition à l'adresse de Seyss-Inquart et l'ont fait imprimer dans un journal clandestin. D'après Daniel, ils ne couraient aucun risque.

— Ils ont été arrêtés. La police s'est présentée à l'hôpital et les a emmenés.

— Ce sont des médecins, pas des résistants ! s'emporte Jet. Ils n'ont pas agi pour inciter le peuple à la révolte, mais juste par amour de leur prochain. Les Allemands peuvent quand même le comprendre, non ?

— Si seulement ils s'étaient contentés d'envoyer le courrier à Seyss-Inquart, déplore Katja à voix basse. L'idée de ce journal ne m'inspirait rien qui vaille. »

Lentement, elle voit la réalité en face. Daniel n'est plus là. Il a été emmené, Dieu sait où. Elle se laisse tomber sur le canapé et regarde dans le vide.

« Il n'a rien à craindre, murmure-t-elle. Ils ne lui feront rien. Il n'a rien fait de mal. »

28

Katja passe la plus grande partie de la journée sur le canapé, enveloppée dans une couverture. Ce n'est qu'à l'heure du dîner, lorsque tout le monde est rentré à la maison hormis son mari, qu'elle affronte la réalité. Et qu'elle retrouve un peu de courage.

Daniel a été arrêté, mais il s'en sortira. Il interviendra comme médecin au camp le temps qu'il faudra, puis reviendra tôt ou tard chez eux, à la libération. En attendant que ce jour arrive, Katja refuse de se laisser abattre par le chagrin et la peur.

À la tombée de la nuit, elle serre Bas dans ses bras, le pose dans son lit-cage, place l'ourson contre sa joue et se dirige vers la porte de la chambre. Sur le seuil, comme chaque fois, elle s'arrête et se retourne pour lui faire signe.

« Bonne nuit, petit bonhomme, murmure-t-elle d'une voix apaisante. Fais de beaux rêves. »

En temps normal, Bas se contente de la regarder, son ours pressé contre lui, mais cette fois, il lève la main et lui fait signe à son tour. Touchée, la jeune femme revient près du lit et dépose un baiser sur le front du bébé. En descendant les escaliers, elle a le réflexe de vouloir crier à Daniel ce que Bas vient de faire ; alors elle ralentit le pas et prend une profonde inspiration pour réprimer les larmes qu'elle sent monter.

En son for intérieur, elle se promet de lui raconter quand il sera de retour.

La vie suit son cours tant bien que mal. Avec un enfant d'un an, le ménage, le potager et les courses, Katja n'a d'autre choix que de faire face.

De leur côté, Clemens et Barbara prennent contact avec Max Rösener et, par son intermédiaire, avec Herbert Wölk, l'*Obersturmführer* du SD de Rotterdam. Mais la piste ne laisse pas grand espoir. Dépités, ils viennent donner les nouvelles à Katja.

« Wölk n'a rien pu faire pour nous, mais Max Rösener a promis de se renseigner sur l'endroit où Daniel a été emmené, dit Clemens. Ce sera toujours mieux que rien.

— Tant qu'il n'est pas dans un camp de concentration… commente Barbara, dont le regard anxieux fait des allers-retours entre son mari et sa belle-fille. D'après Max, il se pourrait que Daniel ait été transféré dans un hôpital en Allemagne, où ils souffrent d'une grande pénurie de médecins. »

Dans les yeux de Katja, une lueur d'espoir apparaît. Le travail forcé est évidemment toujours d'actualité. Pourquoi enfermeraient-ils des médecins dans des camps alors qu'ils peuvent tirer profit de leurs qualifications ?

« Ce serait tellement mieux ! Si seulement nous pouvions en être sûrs.

— Max est sur le coup, confirme Barbara. Il nous l'a promis.

— Vous pensez qu'il pourrait être utile que j'aille le voir ? demande la jeune femme. Il m'a aidée aussi une fois, pour Hein.

— Je m'apprêtais à te le suggérer, approuve Clemens

avec un signe de tête encourageant. Il m'a tout de suite parlé de toi quand nous sommes arrivés chez lui. Je crois que tu ne le laisses pas indifférent. »

Les joues de Katja s'empourprent.

« Vous n'imaginez pas que c'est moi qui lui ai donné des raisons de penser…

— Bien sûr que non, coupe Barbara avec détermination. Personne n'a dit une chose pareille. Mais il est évident que Max a un faible pour toi. Il ne manque jamais de demander de tes nouvelles lorsqu'il nous rend visite. Même Daniel s'en est aperçu. C'est notamment pour cette raison qu'il ne venait plus nous voir aussi souvent qu'auparavant. En tout cas, pas quand nous recevions du monde », ajoute-t-elle en esquissant un rictus.

Katja croyait depuis toujours que c'étaient leurs idées politiques qui gênaient Daniel, elle ne l'avait jamais entendu parler de Rösener. Pourquoi l'aurait-il fait ? Le militaire et elle ne se sont rencontrés que deux fois ! Trois, si l'on compte son intervention le jour où elle attendait sa carte d'identité, mais Daniel ne l'a jamais su.

« Daniel t'aime et tu l'aimes, reprend Clemens en la fixant droit dans les yeux. À ce sujet, je dois avouer que nous nous sommes bien trompés, à l'époque, quand nous t'avons… enfin… quand nous n'étions pas trop enthousiastes à l'idée que tu rejoignes la famille. Heureusement, Daniel ne s'en est jamais soucié. Il s'est battu pour toi, et il a eu raison. Il t'appartient à présent de te battre pour lui. Si un officier allemand s'intéresse à toi, profite de cet atout. Par tous les moyens possibles. »

Une fois ses beaux-parents partis, Katja, en pleine confusion, s'installe dans le jardin pour réfléchir. Malgré la chaleur, elle a l'impression d'avoir froid et se frictionne les bras. Ses yeux parcourent le potager d'un air absent, tandis que les mots de Clemens résonnent en elle. A-t-il vraiment en tête ce qu'elle a cru comprendre ? Katja sent la colère monter, mais elle réprime ce sentiment. Après tout, elle a spontanément usé de ses charmes pour parvenir à ses fins la première fois… Mais elle n'a plus donné signe de vie par la suite et Rösener ne tombera pas dans le panneau une seconde fois.

« Tu dois tout de même essayer, se dit-elle intérieurement. Tu n'as pas vraiment le choix. »

En attendant que Jet rentre pour garder Bas, Katja se tient, indécise, devant sa penderie. Après de longues minutes d'hésitation, elle opte pour la robe vert clair qu'elle portait le soir où elle a rencontré Rösener. Pendant un instant, elle se demande s'il est raisonnable d'y aller avec cette tenue alors qu'elle a perdu tant de poids. Il y a deux ans, le vêtement mettait parfaitement ses formes en valeur, mais aujourd'hui, il accentue surtout ce qui a disparu. Elle serre énergiquement la ceinture assortie et entreprend de se coiffer. Ses cheveux bruns n'ont plus leur brillance d'antan, mais un peu d'huile devrait sauver les apparences.

Dès qu'elle entend ses sœurs rentrer, elle descend, Bas dans les bras.

« Katja, j'ai eu dix sur dix en écriture ! s'écrie aussitôt Lieke, qui brandit une feuille de papier sous son nez.

— Très bien, ma princesse ! » félicite la jeune femme avec le même enthousiasme.

Elle embrasse la fillette sur la joue.

« Applique-toi bien à l'école, c'est important. »

Elle confie Bas à Jet. Manifestement mécontent, l'enfant proteste et tend les bras vers Katja.

« Je vais voir Rösener, annonce-t-elle à sa sœur, qui lui jette un rapide coup d'œil et acquiesce.

— Tu es très belle. Que tout aille pour le mieux.

— Merci », répond machinalement Katja en enfilant une veste.

Elle sort par la cuisine, prend son vélo et longe la maison pour rejoindre la rue. La bicyclette fait un bruit infernal ; pendant un temps, elle a réparé les pneus tant et plus, jusqu'à ce qu'ils soient à peu près complètement couverts de ruban adhésif – un article désormais introuvable. Elle s'est ensuite débrouillée avec des morceaux de tuyau d'arrosage, mais récemment, Hein a eu l'idée de lui installer des roues en bois. Le bruit est effroyable, elle est secouée en tous sens, mais au moins, elle peut utiliser le vélo.

Sous le soleil de l'après-midi, le Heemraadssingel, magnifique, respire la sérénité. Les majestueuses maisons de maître et le vert des arbres se reflètent dans l'eau tandis qu'une procession de canards passe en cancanant.

Katja descend de vélo et éponge la sueur de son front. Elle préfère parcourir le dernier tronçon à pied, à l'ombre des bâtisses, le temps de se remettre du trajet pour faire une entrée impeccable. Pendant qu'elle appuie l'engin contre un arbre, un bruit de bottes résonne sur le trottoir, puis cesse net derrière elle. Avec appréhension, elle se retourne et tombe face à Max Rösener.

« Quelle heureuse coïncidence, je pensais justement à vous ! s'exclame l'officier.

— Ah, vraiment ? temporise Katja en glissant une mèche derrière son oreille. Et pourquoi donc pensiez-vous à moi ?

— Hélas, pour des choses pas très agréables. J'ai cru comprendre que votre mari avait été arrêté.

— En effet, c'est la raison de ma présence ici.

— Je m'en doutais un peu. Je comptais justement

aller prendre un verre et manger quelque chose. Voulez-vous vous joindre à moi ?

— Avec plaisir. »

Katja enroule une chaîne autour de son vélo et marche aux côtés de Rösener jusqu'à la Heemraadsplein, où quelques magasins provisoires ont été construits. La place est également bordée d'un café, l'un des rares à être encore ouverts.

À peine entrée, Katja comprend vite pourquoi : l'endroit est rempli d'Allemands. Les filles qui leur tiennent compagnie sont sans aucun doute membres du NSB.

Mal à l'aise, la jeune femme s'assied à une table que le tenancier s'empresse de débarrasser pour eux. Rösener est salué de tous les côtés, Katja se sent observée de la tête aux pieds.

« Vous venez souvent ici ? demande-t-elle.

— Régulièrement, en effet. »

Rösener se penche légèrement vers elle.

« Et si l'on oubliait les formalités ? Je m'appelle Max.

— Et moi, Katja », répond-elle en acquiesçant.

Ils commandent à manger ou, plus exactement, Rösener s'en charge. Il jargonne quelque chose en allemand à l'intention du propriétaire, qui le comprend apparemment à la perfection, puisque l'instant d'après, il apporte un assortiment de plats. Cuisses de poulet rôties, légumes variés, crêpes et pommes de terre frites. Katja fixe les mets comme s'il s'agissait d'une vision du paradis. Sans qu'on lui ait demandé ce qu'elle souhaite boire, on pose devant elle un verre de bière mousseuse, ce qu'elle n'a jamais goûté.

« Je ne crois pas qu'il soit approprié de porter un toast avec vous, dit Max, si ce n'est pour espérer le retour rapide de votre mari. »

Ils lèvent leur verre et trinquent sobrement, sans

cérémonie. Hésitante, Katja prend une gorgée. Après des mois de thé et de café instantané sans goût, elle trouve cette bière délicieuse.

« Savez-vous où est Daniel ? demande-t-elle avec anxiété.

— Je n'ai pas de certitudes pour l'instant. Il a vraisemblablement été emmené au camp d'Amersfoort, mais il pourrait tout aussi bien être en Allemagne à l'heure qu'il est. »

Après un bref coup d'œil au visage perplexe de Katja, il poursuit :

« Tout dépend du taux d'occupation. Amersfoort est un camp de transit. S'il est complet, les prisonniers continuent leur route. En tout cas, j'ai introduit une demande pour savoir où est votre mari.

— Et ensuite ? Pensez-vous pouvoir intervenir en sa faveur ?

— J'ai bien peur de ne pas vous être très utile cette fois, car mon autorité a ses limites. La situation était complètement différente pour votre frère, il ne faisait pas partie du groupe ciblé, il avait été arrêté par erreur. Daniel est entièrement responsable de ce qu'il lui arrive. »

Katja fait rouler l'os d'une cuisse de poulet entre son pouce et son index. D'un coup, elle a perdu l'appétit.

« Je peux en revanche demander qu'on l'engage comme médecin, où qu'il soit, reprend Max, ce qui lui donnerait certains privilèges.

— Si vous pouviez…

— Bien sûr, comptez sur moi. »

Max hésite un moment avant de continuer :

« J'ai rencontré Daniel plusieurs fois chez ses parents, c'est quelqu'un que j'apprécie.

— Oh, vraiment ? » s'étonne Katja.

Pour autant qu'elle le sache, les deux hommes ne se sont adressé la parole qu'une seule fois, lors de la fête d'anniversaire de Barbara.

« Oui, mais sa mère m'a confié qu'il ne venait plus ces derniers temps. A-t-il des problèmes avec ses parents ? »

Katja reste silencieuse un moment. La conversation prend une tournure qui ne lui plaît guère.

« Il était très occupé.

— Et ses parents sont membres du NSB, ce qui vous pose problème, n'est-ce pas ? »

Katja hausse les épaules en guise de réponse.

« Ne vous méprenez pas, il m'importe peu que vous ne soyez pas au NSB. J'aime les gens qui savent rester fidèles à leurs convictions. Pour tout vous dire, cette clique n'a pas forcément bonne réputation chez nous non plus.

— Ah bon ? »

Max secoue la tête.

« C'est une bande de suiveurs et de profiteurs, hormis quelques exceptions. La plupart ne s'intéressent qu'aux beaux uniformes, aux parades en ville, aux fêtes et aux avantages. En bref, aux apparences. Ils sont très superficiels et ne comprennent rien à ce que nous défendons.

— Et que défendez-vous, exactement ?

— Un empire allemand uni et fort. Un empire mondial qui ne connaît ni la faim ni la pauvreté, et qui ne subit pas les influences négatives qui affaiblissent les peuples.

— Les influences négatives ?

— Les Juifs », précise-t-il sèchement.

L'atmosphère à table, qui commençait à se détendre, se refroidit. Si Katja est prête à s'entretenir avec l'officier pour la bonne cause, elle peine à cacher son indignation.

Rösener semble l'avoir remarqué, et il change discrètement de sujet.

« Dites-moi, chère Katja, comment envisagez-vous l'avenir ? »

La jeune femme réfléchit un peu avant de formuler sa réponse.

« Il serait bien que la guerre prenne fin et que nous puissions de nouveau vivre ensemble et en paix.

— Oui, approuve Max, ce serait bien, en effet. Les Néerlandais et les Allemands vivant en paix, comme un seul et unique peuple. Mais ce scénario est peu probable, selon moi.

— Vraiment ?

— La résistance des Néerlandais est trop forte. C'est regrettable, car elle nous dresse les uns contre les autres et nous oblige à prendre des mesures désagréables. »

Un silence s'installe, que Max rompt par un soupir.

« La guerre n'apporte rien de bon. Je serai moi aussi heureux quand tout sera terminé.

— Que ferez-vous ? Vous retournerez en Allemagne ?

— Sans doute, même si je n'ai pas vraiment de bonnes raisons de rentrer au pays. Mes parents ne sont plus de ce monde, et de nombreux amis et connaissances sont morts dans les bombardements.

— Vous n'avez ni femme ni enfants ? »

Le silence qui s'invite encore une fois dans la conversation met Katja mal à l'aise.

« J'avais une femme et un enfant, reprend finalement l'officier. Une fille de trois ans. Elles ont été tuées lors du premier bombardement de Munich, l'année dernière.

— Je suis navrée de l'apprendre, compatit Katja d'une voix douce, empreinte de sincérité. Je suis bien placée pour comprendre votre douleur.

— Oui, mieux que quiconque, je crois. L'idée peut

paraître étrange, mais je pense que vous vous seriez bien entendue avec ma femme. Vous vous ressemblez. En matière de caractère, je veux dire. Il y a beaucoup de similitudes entre vous. »

Katja se demande sur quoi il fonde cette supposition, car en fin de compte, il ne la connaît pas vraiment, mais elle acquiesce, comme si cette idée lui plaisait. Au fil de leur conversation, l'atmosphère se fait de plus en plus intime. Rösener lui parle longuement de son épouse et de sa fille, et lui montre des photos ; Katja devine des larmes dans ses yeux.

À son tour, la jeune femme évoque quelques souvenirs de moments partagés avec sa famille, ses parents, Joep et Ellie, le terrible vide qu'a laissé leur disparition et la façon dont elle a survécu au bombardement. Soudain, elle réalise que l'uniforme qui lui fait face ne l'effraie plus. À présent, elle ne voit que les yeux de Max, fixés sur elle, et son visage plein de compassion.

« Je suis vraiment désolé pour ce que mes compatriotes vous ont fait, dit-il alors. La guerre est une atrocité, elle ne vaut pas tous ces sacrifices.

— Pas même pour réaliser un empire allemand uni ? demande-t-elle avec une pointe d'appréhension, craignant de briser la fragile complicité qui s'est installée entre eux.

— Non, répond-il avec conviction. Pour rien au monde. »

29

Quelques jours plus tard, sans prévenir, Rösener se présente chez Katja. Voir un officier allemand avancer dans l'allée fait courir un frisson dans le dos de la jeune femme. Elle ne reconnaît Max qu'au dernier moment, ce qui n'apaise en rien son angoisse. Quelle raison pourrait motiver sa venue, sinon lui apporter des nouvelles de Daniel ?

« Bonjour, murmure-t-elle difficilement en ouvrant la porte.

— Bonjour, Katja, répond-il d'un air grave. Puis-je entrer ? »

Elle hésite un instant. De l'autre côté de la rue, des passants tournent la tête et ralentissent le pas, tandis que les rideaux s'agitent derrière certaines fenêtres. Un Allemand qui frappe à la porte d'une maison a déjà de quoi attirer l'attention, mais qu'on le laisse entrer est d'autant plus surprenant.

Elle finit par s'écarter pour lui laisser le passage ; avoir des nouvelles de Daniel est plus important que les cancans du quartier. Heureusement, elle est seule : Hein et Jet ne sont pas encore rentrés, et Lieke est allée jouer chez Engelien. Il n'y a que Bas qui s'amuse dans le salon, où il agrippe tout ce qui se trouve à sa portée.

Katja, qui précède Max dans le couloir, se tourne vers lui avec anxiété.

« Vous avez eu des nouvelles ? »

L'officier enlève sa casquette et désigne une chaise.

« Je peux ?

— Oui, oui, bien sûr.

— Vous n'avez pas à vous inquiéter, votre mari va bien, annonce Rösener en s'installant. Il se trouve effectivement au camp d'Amersfoort, avec les autres médecins qui ont été arrêtés. Croyez-moi, il y est bien traité. »

Katja s'assied également, sans perdre son expression soucieuse.

« Combien de temps doit-il rester là-bas ?

— Le représentant médical est en négociation avec le commissaire du Reich. Ils s'en sortiront probablement avec une jolie amende.

— C'est une bonne nouvelle, reconnaît Katja, visiblement rassurée. Les négociations vont durer longtemps, selon vous ?

— Des jours, peut-être des semaines. Les autorités les garderont sans doute encore un moment, histoire de marquer le coup. L'action menée par votre mari et ses confrères est une grave atteinte à la réputation du commissaire du Reich, et Seyss-Inquart ne peut pas fermer les yeux. D'un autre côté, cette pétition n'est pas non plus un péché mortel, j'ai donc bon espoir que les choses finissent par s'arranger.

— Je suis soulagée de vous l'entendre dire, j'ai eu tellement peur. Merci d'avoir demandé ces renseignements pour moi, Max.

— Je vous en prie. Je vous l'avais promis, et je n'ai qu'une parole. »

Il baisse les yeux vers Bas qui tire sur la jambe de son pantalon.

« Qui est donc ce petit garçon ?

— Ah, je vous présente Bas ! Il aura bientôt un an. Dans une quinzaine de jours, pour être précise, explique Katja en essayant d'adopter le ton le plus neutre possible.

— Ce sera une sacrée fête, je suppose ! » s'exclame Max en soulevant le petit garçon qu'il pose sur ses genoux.

Katja se force à sourire, mais dans sa poitrine, son cœur s'emballe. Elle se rend compte avec effroi que Max examine attentivement les traits du bébé. Que dire ? Lui faire croire que Bas est son fils ? Ce ne serait pas crédible, l'Allemand voit ses beaux-parents assez souvent et serait forcément au courant.

« C'est un petit-cousin, articule-t-elle finalement. Ses parents ont été tués dans l'un des bombardements. »

Max sort un bout de chocolat de sa poche, ôte l'emballage et le tend à Bas, qui le regarde d'abord avec méfiance avant de goûter prudemment la plaquette brune. Katja et lui se mettent à rire spontanément en voyant s'illuminer le visage de l'enfant au moment où il fourre le morceau entier dans sa bouche.

« C'est un bon petit gars », commente l'officier.

Le temps qu'il repose l'enfant par terre, Bas tente de se libérer en se tortillant. Un silence s'établit tandis que Max contemple le garçon en silence et que Katja cherche désespérément un sujet de conversation. Max ne semble pas mal à l'aise pour autant, il observe maintenant le décor qui l'entoure, manifestement intéressé par le lieu où vit la jeune femme. Ce n'est que lorsqu'il avise des passants curieux qui jettent des regards par la fenêtre qu'il se lève.

« Je dois y aller, il ne faut pas que je m'éternise. Si j'ai d'autres nouvelles, je ne manquerai pas de vous en faire part.

— Mes beaux-parents sont-ils au courant ? demande Katja qui se redresse à son tour.

— Je leur ai téléphoné ce matin. Ils étaient enchantés. »

Max hésite un instant, puis ajoute :

« J'aimerais que nous nous voyions plus souvent, Katja. Serait-il possible que je vous rende visite de temps en temps ? Ou que nous nous donnions rendez-vous quelque part, à l'occasion ? »

Un silence gênant s'installe.

« Pourquoi voulez-vous me voir plus souvent ? s'enquiert finalement Katja.

— Parce que j'aime être avec vous. Nous pourrions passer un peu de temps ensemble. Nous avons tous besoin de compagnie. C'est tout ce que je demande. »

Elle est trop proche de lui, beaucoup trop proche. Elle sent son parfum, frais et agréable, rassurant. Elle le perçoit soudain comme l'homme séduisant qu'il est, au-delà du fait qu'il soit un ennemi. Il est grand, large d'épaules, les traits fins et les yeux d'un bleu étincelant. S'il ne portait pas cet uniforme qu'elle hait, et si elle n'était pas mariée, elle n'aurait aucune réticence à entretenir une relation plus intime avec lui.

Cette pensée la trouble tellement qu'elle ne peut prononcer un mot. À peine réussit-elle à hocher la tête. Max lui adresse un franc sourire et recoiffe sa casquette.

« Très bien, donc je vous dis à très bientôt. »

Sitôt Max disparu, Dina apparaît dans l'ouverture de la porte, vêtue de son tablier de cuisine.

« J'ai vu que vous aviez un visiteur allemand, dit-elle, effrayée. Il n'est rien arrivé à Daniel, au moins ? »

Elle était au courant de son arrestation, mais ignorait

que Katja était en contact avec un officier haut placé du SD. En quelques phrases, la jeune femme lui résume la conversation qui vient d'avoir lieu.

« Ils vont vraiment le laisser partir ? Quel soulagement ! s'écrie Dina en portant la main à son cœur d'un geste théâtral. Ce boche est venu te l'annoncer personnellement ? Ce n'est pas commun ! » ajoute-t-elle d'un ton soupçonneux.

Katja réfléchit qu'il serait inutile de faire comme si elle n'avait pas saisi l'allusion. Autant être honnête.

« Je le connais. Daniel et moi l'avons rencontré une fois chez mes beaux-parents. Je suis allée le voir pour lui demander d'intervenir en faveur de Daniel.

— C'est donc ça… commente simplement Dina en reculant d'un pas, comme si elle voulait prendre ses distances avec Katja, au sens propre comme au sens figuré. Pratiques, ces contacts, tout de même, reprend-elle. Personnellement, je ne sais pas si je m'en serais servie, mais bon, chacun décide de la meilleure chose à faire.

— Je t'en prie, Dina, ne joue pas à ce jeu, rétorque Katja, agacée. À ma place, tu aurais fait exactement la même chose. Toi, ton mari est tranquillement à la maison. Il me semble un peu facile de faire la morale aux autres…

— Tu as raison, pardonne-moi, reconnaît Dina d'un air contrit en posant une main sur le bras de sa voisine. J'ai juste eu peur quand j'ai vu cet Allemand. Il a fait un commentaire sur le petit ? interroge-t-elle en désignant Bas du menton.

— Quel genre de commentaire ?

— Qui laisserait penser qu'il soupçonne quelque chose. »

Devant l'air perplexe de Katja, elle ajoute :

« Que cet enfant est juif. »

Déconcertée, Katja regarde sa voisine sans savoir quoi dire.

« Où vas-tu chercher cette idée ? réussit-elle à demander.

— Je ne suis pas aveugle, tu sais. Tu avais cette amie juive dont tu semblais très proche, j'ai bien vu qu'elle était enceinte. Puis, du jour au lendemain, elle disparaît de la circulation, et cet enfant débarque ici. Bas est son fils, n'est-ce pas ?

— Je pense te l'avoir déjà dit : Bas est mon petit-cousin. »

Dina lui adresse un signe de tête entendu.

« Ne t'en fais pas, je sais tenir ma langue. J'avoue que je ne les aime pas beaucoup, les Juifs, mais je ne leur souhaite aucun mal. »

Elle caresse les cheveux de Bas, fait un nouveau signe de tête à Katja et quitte la maison.

Les jambes en coton, la jeune femme se laisse tomber sur le canapé. Bas rampe jusqu'à elle et la fixe, le visage radieux. Elle le soulève, l'installe sur ses genoux et pose la joue contre sa tête.

« Tu es mon petit trésor », murmure-t-elle avec douceur.

30

Au terme des vacances d'été, Hein annonce son intention d'arrêter l'école pour rejoindre le groupe de résistance auquel appartient Thijs. Le nombre de personnes se cachant a fortement augmenté ces derniers mois, en raison de l'intensification du travail forcé, et son aide leur serait bien utile.

Il en informe Katja, non sans une once de provocation, mais elle garde son sang-froid. Elle sait qu'elle n'a de toute façon pas le pouvoir de lui interdire quoi que ce soit. Il devra en revanche quitter la maison, lui aussi, et ne pourra donc plus bénéficier de sa protection.

La jeune femme a le sentiment que le monde lui échappe, qu'elle ne contrôle plus grand-chose. Il ne manquerait plus que Jet s'y mette aussi pour que la coupe soit pleine.

L'opposition à l'ennemi s'est par ailleurs fortement durcie. Si beaucoup se contentaient au départ de distribuer des tracts et d'aider les Juifs à échapper aux Allemands, les divers groupes de résistance qui opèrent dans la ville se montrent désormais très audacieux et rendent coup pour coup. Ils ont notamment pris d'assaut plusieurs bureaux de distribution afin de procurer des coupons alimentaires aux clandestins, ont dérobé et falsifié des cartes d'identité, liquidé des collaborateurs néerlandais, commis des vols d'armes et organisé une action pour détruire les registres de la population qui comportaient les adresses des fugitifs. Le temps de la frilosité est terminé, c'est désormais œil pour œil, dent pour dent.

Le soir, lorsque Katja est allongée au chaud dans son lit, ses pensées se dirigent vers Daniel, puis vers Esther. Elle se demande où est son amie et si elle va bien. Supporte-t-elle les conditions de vie dans le camp ? Si seulement elle avait un moyen de l'informer que son fils est en bonne santé et heureux…

Katja essaie de ne pas trop s'attacher à Bas, mais c'est bien difficile. Il est si gentil, si joyeux ! Il rayonne de plaisir quand elle joue avec lui, le chatouille et le fait rire. Il l'appelle Kat à présent. Lieke et Jet s'occupent aussi beaucoup de lui et lui tiennent constamment la main pour l'exercer à marcher, même si c'est Katja qui a eu le privilège d'assister à ses premiers pas.

Elle sait qu'il n'aura aucun souvenir de ses parents. À leur retour de captivité, ils devront réapprendre à se connaître. Elle préfère ne pas songer pour l'instant à ce que cela impliquera pour elle. Elle se console en se persuadant qu'il ne disparaîtra jamais complètement de sa vie tant qu'elle restera amie avec Esther.

Elle ignore autant que possible les rumeurs inquiétantes qui circulent quant au sort réservé aux déportés. Impossible, se convainc-t-elle intérieurement chaque fois qu'elle en entend parler à la radio, bien que les sources lui semblent fiables. À la fin de l'année précédente, la BBC avait déjà fait état d'exécutions de masse dans les camps et de la présence de « chambres à gaz ». La reine Wilhelmine a mis la population en garde contre les plans sinistres élaborés par les Allemands à l'encontre des Juifs ; à la radio, elle a évoqué « l'extermination systématique de ces compatriotes ».

Mais ces atrocités sont inconcevables, Katja ne peut y croire.

Elle attend le retour de Daniel avec impatience. Le vide laissé par son absence la rapproche singulièrement de ses beaux-parents, à qui elle rend souvent visite. Ils discutent de tout et de rien, et se soutiennent mutuellement.

Elle sort aussi parfois avec Max. Les rendez-vous sont plaisants, ils apprennent à se connaître. Les sentiments qu'elle éprouve pour cet homme la déconcertent en même temps qu'ils lui paraissent logiques. Max avait raison, tout le monde a besoin de compagnie pour alléger la solitude. En définitive, le contexte de leur rencontre n'interfère pas dans leur relation.

Un soir, ils sortent dîner, puis vont au cinéma. Après le film, ils discutent un moment de sujets plus personnels, mais la guerre revient toujours au cœur de leurs propos.

« La situation devient totalement hors de contrôle, admet Max alors qu'ils marchent le long du Kruiskade. Nous sommes des peuples frères. Je ne m'explique pas comment nous pouvons aujourd'hui être à ce point opposés les uns aux autres.

— Ah bon, tu trouves vraiment cela étonnant ? Après avoir déporté tant de Juifs ? À quoi t'attendais-tu exactement ? »

À ce stade de leur amitié, Katja n'hésite plus à mettre les pieds dans le plat.

« D'autant que l'on ne sait toujours pas pourquoi vous les traitez de cette façon… poursuit-elle.

— Ce sont des gens à part. Intelligents, mais un peu

roublards à mon goût. Ils veulent tirer profit de toutes les situations et cherchent constamment à ruser, à tromper. C'est ce qui a conduit l'Allemagne au bord du gouffre.

— Au bord du gouffre ? répète Katja, sans comprendre.

— Par la ruse, ils se sont adjugé les postes les plus haut placés dans le monde financier. Ils ont acquis un énorme pouvoir qu'ils utilisent pour nous affaiblir, nous, les Allemands. Au plus fort de la crise, alors même que nous souffrions d'un chômage de masse, les Juifs ne se préoccupaient encore que d'eux-mêmes. Tant qu'ils continueront à infecter notre société comme un essaim de parasites, l'Allemagne ne pourra jamais prospérer.

— Donc, c'est une question d'argent et de pouvoir. »

Max reste silencieux quelques secondes, puis acquiesce.

« En quelque sorte, oui. D'autres éléments s'ajoutent à ce tableau, comme le péché éternel que les Juifs ont commis en crucifiant Jésus, mais pour beaucoup, ce ne sont là que des prétextes pour justifier leur sentiment de haine. »

Il réfléchit un instant, puis reprend :

« Pour être honnête, je crois que ce qu'il se passe en ce moment va trop loin. J'avais un voisin juif. Il était médecin. Nous n'avions pas énormément de contacts, mais quand Ella a donné naissance à notre petite fille, des complications sont survenues et j'ai appelé Joseph, qui a littéralement sauvé la vie de ma femme. Je lui en ai toujours été reconnaissant. J'ai bien essayé de le protéger lorsque les Juifs ont fait l'objet de rafles en Allemagne, mais je n'y suis pas parvenu. Joseph et sa femme avaient déjà été emmenés avant que je puisse agir d'une quelconque manière. J'ai tenté de les faire sortir du camp, mais c'était peine perdue. Et risqué. Si j'avais continué, j'aurais moi-même été arrêté.

— Tu n'es donc pas résolument antisémite… conclut Katja, à qui ces paroles procurent un réel soulagement.

— Je le répète, je n'apprécie guère leurs pratiques, mais je ne cautionne absolument pas la façon dont on les traite. Hélas, il est inutile de résister au système. Les protestataires sont balayés du paysage ou carrément envoyés en camp. »

Katja s'immobilise brusquement. Surpris, Max s'arrête aussi et se tourne vers elle.

« Qu'arrive-t-il aux Juifs ? » lance-t-elle de but en blanc en regardant l'officier droit dans les yeux.

Max soutient son regard.

« Toutes sortes de bruits circulent, comment distinguer le vrai du faux ? ajoute-t-elle.

— Au risque de me répéter : ils travaillent pour nous.

— Et c'est tout ?

— Que pourrait-il y avoir de plus ? »

Katja le fixe avec insistance.

« Est-ce qu'ils reviendront ? Les Allemands comptent-ils les libérer un jour ? »

Max secoue la tête et lui offre son bras en signe d'invitation à reprendre leur promenade.

« Non, dit-il finalement, je ne crois pas que ce soit dans leurs projets. »

De plus en plus souvent, Katja se sent comme une mouette prise dans la tempête, entraînée loin du rivage, loin de toute certitude. Lorsque le socle de l'existence se dérobe sous vos pieds, vous n'avez d'autre choix que de céder et vous laisser emporter. En même temps, elle s'aperçoit que ses sens sont plus affûtés. La responsabilité de Bas la place dans un état de vigilance permanent. Un seul mot mal choisi, un seul lapsus, et elle risque la dénonciation. La nuit, elle rêve que la

Grüne Polizei, la police verte, vient le chercher. Elle se réveille alors en hurlant. Elle sait que cette crainte est loin d'être infondée.

Très actif à Rotterdam, le Groupe 10 est une unité de recherche composée de collaborateurs néerlandais qui coopèrent avec le Sicherheitsdienst pour traquer impitoyablement les résistants et les Juifs.

Début septembre, Bruyn, membre notoire de ce collectif et du NSB, est abattu par la Résistance en plein centre-ville. Ce n'est pas une première : un an plus tôt, le chef du Groupe 10 avait déjà été la cible d'une tentative d'assassinat, mais avait miraculeusement survécu à l'attentat. Cette fois, les coups de feu se sont avérés fatals.

Katja sait précisément qui a participé à l'opération : les auteurs des faits – dont ses deux frères – se sont cachés chez elle pendant plusieurs heures après l'attaque.

« Peut-on vraiment lui faire confiance ? On raconte qu'elle fricote avec un officier allemand, a-t-elle entendu dire l'un des hommes dans le couloir.

— Il ne faut pas croire tout ce qui arrive à vos oreilles. S'il y a bien quelqu'un en qui vous pouvez avoir confiance, c'est ma sœur », a rétorqué Thijs.

Sa réponse a rempli Katja de fierté : elle était touchée par le compliment et admirative du calme avec lequel son frère avait éteint la méfiance de son ami. Trois ans plus tôt, il aurait vu rouge, se serait emporté. Mais c'était il y a trois ans. Le Thijs qui se tenait devant elle ce soir-là n'était plus un adolescent.

« Tu vois ce boche aussi souvent qu'on le dit ? lui a-t-il demandé en face, lorsqu'ils se sont retrouvés seuls dans la cuisine.

— Oui. Je le fais pour Daniel.

— Tu couches avec lui ? »

Lentement, Katja s'est détournée du plan de travail où

elle préparait le repas pour les garçons. Elle a eu envie de lui renvoyer une réponse cinglante qui coupe court à cet interrogatoire, mais la maîtrise de soi précédemment affichée par son frère lui a servi d'exemple.

« Non, Thijs, je ne couche pas avec lui. Mais si je dois le faire, je le ferai. »

Le jeune homme l'a considérée d'un air pensif, puis a hoché la tête et, sans rien ajouter, il est sorti de la cuisine.

La Sicherheitspolizei offre une récompense de dix mille florins à quiconque pourra fournir des renseignements permettant d'identifier l'auteur du meurtre. Malgré l'importance de la somme, personne ne se manifeste.

Début octobre, sous une pluie battante, Jet rentre à la maison en annonçant que plusieurs médecins de Rotterdam sont revenus en ville.

« Le père de Loes avait été arrêté en même temps que Daniel. Il est apparu ce matin à la porte, comme par miracle ! raconte-t-elle avec enthousiasme.

— Ce matin ? répète Katja qui sent aussitôt s'éteindre toute lueur d'espoir. Pourquoi Daniel n'est-il pas encore là ? Tu es sûre que d'autres médecins ont été libérés ?

— Pour autant que je sache. Soyons optimistes, il devrait arriver d'un instant à l'autre. »

Nerveuse, Katja ne cesse de regarder par la fenêtre. Après avoir fait les cent pas pendant un moment, elle attrape son manteau.

« Je n'en peux plus d'attendre, je vais le chercher. »

Elle fonce vers l'hôpital aussi vite qu'elle le peut. Une fois sur place, elle abandonne son vélo contre la façade et se précipite à l'intérieur. Elle a beau questionner tous les confrères de Daniel, aucun ne l'a vu. Les médecins qui ont été relâchés sont déjà chez eux, avec leur famille.

Katja récolte leurs adresses et commence une série de visites. Si tous affirment avoir été bien traités, ils font tout de même peine à voir. Leur visage est gris, leurs traits tirés, et ils sont couverts de poux. Ils confirment à Katja qu'ils ont effectivement été libérés de manière soudaine. Et non, Daniel n'était pas parmi eux, sans qu'ils sachent pourquoi.

Après sa dernière visite, Katja remonte sur son vélo, désemparée, et tente de clarifier ses pensées. Elle finit par prendre la direction du quartier général du SD où elle demande à voir Max qui, par bonheur, est présent dans son bureau.

« Les médecins sont de retour, lance-t-elle dès que la porte s'est refermée sur Liselotte. Mais Daniel est toujours là-bas.

— Je sais », dit l'officier.

Il s'approche d'elle et pose la main sur son épaule.

« J'ai tout de suite appelé pour savoir ce qu'il en était. Certains d'entre eux ont été envoyés en Allemagne, et Daniel en fait hélas partie.

— En Allemagne ! Mais pourquoi ?

— Le pays connaît une grande pénurie de médecins. Daniel a été affecté à un hôpital de Berlin. »

Katja est effondrée.

« Il devait rentrer à la maison ! Combien de temps va-t-on le garder là-bas ? J'ai besoin de lui ! »

La tension qu'elle a accumulée au fil des mois explose comme un geyser. Incapable de contrôler ses émotions, elle éclate en sanglots. Sans un mot, Max la prend dans ses bras. Katja pleure contre son épaule, évacuant toute sa frustration et son chagrin.

« Je suis tellement navré, dit le militaire avec douceur. Daniel reviendra, je te le promets. Tu dois juste faire preuve d'encore un peu de patience. »

Très lentement, Katja parvient à se calmer. Elle s'écarte de Max et accepte le mouchoir qu'il lui tend. Tout en séchant ses larmes, elle demande :

« Puis-je lui écrire ? Je suppose que tu sais dans quel hôpital il se trouve…

— Bien sûr. Je veillerai personnellement à ce que tes lettres lui soient remises. Si tu me les confies, je les enverrai par la *Feldpost*, elles arriveront à coup sûr à bon port.

— Merci », dit simplement Katja en esquissant un sourire.

Elle hésite un instant, puis l'embrasse sur la joue, se retourne aussitôt et quitte précipitamment la pièce.

Max tient parole et expédie ainsi quelques lettres à Berlin. Pendant un long mois, Katja vit dans l'attente d'une réponse, qui finit par arriver. Max lui remet la précieuse enveloppe en mains propres et se retire aussitôt discrètement.

Elle prend place devant la baie vitrée, sur la chaise préférée de Daniel, et dévore chacun des mots tracés par son mari sur le papier froissé. La lettre est rédigée en allemand, car le courrier des prisonniers est passé au crible, mais c'est de toute évidence l'écriture de Daniel. Il ne dit pas grand-chose, hormis qu'il est effectivement à Berlin, qu'il va bien, qu'elle lui manque et qu'il l'aime, mais cela lui suffit.

Elle l'imagine assis, penché sur ce bout de papier, pesant ses mots et déposant sans doute un baiser sur la feuille avant de la glisser dans l'enveloppe. Katja porte la missive à ses lèvres et ferme les yeux ; Daniel est vivant, et il l'aime. C'est tout ce qui lui importe pour l'instant.

Quelques semaines plus tard, elle apprend sur Radio Oranje que, la veille, les Britanniques ont lancé une offensive aérienne majeure sur Berlin. L'attaque se déroule en plusieurs jours, plus de six mille personnes sont tuées, et une grande partie de la capitale est en ruine.

Affolée, elle se précipite chez Max :

« Tu as des nouvelles de Daniel ? Comment savoir s'il est en vie ?

— Tout est encore très flou pour le moment. C'est le chaos, la moitié de la ville a été rasée. J'ai beaucoup d'amis qui vivent là-bas », explique Max, la mine défaite.

Katja n'ose lui avouer qu'elle ne se soucie guère du sort de ces gens, mais quand elle voit Max se laisser tomber sur le canapé et enfouir son visage dans ses mains, elle a un pincement au cœur. Elle vient alors s'installer à côté de lui et pose sa main sur son bras.

« Cette guerre, dit-il d'une voix rauque, doit finir le plus vite possible.

— Oui…

— Nous nous détruisons mutuellement. Pourquoi les hommes se font-ils la guerre, Katja ? Pourquoi ne savent-ils pas tirer les leçons du passé ? Pourquoi, à chaque génération, commettons-nous les mêmes erreurs ? »

Elle comprend qu'il n'attend pas de réponse, que son silence lui suffit. Elle observe sa main qui tient fermement la sienne, et mesure à quel point la situation – tous deux assis l'un à côté de l'autre – est singulière.

« La guerre finira un jour, murmure-t-elle. Tout a une fin. »

Il plonge ses yeux dans les siens et du dos de la main lui caresse la joue.

« Pas tout. Certaines choses durent pour l'éternité. »

Leurs regards restent attachés quelques secondes, puis Max se lève.

« Ne perds pas espoir. L'hôpital a été touché, mais il y a peut-être des survivants. Si j'apprends quoi que ce soit, tu en seras la première informée. »

D'abord, Katja garde bien espoir, mais plus les jours, les semaines passent, plus son optimisme diminue. Si Daniel était vivant, il aurait trouvé un moyen de le lui faire savoir. Il lui aurait écrit ou aurait demandé à quelqu'un de le faire pour lui. Ce silence cruel ne peut signifier qu'une seule chose. Elle ne perd pas entièrement courage, car sans confirmation officielle de sa mort, tout est encore possible. Cette faible espérance l'empêche de s'effondrer et l'aide à survivre.

L'année 1943 touche à sa fin. Pour faire plaisir à Lieke et Bas, et malgré les tristes circonstances, elle décide de célébrer les jours de fête. Grâce à Max, elle peut offrir à ses frères et sœurs quelques modestes cadeaux et des friandises pour la Saint-Nicolas. Les garçons sont tous les deux à la maison ce soir-là. Ils ont écrit des poèmes où ils racontent comment saint Nicolas n'est pas venu par bateau, comme le veut la légende, mais parachuté par la Royal Air Force, et où le Père Fouettard distribue quelques bons coups de son fouet à Hitler.

Katja rit en les écoutant. Elle n'avait pas vraiment envie de ces festivités, mais elle parvient tout de même à y trouver du plaisir. Attendrie, elle observe Bas qui joue avec une voiture en métal pendant que Lieke s'amuse, elle aussi. Elle ne regrette pas d'avoir organisé cette veillée de Saint-Nicolas.

Plus tard, lorsque les petits sont au lit, elle ouvre une bouteille de vin.

« L'année prochaine, à la même époque, nous serons libérés ! Probablement depuis des mois ! promet Thijs. À la dernière ligne droite, mes amis !

— Que les boches débarrassent le plancher ! ajoute Hein.

— Et que Daniel nous revienne sain et sauf ! » conclut Jet en passant un bras autour de Katja.

Tous ensemble, ils lèvent leurs verres et trinquent à l'avenir.

1944-1945

31

Dans son rêve, c'est le printemps. Elle se balade à vélo avec Esther à travers des pâturages où paissent les agneaux. Une douce brise lui caresse les cheveux, le soleil lui réchauffe le visage. La promenade est délicieuse, mais c'est l'insouciance que dégage le songe qui le rend si léger. Elle avance, profitant du ciel azur et de la compagnie de son amie, quand soudain sa mère apparaît elle aussi à ses côtés, Joep derrière elle. Ellie est assise sur le porte-bagages de Katja et discute gaiement avec Lieke. Bien que tous semblent fatigués, aucun d'eux ne veut faire demi-tour. L'instant d'après, la jeune femme se retrouve dans le quartier où elle a grandi. Elle traverse la Hoogstraat qui s'étend à l'infini et cherche des yeux l'épicerie de ses parents, mais celle-ci est introuvable. Elle reconnaît tous les autres établissements, la boutique d'accessoires de mode de Bram, le boucher au coin de la rue, le café où son père aimait prendre une bière, mais aucune trace de l'épicerie. Confuse, elle finit par descendre de son vélo et accoster un passant.

« Il n'y a jamais eu d'épicerie ici, mademoiselle », rétorque l'homme avec perplexité.

Katja regarde désespérément autour d'elle quelque

temps encore, puis soudain, à sa grande joie, elle aperçoit sa mère, un énorme bouquet de jonquilles dans les bras.

« C'est Ellie qui me les a offertes ! Elles sont magnifiques, n'est-ce pas ? » s'exclame-t-elle.

Bras dessus, bras dessous, elles marchent ensemble dans la rue, jusqu'au moment où l'épicerie finit par réapparaître. Elles entrent ; le père de Katja se tient derrière le comptoir et s'écrie gaiement :

« Voilà ma grande fille ! »

C'est alors que les bombes se mettent à tomber.

La nouvelle année commence de façon sinistre. Le 11 janvier, le maréchal des logis-chef Marinus Jansen, qui travaillait pour le Sicherheitsdienst, est abattu par la Résistance.

Katja sait que Thijs et Hein n'ont aucune responsabilité dans cet assassinat – un autre mouvement d'opposition est passé à l'action cette fois –, mais un tel événement n'augure rien de bon. Chaque acte de révolte est inévitablement suivi de sévères représailles de la part des Allemands. Dans de nombreux cas, comme on ne parvient pas à mettre la main sur les coupables, des innocents sont exécutés. Quiconque vit à proximité du lieu de l'attentat ou se trouve incarcéré à la prison du SD doit le payer de sa vie.

La Résistance redouble donc de prudence, tout en poursuivant néanmoins ses efforts. Si, au commencement de la guerre, les groupes étaient inefficaces, amateurs et mal organisés, ils sont à présent devenus des structures professionnelles au réseau étendu, dotées de procédures de sécurité pensées dans les moindres détails.

Pour protéger les membres du NSB et d'autres

collaborateurs, le chef de la police Hanns Rauter constitue la Nederlandse Landwacht, une unité de gardes chargés d'assurer la sûreté des bâtiments de l'occupant et de ses hauts gradés. Ils font leur apparition début mars dans les rues, lourdement armés et visiblement déterminés à faire régner l'ordre.

Non seulement ils sont en possession de fusils de chasse, mais surtout ils sont autorisés à les utiliser comme bon leur semble. À partir de ce jour, les membres du NSB sont moins souvent la cible d'agressions, à défaut d'être moins détestés par la population.

« Pourquoi tes frères ne vivent-ils plus chez toi ? » demande un jour Max à Katja alors qu'ils prennent un café sur la Heemraadsplein.

La jeune femme ne l'a pas vu depuis un moment. À cause de l'atmosphère délétère qui s'est installée en ville après les assassinats et la réaction du SD, elle a estimé préférable de rester à distance quelque temps, mais elle s'est vite aperçue que Max lui manquait. Elle voit Thijs et Hein tout au plus une fois par semaine, ce qui ne lui laisse que Jet pour seule compagnie adulte. Les froides journées d'hiver lui pèsent, et l'inquiétude quant au sort de Daniel empoisonne son quotidien. Elle a du mal à garder le moral, et il n'y a que ses sorties avec Max qui lui permettent d'échapper, ne serait-ce que quelques instants, à la morosité de son existence.

De plus, Thijs et Hein exercent des pressions sur elle pour qu'elle obtienne des renseignements sur les détenus emprisonnés dans les caves du bâtiment du SD ou sur les plans du Sicherheitsdienst, mais Max n'aborde jamais ces questions avec elle et se montre très évasif lorsque Katja tente d'orienter la conversation vers ce sujet.

De façon analogue, la jeune femme fait attention à ce qu'elle peut dire de ses frères. Quand Max commence à parler d'eux, la peur l'envahit et elle se tient sur ses gardes.

« Pourquoi ne vivent-ils plus chez moi ? répète-t-elle. Tout simplement parce qu'ils en ont l'âge. Thijs a vingt et un ans, Hein, dix-sept.

— Dix-sept ans, c'est tout de même encore jeune, non ?

— Il a préféré habiter avec Thijs. Mes frères n'ont jamais considéré l'Oudedijk comme leur domicile. Ils ont l'impression d'y être des étrangers que l'on héberge. Je pense que seule Lieke se sent vraiment chez elle là-bas. Elle n'avait que quatre ans quand nous avons perdu nos parents, et elle en a presque huit maintenant.

— Quatre ans, c'est en effet très long, à cet âge. Parle-t-elle parfois de sa mère et de son père ?

— De temps en temps. Elle se plaint qu'ils lui manquent, puis elle se remet à jouer.

— Encore quelques mois, et elle aura vécu plus longtemps sans eux qu'avec eux. »

Ce constat, tel que formulé par Max, la fait frémir. Katja respire profondément pour maîtriser le chagrin qu'elle sent monter en elle.

« Ça va ? » demande Max avec douceur.

Elle acquiesce.

« Il m'arrive d'imaginer ce qu'aurait été ma vie sans cette guerre. J'aurais été incroyablement heureuse, et je ne m'en serais sans doute même pas rendu compte.

— En effet… » confirme Max en tournant vers la fenêtre un regard absent.

Ses pensées paraissent bien loin, probablement auprès de sa femme et de sa petite fille. Puis il se tourne à nouveau vers Katja et reprend :

« Hélas, il nous faut faire avec la réalité, si dure soit-elle. Une réalité cruelle qui, grâce à toi, est quelque peu adoucie. »

De l'autre côté de la table, il lui saisit la main, qu'il caresse tendrement du bout des doigts.

« Katja, je dois te parler de quelque chose. Quelque chose d'important. »

Du regard elle l'invite à poursuivre.

« Pas ici, nous avons besoin d'un peu d'intimité. Allons chez moi. »

Katja hésite. Elle sait que son logement consiste en deux petites pièces dans un bâtiment du Heemraadssingel qui abrite les officiers du SD. Hormis dans son bureau, où quiconque peut entrer à tout moment, elle n'a jamais vraiment été seule avec Max. Mais elle lui fait confiance et, surtout, elle est curieuse de savoir ce qu'il souhaite lui dire.

L'immeuble dans lequel il habite n'est pas très éloigné. Sur place, Katja lève les yeux pour admirer le magnifique édifice qui appartenait – il n'y a pas si longtemps encore – à une famille juive, aujourd'hui déportée. La jeune femme s'efforce de ne pas penser à ces malheureux, mais chacun de ses pas, dans le couloir, semble vouloir lui rappeler leur présence.

L'appartement de Max se trouve à l'étage, il la précède dans l'escalier, ouvre la porte et l'invite à entrer.

« Ce n'est pas le grand luxe. Une chambre de militaire dans toute sa splendeur. »

La pièce de vie manque effectivement d'un peu de chaleur et de convivialité, mais tout y est bien rangé, à sa place.

« Je ne suis pas là très souvent, s'excuse Max. Juste pour dormir, en vérité. »

Katja esquisse un sourire et observe les lieux, un peu mal à l'aise.

« De quoi voulais-tu me parler ?

— De nous », répond-il d'une voix douce.

Il s'avance vers elle en la regardant dans les yeux.

« Pourquoi sommes-nous ensemble en ce moment, Katja ? Quelle force nous pousse ainsi l'un vers l'autre ? »

Avec une extrême délicatesse, comme si elle était faite de verre, il glisse un doigt le long de sa joue, jusqu'à ses lèvres.

« Dès le début, tu m'as séduit. J'ai essayé de lutter, je me suis répété tant et plus que tu étais mariée, qu'il n'était pas sage d'éprouver ces sentiments pour toi, mais rien n'y a fait, c'est plus fort que moi. »

Katja retient son souffle. Elle a toujours su, au fond d'elle, que ce moment arriverait. Elle a tout fait pour l'ignorer, mais elle ne peut plus reculer désormais.

« J'aime toujours ma femme, poursuit Max. Mais je t'aime aussi, Katja. Est-ce possible ? Peut-on aimer deux personnes à la fois ?

— Je me suis souvent posé cette question, ces derniers temps…

— Et ?

— Je crois que oui, c'est possible. Dans le cas contraire, je ne penserais pas sans cesse à toi. »

De sa main posée contre son dos, il l'attire doucement vers lui. Comme elle ne résiste pas, sa main glisse vers ses reins, et ses lèvres cherchent les siennes. Il l'embrasse avec tendresse et précaution, comme s'il avait peur qu'elle change d'avis.

Katja entrouvre la bouche et, quand elle sent la langue de Max caresser la sienne, elle laisse échapper un léger gémissement. Max l'enlace, la serre contre lui, caresse ses fesses de façon un peu plus résolue.

Elle peut encore faire marche arrière, elle peut encore tout arrêter. Son désir et sa raison se livrent bataille un moment, puis elle cède et s'abandonne. Ses mains glissent à leur tour sur le dos de l'officier, dans ses cheveux, lui ôtent sa veste. Max déboutonne sa robe, qu'il fait tomber à ses pieds. Il dégrafe son soutien-gorge, et ses doigts suivent délicatement la courbe de ses seins. Leurs bouches se rencontrent de nouveau, plus fougueusement, puis il la soulève et la transporte dans la pièce adjacente où il l'allonge sur le lit. En quelques mouvements rapides, il se déshabille, lui aussi, puis l'embrasse dans le cou. Leurs regards se croisent. Katja sourit, et, encouragé par cet accord tacite, il s'allonge sur son corps, peau contre peau ; ses mains et sa bouche visitent chaque détail de son corps – explorent, caressent, désirent. Il se glisse en elle, d'abord un peu, puis complètement, et Katja ferme les yeux. Elle pense très brièvement à Daniel alors qu'une vague de chaleur l'emporte irrésistiblement. Alors, elle ne pense plus à rien.

Elle ne regrette pas. Ce qui devait arriver est arrivé. Couverte d'un drap, elle se blottit dans les bras de Max, l'écoute parler, rit à ses plaisanteries. Appuyé sur son coude, il se redresse pour mieux la regarder.

« Je dois encore te dire quelque chose, Katja. »

Elle se met à rire et lui tapote le bout du nez.

« Hum, laisse-moi deviner. Je ne suis pas la seule femme que tu as attirée ici.

— Tu es la première et la seule. Je t'aime, Katja. Je suis fou amoureux de toi depuis le premier jour où mon regard a croisé le tien. Mais j'ignorais si ces sentiments étaient réciproques. »

Il l'observe avec une grande intensité ; ses yeux semblent vouloir percer les siens, en quête de réponses.

« Tu es rassuré, à présent ? » demande-t-elle d'un air malicieux.

Il l'embrasse.

« Oui, et cela change beaucoup de choses.

— Ah bon ? Pourquoi donc ?

— Parce que je sais désormais que je peux avoir confiance en toi. »

Elle le considère avec une soudaine inquiétude.

« Confiance en moi ? À quel propos ?

— De tes frères. Mon service sait qu'ils font activement partie de la Résistance. »

C'est comme si le sang de Katja se figeait dans ses veines. Pourtant elle ne dit rien, sans cesser de le dévisager.

« L'*Obersturmführer* Wölk veut savoir où ils sont, explique-t-il en écartant une mèche de cheveux sur le front de Katja. Il est au courant de notre amitié et m'a donné l'ordre de te faire auditionner. »

Il réfléchit un moment, puis ajoute :

« Je comptais lui dire que tu n'as plus aucun contact avec eux. Et c'est exactement ce que tu vas devoir faire : rompre tout lien. »

Katja reste sans voix. Elle ne confirme ni n'infirme ses propos, de peur qu'il ne cherche à lui soutirer des informations.

« Je ne vois pas souvent mes frères. Ils sont très occupés par leur travail. Bien trop, je crois, pour s'impliquer dans la Résistance. »

L'ombre d'un sourire triste passe sur les lèvres de Max.

« Écoute mon conseil et romps le contact. Totalement. Il y a de fortes chances que tu sois suivie. »

Pressant le drap contre son buste, Katja se redresse brusquement.

« Le SD en a-t-il après moi ?

— Pas à ma connaissance, mais ils espèrent mettre la main sur Thijs et Hein par ton intermédiaire.

— Suis-je en danger ? Ils ont l'intention de venir m'interroger ? »

Max secoue la tête.

« Pas tant que je serai en poste, je ne laisserai pas une chose pareille se produire. »

La légèreté et la proximité dans lesquelles baignaient leurs échanges se sont volatilisées. Katja comprend maintenant pourquoi Max ne voulait pas avoir cette conversation dans le café. Il avait besoin d'intimité pour s'assurer des sentiments de Katja avant de lui faire part de la situation.

« Je dois y aller. »

Elle s'habille en vitesse, puis se rapproche du lit où Max est toujours allongé sur le dos, à moitié couvert par le drap. Elle dépose un baiser sur ses lèvres.

« Merci. »

Il sourit et lui caresse sa joue.

« Sois prudente. »

Katja pédale à toute allure vers le sud, jetant constamment des coups d'œil par-dessus son épaule pour s'assurer qu'elle n'est pas suivie. Arrivée au coin de la rue où vivent Thijs et Hein, elle inspecte longuement les environs avant d'oser finalement sonner la cloche de l'appartement de ses frères, situé à l'étage.

Hein n'est pas là, c'est Thijs qui la reçoit. D'emblée, ils conviennent de communiquer uniquement par l'intermédiaire du tenancier du café-restaurant *Jericho* sur l'Oudedijk.

« Jan est digne de confiance, garantit son frère. Laisse-lui un message, il veillera à ce qu'il nous parvienne. Il est en effet préférable que nous n'ayons plus de contacts directs pour le moment. »

Ils se serrent dans les bras l'un de l'autre avant de regarder dans la rue : la voie est libre. Katja rentre alors chez elle. Elle ressent un grand vide intérieur. À partir de maintenant, elle et Jet devront se débrouiller toutes seules.

32

Le printemps s'installe. Lieke a bien grandi, constate Katja. À huit ans, elle s'occupe déjà beaucoup de Bas. C'est une bonne chose, car il demande énormément d'attention. Dès qu'elle rentre de l'école, elle est ravie de passer un moment à s'amuser avec le petit garçon.

« J'adore quand on joue ensemble ! » s'exclame-t-elle en empilant quelques blocs de construction entre deux rangées de voiturettes. Aussitôt, Bas balaie la tour d'un coup de pied. Elle éclate de rire.

« Je suis contente d'avoir un petit frère. Pourquoi il ne peut pas t'appeler "maman" ?

— Parce que je ne suis pas sa maman, tout simplement.

— Mais pour lui tu es sa maman. »

Katja devrait peut-être veiller à ce que Lieke s'attache moins à lui. Cette pensée lui trotte dans la tête depuis quelque temps. Mais comment s'y prendre ? Sa sœur est encore trop jeune, lui dévoiler le secret de Bas serait risqué. D'un autre côté, Lieke a droit à la vérité, ne serait-ce que pour lui éviter un trop grand chagrin.

Le jour de la libération semble se rapprocher. Les Américains repoussent les Japonais de plus en plus loin, tandis que les Russes reconquièrent leurs villes.

Les Alliés contrôlent maintenant presque toute l'Italie et, de là, pénètrent dans les Balkans. En Belgique et en France, ils pilonnent les chemins de fer pour empêcher les Allemands d'acheminer leur matériel de guerre et leurs troupes. À la mi-avril, les principaux nœuds ferroviaires, cible d'une importante offensive, sont lourdement bombardés. Les avions volent si bas à la nuit tombée que Katja a l'impression qu'ils rasent les toits. Le grondement des appareils qui survolent sa maison la rend nerveuse, même si elle sait que les bombes ne leur sont pas destinées.

Dans les rues, les gens se rassemblent en petits groupes, le plus souvent équipés de radios clandestines. Les informations circulent vite. Ce jour-là, Katja sort de chez elle pour aller discuter des dernières évolutions du conflit avec Dina, Helena, Gerlof et d'autres voisins. C'est une belle journée ensoleillée. Tout en parlant, la jeune femme garde un œil sur Bas qui joue avec une toupie un peu plus loin. À sa grande surprise, elle voit soudain son beau-frère descendre la rue. Inquiète, elle va à sa rencontre.

« Arnout, que fais-tu ici ? » demande-t-elle tout en l'observant.

Il porte des vêtements civils ordinaires, et non son habituel uniforme de la Wehrmacht.

« On peut aller discuter au calme ? » répond-il en indiquant la maison.

Précédant son beau-frère, Katja prend Bas dans ses bras et longe la façade pour atteindre le jardin de derrière, dont la quasi-totalité est utilisée comme potager. Mais entre deux rangées de clapiers Katja a tout de même gardé un coin libre où une table et quelques chaises permettent de s'installer dehors à l'occasion. Elle invite donc Arnout à s'asseoir et prend place de l'autre côté de la table.

« Est-ce que Nora va bien ? » s'enquiert-elle d'emblée. Elle voit si peu son beau-frère et son épouse qu'elle envisage déjà le pire. Même l'arrestation de Daniel ne les a pas rapprochés : Arnout y a à peine réagi.

« Nora va bien, mes parents aussi. Je suis venu t'annoncer que nous avons quitté le parti, lance-t-il en se fendant d'un sourire. Ça t'en bouche un coin, hein ? »

Contrairement à ce qu'il imagine, Katja n'est pas du tout impressionnée. Depuis que la libération se profile, nombreux sont les membres du NSB à se montrer subitement moins loyaux.

« Tiens donc, dit-elle. Tu as décidé d'adapter un peu tes idéaux aux circonstances ?

— J'y réfléchis depuis quelque temps déjà. Nora aussi, mais nous voulions être sûrs de nous. On ne quitte pas sur un coup de tête un parti que l'on a soutenu corps et âme pendant des années.

— Bien sûr. Mais quand vous avez appris que les Américains étaient aux portes de l'Europe, vous avez soudain jugé que le moment était venu, c'est ça ?

— Pourquoi tiens-tu à nous faire passer pour des opportunistes sans scrupules ? dit-il, vexé. Je te l'ai dit, nous y pensions depuis longtemps. Depuis l'arrestation de Daniel, pour être précis. Mes parents aussi ont été refroidis par cet événement.

— Ils ont eux-mêmes quitté le parti ?

— Pas encore, mais ça ne saurait tarder. »

Ils restent silencieux un moment, à observer Bas accroupi à côté des clapiers.

« Pourquoi es-tu venu ici, Arnout ? reprend Katja. Quand Daniel a été arrêté, tu n'as pas daigné te déplacer, ne serait-ce qu'une seule fois. Pas un mot de réconfort, pas une marque de soutien. Et maintenant tu viens m'annoncer la bouche en cœur que tu as quitté le NSB. En quoi ça me concerne ? »

Son franc-parler embarrasse son beau-frère, qui se tortille nerveusement sur sa chaise.

« Eh bien, eh bien, je ne m'attendais pas à une telle hostilité.

— Ce n'est pas de l'hostilité, plutôt de l'indifférence. Je me fiche simplement de ce que tu peux faire.

— Katja, je regrette vraiment d'avoir adhéré à ce cercle. J'aurais dû me rendre compte bien plus tôt du sort qu'ils réservaient à notre pays et rejoindre la Résistance. C'est d'ailleurs précisément ce que je veux faire ! ajoute-t-il d'un ton déterminé.

— Attends… que veux-tu faire exactement ?

— Je viens de le dire : entrer dans la Résistance. Rendre service à la patrie pendant qu'il en est encore temps. J'ai cru comprendre que ton frère y est actif depuis un moment, et je me suis dit que tu pourrais peut-être me mettre en contact avec lui. J'en connais un paquet qui ont joué un rôle plus que douteux ces dernières années, j'ai des informations précieuses à leur sujet. Si ton frère accepte de m'introduire, je peux être d'une grande aide. »

Katja n'en croit pas ses oreilles.

« Comment sais-tu que mon frère est dans la Résistance ?

— Je le sais, c'est tout.

— Alors tu en sais plus que moi. »

Arnout sourit avec bienveillance.

« D'accord, je comprends que tu ne veuilles pas le crier sur tous les toits. Je vais formuler les choses autrement : si par hasard tu connaissais quelqu'un qui puisse m'aider à intégrer la Résistance, je t'en serais extrêmement reconnaissant. »

Sur ces mots, il se lève, adresse un signe de tête amical à sa belle-sœur, traverse le jardin et disparaît au coin de la maison, sous le regard médusé de Katja.

« Incroyable ! s'écrie la jeune femme. Il veut rejoindre la Résistance ! Non, mais tu te rends compte ? »

De retour de la boulangerie avec Lieke, Jet a écouté le récit de sa grande sœur avec stupéfaction.

« Il essaie de se racheter.

— S'il s'imagine que je vais l'aider, il se fourre le doigt dans l'œil ! Quand tu as porté l'uniforme de la Wehrmacht, il est inconcevable de soudainement passer à la Résistance ! s'enflamme Katja, tout en rangeant le pain.

— Tu ne t'es jamais inquiétée du sort de tes beaux-parents ? demande Jet. De ce qu'il leur arrivera quand nous serons libérés ?

— Ils iront sans doute en prison, comme tous les membres du NSB. Je n'aime pas forcément cette idée, mais ce sera la conséquence de leurs propres décisions.

— Parfois, je me demande s'ils avaient réellement conscience de ce dans quoi ils s'engageaient.

— Mes beaux-parents ?

— Eux et les autres. S'ils avaient vraiment su à quoi s'en tenir dès le départ, auraient-ils fait les mêmes choix ? »

Katja s'appuie contre le plan de travail et hausse les épaules.

« Il me semble qu'ils ont eu tout le temps nécessaire pour s'en rendre compte et quitter le navire. Mais la plupart d'entre eux ne l'ont pas fait. C'est un peu facile d'attendre que la guerre soit presque terminée pour quitter le camp des vaincus. »

Jet tire une chaise et s'assied à table. L'expression qui vient d'apparaître sur son visage alarme soudain Katja.

« Quelque chose ne va pas ? »

Sa sœur évite son regard.

« Non, ça va.

— Ne joue pas à ce jeu avec moi, je vois bien que quelque chose cloche. Parle-moi simplement. »

Katja prend place en face de sa sœur.

« D'abord, tu dois me promettre de ne pas te mettre en colère. Laisse-moi tout t'expliquer. »

L'inquiétude de Katja monte d'un cran.

« Qu'est-ce qu'il y a, Jet ? » répète-t-elle un ton plus haut.

Mais au moment même où cette question sort de sa bouche, elle sait. Comme si son subconscient venait se manifester pour lui faire remarquer qu'elle n'a plus vu les serviettes hygiéniques de sa sœur depuis un moment.

« Oh ! mon Dieu. Tu es enceinte ! »

Jet acquiesce timidement.

« Depuis combien de temps ?

— Je suis en retard de trois semaines…

— De qui est le bébé ?

— De Chiel. »

Katja inspire profondément pour garder son calme, sans y réussir.

« Ce Chiel van Vliet, du NSB ? Mais tu devais rompre avec ce garçon !

— Je l'ai fait. Mais il me manquait tellement… On s'est recroisés par hasard, et j'ai craqué. »

Katja attrape sa sœur par le bras.

« Comment as-tu pu être aussi stupide, Jet ? Non

seulement tu sors avec un nazi, mais en plus tu tombes enceinte de lui ! Je te pensais plus intelligente que ça !

— Parce que tu crois que tu as des leçons à me donner ? lui lance sa sœur. Madame couche bien avec un Allemand ! Un officier du SD, par-dessus le marché !

— Tu sais très bien pourquoi je le fais.

— Au début, peut-être, mais plus maintenant. Ne me raconte pas d'histoires, s'il te plaît.

— Je ne suis pas tombée enceinte, moi ! hurle Katja.

— Parce que tu n'en es pas capable ! Sinon, il aurait pu t'arriver la même chose ! »

Un silence de mort s'abat sur la pièce. Les deux sœurs détournent chacune les yeux.

« Je suis désolée, dit Jet après quelque temps. C'était méchant. »

Avec lassitude, Katja lui fait face.

« Et maintenant ? C'est du sérieux entre vous ?

— Il veut m'épouser ! Il travaille à l'usine Jamin, il habite une chambre au-dessus du salon de coiffure sur le Kruiskade, où nous pourrions nous installer avec le bébé. »

Katja sent son cœur bondir dans sa poitrine, mais elle parvient cette fois à maîtriser ses émotions.

« Jet, tu ne peux pas épouser ce garçon.

— Il a quitté le parti il y a plus d'un an !

— Parce que le sol a commencé à se dérober sous ses pieds. Il ne veut pas rejoindre la Résistance, par hasard ?

— Absolument pas ! Il avait quatorze ans quand la guerre a éclaté ! Comment pouvait-il savoir, à l'époque ? Il a adhéré pour suivre ses parents, mais il ne s'est jamais investi. Tu ne t'imagines pas à quel point la vie a été difficile pour lui, à l'école et en dehors. Tout le monde l'a pointé du doigt, même s'il ne soutenait aucune des idées du NSB. Et les gens se méfient toujours de lui aujourd'hui.

— Et ça t'étonne ? »

Malgré sa colère, les mots de Jet la touchent. Sa sœur a raison : que sait-on de la vie à quatorze ans ? On peut difficilement tenir quelqu'un pour responsable des choix de ses parents. Elle doit accorder à Chiel van Vliet le bénéfice du doute. Surtout maintenant que sa sœur est enceinte. Les premiers mois de grossesse sont toujours délicats et, au fond d'elle-même, elle en viendrait presque à souhaiter que les choses tournent mal.

« Je vais préparer le repas, annonce Katja en se levant. Nous aurons l'occasion d'en reparler », ajoute-t-elle d'un ton sec.

33

Les jours suivants se déroulent sans accroc, et Katja ne peut éviter une rencontre avec le petit ami de sa sœur. Cette situation embarrassante rend Jet très nerveuse, et Chiel ne l'est pas moins.

La conversation est d'abord maladroite, mais au fil des échanges, Katja se rend compte que le garçon n'a en effet aucune attache avec le NSB. Au contraire, il manifeste une profonde aversion pour le parti et ses idées nauséabondes. Ensemble, ils évoquent les années difficiles qui viennent de s'écouler, l'exclusion sociale dont Chiel a souffert, la solitude, la lutte acharnée qu'il a dû livrer contre ses parents lorsqu'il a commencé à avoir ses propres opinions.

« Et maintenant ? interroge Katja. Où en êtes-vous ?

— Ils ne veulent plus entendre parler de moi. Du moins, mon père. Ma mère est moins radicale. Pour elle, je reste le bienvenu à la maison, mais si mon père apprend que je suis passé la voir en son absence, il pique une crise. Il y a toujours une voisine pour lui dire qu'elle m'a aperçu. C'est donc Maman qui se déplace pour me voir de temps en temps. »

Si les paroles de Chiel expriment une forme de résignation, ses yeux trahissent sa profonde tristesse.

« Tout s'arrangera quand la guerre sera terminée. Le NSB n'aura plus lieu d'être, et ton père reviendra à la raison, dit Jet en lui prenant la main pour le réconforter.

— J'ose à peine penser à ce qu'il adviendra de nous quand la guerre sera finie, objecte Chiel. Je crois, au contraire, que, pour nous, le pire est à venir. »

Le jeune homme n'a sans doute pas tort : la haine qu'éprouve la population vis-à-vis des traîtres et des collaborateurs, même les plus modérés du parti, est si profonde qu'ils doivent à juste titre craindre la colère de leurs compatriotes.

Les journées s'allongent et se réchauffent, Katja peut de nouveau s'activer dans son potager. Elle désherbe, arrose, tend des filets au-dessus des pousses pour les protéger. Derrière elle, Bas piétine les zones ensemencées et arrache les tuteurs destinés à soutenir les fèves.

« Non, Bas ! Ne fais pas ça ! »

Elle se redresse et essuie du dos de sa main sale la transpiration qui perle à son front.

Le petit garçon est aussi gentil que fatigant. Elle ne peut pas le laisser sans surveillance plus de quelques secondes. Depuis qu'il sait marcher, il grimpe systématiquement sur tout et n'importe quoi, que ce soit la clôture ou la table basse du salon.

Souvent, il insiste pour l'aider. Ce jour-là, Katja lui remplit donc un arrosoir à la pompe pour qu'il prenne soin des plantes, et Bas se met au travail avec enthousiasme, tandis qu'elle l'observe, attendrie.

Du bruit se fait alors entendre dans la rue, des cris d'hommes et de femmes s'élèvent dans une sorte de cacophonie. Alarmée, Katja se retourne et aperçoit effectivement, à travers les fenêtres de la maison, des gens attroupés sur le trottoir.

Elle saisit Bas et se précipite à l'intérieur. Prudemment, elle cherche d'abord à savoir ce qu'il se passe. Il ne peut s'agir d'une mauvaise nouvelle, car la joie se lit sur tous les visages qui se trouvent dans son champ de vision.

Pleine d'un espoir nouveau, elle franchit la porte, sans lâcher la main de Bas, et rejoint un groupe de voisins. Dina se tourne immédiatement vers elle.

« Tu es au courant ? Les Alliés ont débarqué en France ! »

Katja porte la main devant sa bouche.

« Vraiment ? L'invasion a commencé ?

— Ils sont arrivés la nuit dernière sur les côtes de Normandie ! Par milliers ! » s'exclame Dina, rayonnante.

Un voisin explique que les Allemands n'étaient absolument pas préparés à cet assaut, qu'ils les attendaient ailleurs et n'avaient aucune riposte à opposer à l'énorme supériorité des Alliés. Pleurant de joie, Katja et Dina tombent dans les bras l'une de l'autre.

Bien que le nombre de radios soit limité, en un temps record la nouvelle gagne tous les foyers de Rotterdam. Les quelques centaines d'habitants qui avaient pris le risque de conserver leur poste l'écoutent toute la journée et transmettent chaque message utile, qui parcourt la ville de porte en porte à la vitesse de l'éclair. Mais, après quelques jours d'euphorie, l'espoir d'une libération imminente s'estompe quelque peu.

Si le débarquement surprise du 6 juin 1944 a pris les Allemands de court, ils se ressaisissent vite et ce sont des troupes en grand nombre qui arrivent sur les côtes françaises afin de contrer l'offensive. La bataille de Normandie dure tout l'été. Chaque soir, dans une tension palpable, Katja et Jet écoutent la radio qui les tient informées des combats et des pertes effroyables subies par les deux camps.

En même temps, les Allemands resserrent leur emprise sur Rotterdam. Après chaque action de la Résistance, ils lancent une vague d'arrestations pour des délits mineurs et exécutent les auteurs en guise en représailles. Petit à petit, le mouvement d'opposition commence à perdre de sa popularité. Chacune de ses actions entraîne un repli de la population dans les abris. Les jeunes hommes, particulièrement visés par les Allemands, ont fui la ville.

De son côté, la célèbre unité de résistance, la milice de Rotterdam, multiplie inlassablement ses attaques. Début juin, elle organise sur la maison d'arrêt de Noordsingel un raid brutal : habillés en uniforme SS, les résistants font irruption dans la prison, libèrent dix-sept prisonniers et enferment les gardiens dans les cellules.

Le 20 juillet, le monde entier apprend qu'un attentat a été commis contre Hitler. Des conjurés ont placé dans son quartier général une bombe à retardement et ont tué plusieurs agents. Le Führer lui-même n'est que légèrement blessé. Mais c'est là une bonne nouvelle, se dit Katja : si son propre peuple commence à se retourner contre lui, l'Allemagne nazie ne sera bientôt plus qu'un mauvais souvenir.

Elle n'a pas vu Max depuis des semaines. Il l'appelle de temps en temps, et ils discutent assez longuement par téléphone. Ces conversations lui font du bien, même si les rumeurs qui circulent dans le quartier au sujet de leur relation ne sont pas faciles à gérer.

Daniel lui manque. Max lui manque. Esther lui manque. Ses parents, Joep et Ellie, et ses frères lui manquent. L'époque d'avant la guerre lui semble comme un long et doux rêve dont elle a été brutalement sortie pour se réveiller dans une vie complètement différente.

Début août, prenant son courage à deux mains, elle se décide à aller voir Max. Le moment est mal choisi, car deux jours plus tôt, le bureau de distribution de l'Afrikaanderplein a été attaqué par la Résistance, qui a fait main basse sur près de quarante mille coupons alimentaires.

Dès que Katja arrive au siège du SD, elle est frappée par la tension qui y règne. Contrairement à ce qu'il se passait lors de ses visites précédentes, des soldats montent la garde à la porte, et sa carte d'identité est minutieusement inspectée. Ce n'est qu'après avoir été fouillée qu'elle peut entrer.

Comme Liselotte n'est pas à son bureau, Katja attend patiemment qu'elle revienne. Derrière les portes closes, des voix graves se mélangent, des ordres sont donnés, les téléphones sonnent sans relâche.

Soudain, un cri sinistre déchire l'air. Katja lève les yeux, effrayée. C'est un cri presque animal, celui d'un être en danger de mort. À travers les couloirs, le hurlement se répète. Des frissons parcourent l'échine de Katja. À ce moment-là, une porte s'ouvre sur le hall, et elle fait instinctivement quelques pas en arrière.

Un jeune homme est traîné hors du bureau par deux Allemands. Du sang coule de sa bouche, ses yeux sont fermés, sa jambe pend derrière lui dans une position anormale, due sans doute à de multiples fractures. À la suite des trois hommes, Max apparaît dans son uniforme vert couvert de sang.

Katja cesse de respirer, comme si elle venait de recevoir une violente gifle. Prise de vertige, elle croise le regard de Max par-dessus la tête du prisonnier. Son visage exprime une sauvagerie qu'elle ne lui connaît pas. Max sursaute en la voyant, Katja tourne les talons et court vers la sortie.

34

Le téléphone a déjà sonné un nombre incalculable de fois. Katja est convaincue que c'est Max qui appelle. Elle espère qu'il ne va pas apparaître soudainement sur son perron. Pour faire taire les rumeurs, ils sont convenus de ne plus s'afficher en public, mais elle l'imagine très bien capable de rompre cette promesse si elle le laisse dans le silence.

Deux jours après sa visite au bâtiment du SD, on sonne chez Katja. Lentement, elle ouvre la porte et découvre deux policiers néerlandais qui la toisent d'un air soupçonneux. Ses yeux vont de l'un à l'autre, elle sent la panique la gagner.

« Madame van Kesteren ? » gronde l'un d'eux.

Elle acquiesce en silence.

« Selon les renseignements dont nous disposons, vous cachez un enfant juif dans votre maison.

— Pardon ? s'écrie Katja. Qui vous a raconté une chose pareille ? C'est complètement… »

Sans lui laisser le temps de terminer sa phrase, ils la poussent sur le côté pour forcer le passage. Avant qu'elle comprenne ce qui se passe, les deux hommes sont dans son salon ; l'un des policiers se dirige vers Bas. Elle attrape aussitôt l'enfant par le bras.

« C'est mon petit-cousin ! Ses parents ont été tués dans le bombardement de l'an dernier. Il n'est pas juif ! »

L'un des agents soulève Bas du sol, l'examine sous toutes les coutures, le renifle. Son collègue l'interroge du regard.

« Il sent le Juif ! décrète le policier en tenant le petit garçon devant lui. Et il ressemble à un Juif ! On l'emmène ! »

Comme s'il comprenait la situation, Bas se met à pleurer et tend les mains vers Katja.

« Non ! hurle celle-ci en s'accrochant de toutes ses forces au bras de l'agent. S'il vous plaît, je vous jure, il n'est pas juif. Il est de ma famille. Ses parents…

— D'après nos informations, il est juif, madame ! répète l'agent, tandis que l'autre la tire en arrière pour dégager son collègue. Vous venez aussi avec nous, madame. »

À cet instant, Katja aperçoit ses sœurs sur le trottoir, en train de rentrer de l'école. Alors que Lieke s'apprête à s'engager dans l'allée, Jet lève la tête et croise le regard de Katja. Elle saisit immédiatement la fillette par la main, continue à marcher et dépasse la maison.

Quand Katja est poussée à l'extérieur, elle est soulagée que personne ne les voie sortir et monter dans le véhicule de police. Une fois assise, elle récupère Bas et le serre dans ses bras. Tandis qu'elle se laisse emmener, elle regarde défiler les rues si familières, et son cœur cogne violemment dans sa poitrine. Comment convaincre les autorités que Bas n'est pas juif ? Les enfants n'ont aucune pièce d'identité, elle ne peut rien prouver. Mais eux ne peuvent rien prouver non plus. Oseront-ils les arrêter sur la base d'une simple suspicion ?

Bien qu'elle tremble de plus en plus, elle essaie de calmer Bas qui, lui, remue dans tous les sens. Le trajet ne dure pas longtemps, ils s'arrêtent déjà devant le poste de police de la rue Haagseveer. Katja tient à peine sur ses jambes et arrive tout juste à porter Bas, mais il en faudra davantage pour le lui prendre.

Le bureau grouille d'agents en uniforme néerlandais ou allemand. Katja est conduite dans une pièce où elle est reçue par l'inspecteur van Dijk.

Celui-ci est d'intelligence avec l'occupant, elle le sait de source sûre. Sous couvert de la formule « Je ne fais que mon travail », il collabore sans scrupules avec les Allemands. Elle a appris que son nom figure sur la liste des cibles de la *Knokploeg*, même si, ces derniers temps, les résistants dédaignent cette méthode en raison des mesures de représailles extrêmes des Allemands.

« Madame van Kesteren, asseyez-vous et répondez-moi honnêtement : cet enfant est-il juif ? »

L'officier s'exprime sur un ton jovial, comme s'il pensait pouvoir gagner la confiance de Katja par ce simple subterfuge.

La jeune femme prend place face à lui et secoue la tête.

« Bas est mon petit-cousin. Ses parents sont morts dans le bombardement de Bospolder-Tussendijken, l'année dernière. Je l'ai recueilli chez moi. »

Van Dijk examine attentivement son visage, puis celui de Bas.

« C'est plausible, mais il pourrait tout aussi bien être juif.

— D'où tirez-vous cette supposition ? Qui prétend une chose pareille ? »

Ignorant les questions, l'inspecteur feuillette ses papiers. Il relève ensuite les yeux.

« Connaissez-vous la sanction appliquée aux habitants qui cachent des Juifs ?

— Il n'est pas juif !

— C'est ce que vous prétendez, madame, mais vous êtes la seule. Quelle valeur devons-nous accorder à votre parole, selon vous ? »

Il soutient son regard sans ciller.

« Bas est mon petit-cousin, je vous assure.

— J'aime à croire qu'une belle jeune femme comme vous ne s'abaisserait pas à ce genre de vilenie. Qu'elle ne risquerait pas sa vie et celle de sa famille pour aider un enfant juif. Le problème, chère madame, est que je dois en être sûr. »

Van Dijk jette un nouveau coup d'œil à ses papiers.

« Vous avez deux frères et deux sœurs, à ce que je vois. Je suppose que vous préféreriez éviter qu'ils finissent dans un camp de concentration, n'est-ce pas ? À moins que vous n'estimiez que cet enfant en vaille la peine ? »

La peur qui paralyse Katja irradie dans tout son corps. Elle doit à tout prix protéger Bas, qui s'appuie avec confiance sur elle, mais aussi Jet et Lieke, et elle-même. Elle a conscience d'être à la merci de personnages qui n'ont aucune bienveillance à leur égard.

« S'il vous plaît », murmure-t-elle.

L'inspecteur lui adresse un signe de tête qui se veut rassurant.

« Je comprends qu'il soit difficile de refuser d'aider un enfant dans le besoin, même s'il est juif. Mais, en définitive, ne croyez-vous pas que votre responsabilité première est de protéger votre propre famille ? Je ne vous rendrai pas la tâche plus délicate qu'elle ne l'est déjà, madame van Kesteren. Si vous admettez que cet enfant est juif, je vous promets de vous laisser tranquilles, vous et votre famille. »

Katja le regarde dans les yeux. Elle sent, dans sa

poitrine, les battements lourds et lents de son cœur. Elle est un peu étourdie, le bureau de l'inspecteur se met à vaciller. Bas commence à s'agiter et essaie de se libérer.

« À la maison », gémit-il.

Elle le remet en position sur ses genoux et prend une profonde inspiration.

« Vous ne pouvez pas nous arrêter parce que vous *pensez* que mon petit-cousin est juif. C'est… c'est… »

Elle bégaie, cherche le mot juste. « Criminel » lui vient à l'esprit, mais prononcer ce terme ne lui semble pas opportun.

« Si, nous le pouvons, madame van Kesteren. Et même je vous garantis que nous le ferons, assène van Dijk, le visage impassible. Sauf si vous parvenez à prouver qu'il s'agit bien de votre cousin.

— Max ! s'exclame-t-elle tout à coup. Il est au courant. »

C'est une tentative désespérée, Max ne sait absolument rien. Pire, lui aussi a des doutes sur les origines de Bas.

« Max qui ?

— L'*Untersturmführer* Rösener. Je le connais personnellement. »

L'expression de l'inspecteur passe de l'étonnement à l'incompréhension, puis à la déférence.

« Vous connaissez l'*Untersturmführer* ? »

Katja opine.

« Donc, si je l'appelle, il saura qui vous êtes ? » insiste-t-il, incrédule, en brandissant le combiné du téléphone.

Katja ne baisse pas les yeux pendant que l'inspecteur compose lentement le numéro. La pièce tournoie à présent autour d'elle. À l'autre bout de la ligne, une personne décroche. Van Dijk se présente et demande à parler à l'*Untersturmführer* Rösener. Katja perçoit vaguement la voix de Liselotte, suivie d'un silence. Puis elle distingue la voix de Max, un peu plus claire. Son cœur se remet à battre la chamade.

Van Dijk commence à s'expliquer en allemand, est interrompu, puis répète deux fois le prénom et le nom de Katja. Un ordre est alors aboyé et la connexion est rompue.

Un silence glacial s'abat sur le petit bureau. Le visage de l'inspecteur est insondable.

« Eh bien, dit-il après quelques secondes, l'*Untersturmführer* confirme votre version des faits. Pourquoi ne pas avoir indiqué d'emblée que vous vous connaissiez ? »

Katja ignore sa question et se contente de serrer résolument Bas contre elle.

« L'*Untersturmführer* a ordonné de vous ramener chez vous immédiatement. Je vais demander que l'on vous raccompagne, annonce van Dijk en se levant.

— Non, merci, ça ira.

— Vous êtes sûre ? L'Oudedijk n'est pas la porte à côté. »

Katja jette un œil dehors, il pleut des cordes. Van Dijk n'a pas tort, elle n'a aucune raison de s'infliger un tel trajet à pied, encore moins avec Bas.

« Très bien », capitule-t-elle.

Un officier les raccompagne chez eux. Elle ignore s'il s'agit d'un collaborateur ou non, mais elle s'en moque. Pressée contre la portière à l'arrière de la voiture, le corps chaud de Bas contre le sien, elle se laisse simplement conduire. En s'appuyant sur ce qui lui reste de dignité, elle parvient à sortir du véhicule et à s'engager dans l'allée, mais dès que la porte d'entrée se referme derrière elle, elle laisse Bas glisser de ses bras, tombe à genoux et éclate en sanglots.

35

Elle décide d'aller voir Max le soir même, non pas au bâtiment du SD, mais directement chez lui. C'est un portier qui répond à son coup de sonnette et la fait entrer. En haut de l'escalier, Max l'attend sur le palier. Il était manifestement en train de se raser, car il est en manches de chemise, et il lui reste de la mousse sur le visage. C'est ainsi, sans son uniforme, que Katja le préfère. Elle l'observe et rassemble son courage pour lui annoncer ce qu'elle a à lui dire.

« J'espérais que tu viennes », dit Max en l'accueillant et il l'invite aussitôt à entrer.

Elle pénètre dans la chambre, mais garde son manteau. Les mains enfoncées dans ses poches, elle dit :

« Je voulais te voir, au moins une fois encore, pour te remercier.

— Me remercier ? Tu veux dire pour cette histoire avec van Dijk ?

— Oui, entre autres choses.

— Bas est bien ton petit-cousin, n'est-ce pas ? »

Katja hoche la tête.

« Pourquoi as-tu l'air si abattue ? Quelque chose ne va pas ?

— Je n'y arrive plus, Max. Les événements, notre relation, tout devient trop compliqué pour moi. »

Il acquiesce lentement.

« La situation n'est pas facile, tu as raison. Mais on s'en sort plutôt bien, tu ne trouves pas ?

— Je ne sais pas… »

Max pousse un soupir.

« C'est à cause de ce que tu as vu l'autre jour ? demande-t-il. C'est mon travail, Katja. Je dois faire ce que l'on attend de moi, je n'ai pas le choix, mais je t'assure que je suis un homme différent en dehors de mes obligations. Je suis l'homme que tu connais.

— J'ai beau me forcer à le penser, cette image revient constamment, elle m'obsède. Et de toute façon, notre relation est impossible. Qu'adviendra-t-il de nous quand les Alliés seront là, quand nous serons libérés ?

— Ce n'est pas encore le cas. »

Il avance d'un pas vers elle, caresse son visage et l'embrasse avec tendresse. Katja le laisse d'abord faire, puis s'écarte de lui.

« Je suis amoureuse de toi, Max, mais j'aime aussi mon mari. Peut-être est-il mort, peut-être est-il vivant. Je n'ai pas reçu confirmation de son décès, il reste donc toujours de l'espoir. Et, même s'il est mort, mes sentiments pour lui n'ont pas disparu.

— Bien sûr », répond-il simplement.

Il se tient là, devant elle, immobile. Seule une paupière tremblante trahit son émotion.

« Tu veux attendre Daniel, je le comprends très bien.

— Vraiment ?

— L'idée de ne plus te voir me déchire le cœur, mais je respecterai ta décision, aussi longtemps qu'il le faudra. Je n'ai pas vraiment le choix, de toute façon.

— Nous verrons comment la situation évolue », conclut Katja.

Elle fait un pas en avant et presse délicatement ses lèvres contre les siennes. Max l'embrasse en retour, d'abord doucement, puis leur respiration s'accélère, leur baiser devient plus intense.

Avant qu'ils ne puissent plus rien maîtriser, Katja le repousse doucement. Elle quitte ensuite la pièce, mais se retourne sur le seuil. Max semble soudain si perdu… Un instant, sa détermination vacille. Ne devrait-elle pas entretenir cette relation pour s'assurer de sa protection ? À sa place, de nombreuses femmes auraient sans doute agi ainsi, mais elle n'en a plus la force.

Les nouvelles en provenance du front enthousiasment de plus en plus les populations des pays occupés. À l'est, les Russes se trouvent désormais à la frontière polonaise et, en France, une armée d'Américains, de Britanniques et de Canadiens a reconquis la quasi-totalité de la Normandie. Après avoir bataillé deux mois durant pour grappiller kilomètre après kilomètre, à la mi-août ils contraignent enfin les Allemands à battre en retraite. Au même moment, des troupes alliées envahissent le sud de la France et libèrent les villes une par une. Enhardie par ces succès, la Résistance armée de Paris tente à son tour une percée qui aboutit à chasser les Allemands. Les Alliés entrent en Belgique peu de temps après, et la fièvre de la libération gagne les Pays-Bas. Entourés de voisins, de famille et d'amis, tous ceux qui en possèdent encore un gardent l'oreille collée au poste de radio. La moindre information digne d'être partagée se répand comme une traînée de poudre, dans les rues, chez le marchand de fruits et légumes, dans le train, dans le tram.

« Ils sont à Bruxelles ! »

« Les Alliés sont à la frontière néerlandaise. »

« Ils sont entrés ! Breda a été libéré ! »

Rotterdam applaudit, comme le reste du pays. Les membres du NSB font leurs valises et s'enfuient, hués et bombardés de détritus. De nombreux Allemands prennent également la fuite et quittent la ville en long cortège, portant leurs affaires sur le dos ou les poussant sur des charrettes. Les trains arrivent à peine à absorber l'énorme ruée, les quais sont bondés.

Katja décide de se rendre sur le Heemraadssingel pour savoir si Max est toujours là. Les événements et rebondissements se sont enchaînés, et ils ne se sont pas parlé depuis leur dernière rencontre. Elle a voulu mettre fin à leur relation, mais pas de cette façon. Elle aimerait le revoir une ultime fois avant qu'il reparte en Allemagne.

Lorsqu'elle arrive sur place, la déception est au rendez-vous. À l'exception de quelques officiers qui brûlent les archives, le bâtiment du SD est désert. Dans la rue, une poignée de jeunes garçons déchaînés mettent le feu à des drapeaux à croix gammée dans un vacarme infernal.

« Allez à l'école technique ! La Résistance est là-bas ! » crie un garçon plus âgé qui passe à toute allure à vélo.

Katja enfourche sa bicyclette et roule aussi vite que possible jusqu'à l'ancienne école de Hein, sur la Gordelweg. Autour d'elle, les rues se parent progressivement de drapeaux orange. Il n'y a pas encore un seul Allié à l'horizon, mais déjà, fanions et guirlandes ornent les maisons, les enfants sautent sur la chaussée en entonnant des chants patriotiques néerlandais comme *Oranje boven*, des adultes s'embrassent et se congratulent.

Souriant malgré elle, Katja participe à l'ambiance de liesse qui règne en ville. À l'hôpital de Bergweg, le personnel infirmier est descendu dans la rue, où il applaudit et danse tout son soûl. Le drapeau de la Croix-Rouge a été remplacé par un étendard rouge, blanc, bleu, les couleurs des Pays-Bas. Les panneaux de signalisation et les plaques de rue en langue allemande sont arrachés ou démolis.

Autour de l'école technique, la fête bat son plein. Une foule enthousiaste s'y presse pour féliciter les membres de la Résistance qui avaient établi là leur quartier général secret.

En arrivant, Katja reconnaît d'emblée un vieil ami de Thijs, Sam Esmeijer. Il s'avère être le chef de la milice de Rotterdam.

« L'heure de votre libération approche à grands pas ! crie-t-il dans un mégaphone. Je vous parle au nom de la *Knokploeg*, notre organisation qui a lutté corps et âme contre l'occupant, avec l'aide de vos maris et de vos fils. »

Tonnerre d'applaudissements. Esmeijer poursuit son allocution, mais Katja n'écoute plus. À quelques mètres derrière lui, elle a aperçu ses frères, à qui elle fait signe en agitant vigoureusement les deux bras. Thijs finit par la remarquer et donne un coup de coude à Hein. Ils lui font signe à leur tour, riant de tout leur cœur.

Sam Esmeijer est arrivé à la conclusion de son discours, qu'il termine en criant « Rotterdam est libre ! », et la fête reprend de plus belle.

Katja tente de rejoindre ses frères à travers la foule exaltée. Les deux garçons l'imitent et jouent des coudes pour se frayer un passage jusqu'à elle. Ils se jettent alors dans les bras les uns des autres, ils ne semblent plus vouloir se lâcher.

« Où sont Jet et Lieke ? demande Thijs en essayant de se faire entendre malgré les chants et les cris.

— À la maison ! » répond Katja. Pour l'instant, elle n'en dit pas plus sur l'état de Jet.

« On ira tout à l'heure, on veut les voir ! » crie Hein, qui enlace sa sœur et l'embrasse spontanément sur la joue.

Tous trois se laissent aller à la fête jusqu'à ce que quelqu'un attrape violemment Katja par le bras et lui hurle :

« Sale pute de boche ! »

Katja se pétrifie, Thijs et Hein se jettent sur le jeune homme, poings en avant, mais plusieurs bras s'interposent pour empêcher le combat.

« C'est la vérité ! Cette pute fricote avec un salopard d'Allemand, le chef du SD ! » renchérit une femme.

Tous ceux qui dansaient et chantaient se sont figés pour observer la scène de bousculade qui s'ensuit. Thijs et Hein s'occupent de protéger leur sœur et repoussent les plus véhéments, en leur criant de se mêler de leurs affaires.

L'angoisse envahit Katja, elle sent que les choses tournent mal, il faut qu'elle parte d'ici, mais comment ?

Alors que la situation devient vraiment critique, apparaît Sam Esmeijer qui s'approche à grandes enjambées en hurlant qu'il y a erreur. Il donne l'ordre de se disperser et de laisser tranquille la sœur de ses amis. Les fauteurs de trouble n'insistent pas et s'éloignent, penauds. Pour Katja, l'ambiance festive s'est glacée d'un coup.

Elle pense à ses beaux-parents et à Chiel. Sont-ils en danger ? Ont-ils pu fuir ? Inquiète, elle quitte précipitamment ses frères et remonte sur son vélo. L'avenue Hoflaan n'est qu'à quelques minutes de là. Bientôt, elle constate que les fenêtres de la maison de Clemens et Barbara ont été brisées. Elle agite la cloche, mais personne ne répond. Sans doute ses beaux-parents sont-ils déjà à la gare, avec beaucoup d'autres, pour sauter dans le premier train.

Katja décide de rentrer chez elle. Dans l'Oudedijk, de nombreux drapeaux flottent sur les façades ; les gens dansent partout, au point qu'elle a du mal parfois à fendre la foule. Alors qu'elle s'approche de sa maison, elle aperçoit Jet et Lieke, des nœuds orange dans les cheveux, danser bras dessus, bras dessous avec un groupe de jeunes gens. Katja n'a pas posé pied à terre, que ses sœurs accourent vers elle pour l'enlacer et l'embrasser.

« Les Alliés sont déjà à Dordrecht ! s'exclame Jet avec enthousiasme. Ils devraient être à Rotterdam d'ici une heure. Tout le monde les attend sur les ponts, à l'entrée de la ville, avec des fleurs ! »

Katja enlace Lieke et prend Bas dans ses bras.

« Si on y allait aussi ? suggère-t-elle. J'ai envie de les voir arriver de mes propres yeux ! »

La foule attend depuis maintenant des heures, les libérateurs ne sont toujours pas là. Des rumeurs affirment que l'annonce de leur arrivée est un malentendu, qu'ils ne sont même pas encore à la frontière. Après des heures à espérer, la plupart des gens se résignent et retournent chez eux. En fin de journée, les forces de l'Ordnungspolizei ratissent les rues et n'hésitent pas à tirer sur tout rassemblement et sur toute personne habillée en orange. Les Rotterdamois se rendent alors compte qu'ils ont réagi trop vite, qu'ils ont pris des rumeurs pour des réalités. Dans la soirée, Radio Oranje finit de dissiper les doutes : les Alliés n'ont pas passé la frontière.

La déception est immense. Les décorations orange sont enlevées à la hâte, les habitants disparaissent dans leurs maisons.

« Donc on n'est pas encore libres ? » demande Lieke en pleurs.

Le nœud orange pend toujours dans ses boucles. Katja s'accroupit à côté d'elle.

« Pas encore, mais très bientôt, mon trésor. Les Américains ne sont plus très loin. Il faut patienter un peu. »

Ce 5 septembre 1944, jour de fausse joie, Barbara et Clemens ne s'étaient pas enfuis.

« On était dans la cave, révèle son beau-père lorsqu'ils rendent visite à Katja. On est restés cachés là jusqu'à ce que la voie soit libre. »

Chiel aussi s'est retranché chez lui, mais pas pour très longtemps : le 8 septembre, au cours d'une cérémonie sobre, à laquelle n'assistent que Katja, Lieke, Bas et un ami, il épouse Jet. Le couple s'installe chez Katja, car Jet refuse de laisser sa sœur seule à la maison en ce moment.

Le mariage déclenche son lot de rumeurs dans le quartier. Heureusement, tout le monde sait que Thijs et Hein sont membres de la Résistance, ce qui coupe court aux velléités de fracasser leurs fenêtres à coups de pierres, ainsi qu'on traite désormais les membres du NSB.

Nora et Arnout sont quant à eux bel et bien partis pour l'Allemagne, comme des centaines d'adhérents au parti. La libération n'est pas encore officielle, mais la ville présente déjà un tout autre visage, au plus grand bonheur des Rotterdamois.

Quelques jours passent, tous espèrent, mais les Alliés brillent toujours par leur absence. Pire, les Allemands reviennent, honteux de leur retraite hâtive et furieux de l'explosion de joie des Néerlandais. Désormais, toute personne qui porte un signe distinctif de couleur orange est abattue de sang-froid dans la rue. Le couvre-feu est réinstauré : plus personne n'est autorisé à circuler dans les rues après 20 heures.

Paradoxalement, la Résistance s'intensifie, et la milice accueille de plus en plus de volontaires désireux de s'associer à l'action. Katja a appris de Thijs que la *Knokploeg* de Rotterdam ainsi que d'autres groupes d'opposition armés issus de tout le pays font désormais partie des forces armées néerlandaises. Le prince Bernhard des Pays-Bas en a pris la tête et leur a demandé d'être prêtes à récupérer les armes larguées par les Britanniques.

Avec l'approche des Alliés, tout le monde s'unit pour compliquer autant que possible la vie des occupants. Alors que la Résistance se prépare à réceptionner les armes, les chemins de fer néerlandais annoncent une grève visant à empêcher l'acheminement de troupes d'armement vers les Allemands. Le 17 septembre, les transports publics sont paralysés dans tout le pays.

Pour permettre aux renforts d'arriver tout de même jusqu'à eux, les Allemands décident de réquisitionner toutes les embarcations fluviales, mais les bateliers ne se laissent pas faire : ils refusent de naviguer et dissimulent leurs navires dans des ports éloignés. Les Allemands mobilisent alors tous les attelages à chevaux et autres charrettes. Ils exigent même qu'on leur livre les vélos ! Du jour au lendemain, plus un seul Néerlandais ne semble en posséder. Ils ont été cachés partout où c'était possible et imaginable : meules de foin, buissons, caves, greniers. Toutefois les Allemands ne s'intéressent pas aux modèles les plus vétustes, notamment ceux qui ont des roues en bois ; Katja peut donc encore utiliser le sien.

Les résistants sont en revanche démunis face à la

décision la plus radicale des Allemands : le commissaire du Reich Arthur Seyss-Inquart annonce en effet que, tant que les grèves des chemins de fer dureront, toutes les livraisons de nourriture et de combustible seront suspendues. Si la mesure n'est pas une source de grande inquiétude dans les campagnes, c'est autre chose dans les villes, où les réserves sont limitées. Si la libération n'arrive pas rapidement, l'hiver risque d'être rude pour les citadins.

Les Allemands aussi se préparent à l'arrivée des Alliés. Au cours de la libération de la Belgique, le port d'Anvers n'a pas été endommagé, si bien que pour les Britanniques et les Américains il peut servir de base idéale. Les forces d'occupation ne comptent pas leur laisser le même avantage à Rotterdam dont ils détruisent le port à grands coups de charges explosives. Dans la nuit du 22 au 23 septembre, de fortes déflagrations résonnent dans toute la ville, et au petit matin, il ne reste plus grand-chose des quais, des entrepôts et des cales sèches.

Les destructions s'enchaînent dans les jours qui suivent ; le bassin portuaire de Rijnhaven et une grande partie de celui de Maashaven sont démolis. Des hangars sont réduits en miettes, des grues abattues, et des kilomètres de quais dynamités.

Les habitants de Rotterdam observent le carnage, consternés et impuissants. À peine ont-ils pris acte que le pays n'a pas été libéré le 5 septembre comme ils l'espéraient, la dévastation d'une autre partie de leur ville ranime leur douleur et leur rage.

Ils attendent toujours l'arrivée des Alliés, dont la progression a été stoppée par des problèmes de transport et d'approvisionnement des troupes. Seul le Limbourg, tout au sud du pays, bénéficie pour l'instant de leur offensive de libération. Les drapeaux néerlandais sont de nouveau hissés dans le ciel de Maastricht le 14 septembre, puis, quelques jours plus tard, une vaste partie de la province est libérée. Eindhoven est repris aussi le 18 septembre. Les Alliés tentent ensuite la traversée des cours d'eau, mais se heurtent aux troupes allemandes massées sur les rives du Rhin à hauteur d'Arnhem.

À défaut de pouvoir franchir cet obstacle, les Alliés se tournent vers les autres provinces du Sud. À la mi-octobre, ils envahissent le Brabant et, le 27 octobre, Den Bosch est libéré, puis Tilburg et Breda.

En Zélande néanmoins, les Allemands opposent une résistance farouche pour reprendre le port d'Anvers, mais les Alliés, conscients de l'importance stratégique qu'offre cette porte sur la Belgique, sont prêts à tout pour la conserver. Ils décident alors de bombarder les digues à hauteur de Westkapelle et de quelques autres villages afin d'inonder l'île de Walcheren, seul moyen de repousser les Allemands.

Malgré les multiples et divers avertissements envoyés par les Alliés pour protéger les résidents – notamment en larguant des tracts –, l'opération fait de nombreuses victimes civiles, sacrifiées au nom de la liberté. La mission est quant à elle un succès militaire d'importance.

Début novembre, les troupes alliées arrivent sur les rives de la Hollands Diep. Après avoir fait sauter les ponts qui enjambent ce grand bras du delta du Rhin et de la Meuse, les Allemands se retranchent à Moerdijk. Une fois de plus, les Alliés sont stoppés dans leur progression, à trente-cinq kilomètres de Rotterdam.

36

Tôt ce matin-là, un bruit suspect réveille Katja. Comme son sommeil est agité depuis des années et que sa vigilance ne se relâche jamais vraiment, elle sort immédiatement du lit. Elle allume sa lampe de chevet et examine la position des aiguilles du réveil : 6 h 10.

À côté d'elle, Bas dort profondément. Depuis leur arrestation, il ne s'écarte jamais d'elle.

Elle réajuste la couverture sur ses épaules et se dirige vers la fenêtre. Le plancher est froid sous ses pieds. On est à présent en novembre, la température a considérablement baissé en un mois. Heureusement, il ne gèle ni ne neige encore, mais le temps est très humide et venteux.

En écartant le rideau, Katja se dit que ce sont probablement les bourrasques qui l'ont réveillée. Elle scrute attentivement l'Oudedijk ; hormis les feuilles des arbres, rien ne bouge dans l'obscurité. Pourtant, elle n'est pas tranquille. Quatre années et demie de guerre ont ébranlé sa confiance autant qu'elles ont aiguisé ses sens.

Comme rien de concret ne semble devoir motiver son inquiétude, Katja se remet au lit, mais elle ne se rendort pas. Son cœur bat plus vite que d'habitude. Peut-être est-ce son subconscient qui la maintient en état de veille. Elle s'assoupit finalement jusqu'à environ

7 heures, moment où Bas se réveille. Elle repousse les couvertures.

« Katja debout ? Manger ? »

Elle prend l'enfant dans ses bras et sourit lorsqu'il pose sa petite bouche contre sa joue.

« Oui, on se lève, petit bonhomme. »

Elle s'habille, habille Bas et l'aide à descendre l'escalier. Depuis peu, il est capable de le faire tout seul : l'opération demande pas mal de patience, mais évite une crise de larmes en cas de refus.

Une fois arrivée dans la cuisine, la jeune femme allume la lumière et voit immédiatement le tract passé sous la porte. Elle se précipite et saisit le bout de papier. Son sang cogne contre ses tempes alors qu'elle lit le message qui y est inscrit.

> INJONCTION
>
> Sur ordre de la Wehrmacht, tous les hommes âgés de dix-sept à quarante ans doivent se présenter au bureau du travail forcé. À cette fin, tous les hommes de cette tranche d'âge, SANS EXCEPTION, doivent descendre dans la rue avec le matériel requis dès réception de cet avertissement. Les autres résidents, y compris les femmes et les enfants, doivent rester dans leur maison jusqu'au terme de l'action. Tout homme qui répond à la description ci-dessus et dont la présence dans une habitation sera constatée lors d'une perquisition sera puni en conséquence, et ses biens privés seront saisis. Équipements requis : vêtements chauds, chaussures robustes, protection contre la pluie, couverts et nourriture pour un jour. IL EST STRICTEMENT INTERDIT AUX HABITANTS DE LA MUNICIPALITÉ DE QUITTER LEUR DOMICILE. TOUTE PERSONNE TENTANT DE S'ÉCHAPPER OU DE RÉSISTER SERA ABATTUE.

Une voiture équipée d'un haut-parleur passe à ce moment même dans la rue. Katja sursaute ; le tract à la main, elle se précipite dans l'escalier.

« Chiel ! »

Des pas martèlent le plancher à l'étage. Jet apparaît la première en haut des marches, le visage blanc de peur.

« Il se passe quelque chose ? Quoi ?

— Une rafle se prépare ! Écoute ! »

Dans le silence du matin, le haut-parleur crachote le même message que sur le tract. Chiel arrive en courant, portant seulement ses sous-vêtements.

« Ils vont t'emmener ! » crie Jet en se tournant vers son mari, désemparée.

Chiel saisit le tract des mains de Katja et en survole le contenu.

« J'ai toujours mon insigne du NSB, il me servira peut-être ?

— Le message dit bien *tous* les hommes. L'Allemagne a besoin de main-d'œuvre. Je ne pense pas qu'ils fassent des exceptions. Tu dois te cacher !

— Regarde ce qui est écrit tout en bas : ceux qui tentent de s'échapper ou de résister seront abattus. Que crois-tu qu'il m'arrivera si les Allemands me trouvent ? Ils mettront le feu à la maison !

— Ils ne te trouveront pas ! Tu t'imagines vraiment qu'ils vont avoir le temps de passer au peigne fin toutes les maisons de Rotterdam ? Va te cacher dans la resserre à charbon. Ils ne te verront jamais dans le noir ! »

D'un geste autoritaire, Katja tire son beau-frère dans l'escalier. Chiel continue de protester, mais se laisse tout de même pousser à l'extérieur. Jet lui lance des vêtements et un manteau, puis il disparaît dans la remise. Katja verrouille la porte arrière de la maison et, dans la pénombre de la cuisine, Jet et elle se regardent en silence.

Peu à peu, une rumeur envahit la rue. Les deux sœurs courent au salon glisser un coup d'œil à travers les fentes du papier occultant. En file, des véhicules équipés de haut-parleurs passent en alternance avec des soldats qui avancent au pas au milieu de la route. Ici et là, les premiers hommes sortent des maisons, un sac sur le dos. Dans la brume du matin, ils se tiennent sur le trottoir, immobiles, frissonnants, à attendre la suite des événements.

De leur côté, Katja et Jet montent l'escalier quatre à quatre pour aller effacer toute trace de la présence de Chiel. Alors qu'elles s'affairent à l'étage depuis à peine quelques minutes, on frappe bruyamment à la porte d'entrée.

« *Aufmachen, sofort !* Ouvrez, tout de suite ! »

Jet est livide. Lieke s'est réveillée et vient en courant vers ses sœurs, effrayée. Assis par terre, Bas se met à pleurer.

« Reste ici, j'y vais », décide Katja en retournant en bas.

D'une main tremblante, elle ouvre la porte sur deux soldats armés.

« *Gibt es hier Männer ?* Il y a des hommes dans cette maison ? »

Katja secoue la tête en silence. Ils lui font signe de s'écarter et s'engagent dans l'entrée. Tandis que l'un monte fouiller l'étage, l'autre inspecte le rez-de-chaussée.

« *Wer ist das ?* aboie le soldat en désignant le portrait de Daniel sur le buffet.

— *Meiner Man*. Mon mari. Il travaille déjà en Allemagne », marmonne Katja.

L'officier acquiesce, ouvre les armoires, regarde

derrière le canapé, jette un coup d'œil dans le jardin arrière plongé dans la pénombre. Apparemment, il la croit, car dès que l'autre soldat redescend, ils s'en vont tous deux sans ajouter un mot.

Jet apparaît sur les marches, le visage blême, cramponnée à la rampe. Dans le hall, elle prend sa sœur dans ses bras.

« Ils sont partis ? chuchote-t-elle.

— Oui, mais que Chiel reste où il est pour le moment. Ils peuvent revenir. »

Elles attendent ainsi plusieurs heures, mais les Allemands ne réapparaissent pas. Ils visitent toutes les maisons de l'Oudedijk, fouillent chacune d'entre elles et poussent sans ménagement les hommes et les garçons qui ont tenté de se cacher. Longtemps après que la rue a retrouvé son calme, Jet va chercher son mari dans le jardin. Dans l'intervalle, Katja a enfilé son manteau et s'apprête à sortir.

« Les femmes doivent rester à l'intérieur ! lance sa sœur d'une voix angoissée.

— Je vais voir Thijs et Hein. Les contrôles n'ont peut-être pas encore commencé au sud de la ville, il faut les prévenir.

— Tu crois que c'est prudent ? Max t'a bien dit que le SD te tient à l'œil ? Imagine, si tu les conduis directement à nos frères ? »

Katja stoppe net et regarde sa sœur.

« Tu as raison, c'est tout à fait possible. Comme je suis bête de ne pas y avoir pensé, admet-elle en se laissant tomber sur le canapé, tandis que dehors le jour se lève. Mais on doit quand même agir, non ? On ne peut tout de même pas les laisser à la merci des Allemands sans bouger ?

— Ils ne sont pas stupides, ils ne se rendront pas si

facilement. Ils se débrouilleront, ne t'en fais pas », la rassure Chiel.

Mais c'est plus fort qu'elle. Très vite, l'attente devient insoutenable. Alors elle enfourche son vélo : il faut qu'elle sache.

La majorité des femmes respectent l'ordre de rester à l'intérieur, mais beaucoup sont en pleurs sur le trottoir, hurlant leur chagrin, courant après leur mari ou leurs fils. Katja se rend compte que la rafle n'a lieu que dans les quartiers périphériques ; les habitants du centre-ville n'ont donc aucune idée de ce qu'il se trame en banlieue. Les larges voies d'eau qui séparent le centre du reste de la ville rendent la communication impossible. Tous les ponts ont été barrés, les trams ne fonctionnent plus, le réseau téléphonique est coupé, les accès sont bloqués.

En longs cortèges, les hommes sont escortés vers divers points de rassemblement, suivis de leurs mères, épouses et enfants, qui tentent de s'approcher pour leur donner un peu de nourriture ou des vêtements supplémentaires. Sans ménagement, la plupart des Allemands les repoussent, quelques-uns, exceptionnellement, ferment les yeux.

Dans toute cette agitation, Katja cherche une brèche dans le réseau des barrages. Mais, en dépit de ses recherches et de ses efforts, elle n'arrive pas à quitter le quartier de Kralingen. En fin de compte, elle se dit que ce n'est peut-être pas plus mal ; comment aurait-elle pu contrôler ses émotions si elle avait vu Hein et Thijs parmi les prisonniers, au risque de trahir leur identité ?

Résignée, elle rentre à la maison, où l'attendent Chiel et Jet. Lieke et Bas se blottissent contre elle sur le canapé. Elle a beau examiner le problème dans tous les sens, elle ne peut rien faire d'autre que patienter.

Le lendemain, 11 novembre, vient le tour du centre-ville. Qu'ils soient malades ou réputés indispensables, aucune dérogation est accordée : tous les hommes sont emmenés *manu militari*. Dans la ville toujours barricadée, les rumeurs les plus alarmantes circulent. Un jeune garçon qui a tenté de fuir aurait été abattu de sang-froid. Les maisons de ceux qui ont voulu cacher un fils ou un père auraient été incendiées.

Le 12 novembre, lorsque les barrages sont levés, les ponts, rouverts, et que tout le monde peut de nouveau se déplacer librement, Rotterdam prend la mesure de l'opération qui vient de se jouer. Plus de cinquante mille hommes ont été déportés, la ville n'abrite plus que des femmes, des enfants et des vieillards.

Peu ont résisté, car dans leur immense majorité les convoqués ont préféré préserver la sécurité de leur famille. Compte tenu du succès de la rafle, les recherches de resquilleurs ont été très limitées, et peu de maisons brûlées. Les remords commencent à s'emparer de ceux qui ont trahi leurs voisins ou obéi sans broncher aux ordres de l'occupant. Rotterdam n'est plus qu'une ville vidée de sa substance, une ville dévastée.

37

L'anxiété ronge Katja qui attend que ses frères lui fassent signe. Au bout de quelques jours, l'absence de nouvelles la décide à se rendre au *Jericho*, où Jan semble ravi que son âge avancé lui ait sauvé la mise. Il confirme à mots voilés qu'une grande partie de la Résistance de Rotterdam est en effet tombée aux mains des Allemands. Et oui, hélas, Thijs et Hein en font partie.

« C'est peut-être mieux ainsi, raisonne Jan, rassurant. Ils ont de fausses cartes d'identité et avec un peu de chance, les Allemands ne découvriront jamais à qui ils ont affaire. Et ils sont plus en sécurité dans une usine en Allemagne qu'ici, à Rotterdam.

— Avec toutes les bombes qui tombent là-bas ? Je n'en suis pas si sûre », objecte Katja, découragée.

Sur le chemin de la maison, elle sent la haine s'insinuer en elle tel un poison mortel. Ces dernières années, elle a ressenti colère, solitude et peur, mais jamais de haine. Elle baisse désormais les yeux devant chaque Allemand qu'elle croise, redoutant que l'expression de son regard ne la trahisse.

Les Rotterdamois doivent éprouver le même sentiment : repliés sur eux-mêmes, méfiants, ils ont les traits tirés d'angoisse. En quatre ans, leurs familles ont été tuées, déportées ou incarcérées, leur ville a été décimée, défigurée, on n'y compte plus un seul Juif, les magasins sont vides, tout comme les estomacs, et le cauchemar ne semble pas vouloir prendre fin. Sur tous les visages, Katja lit l'épuisement, et cette question lancinante : combien de temps encore ?

Elle se la pose constamment, elle aussi. Quand les Alliés viendront-ils les libérer ? Ils sont si proches. Elle pourrait presque les rejoindre à pied.

La jeune femme se console en se convainquant que la guerre ne pourra pas durer indéfiniment ; elle s'accroche à l'espoir de pouvoir bientôt serrer Daniel et ses frères dans ses bras.

Max a complètement disparu de sa vie. Il n'appelle plus, et Katja pense que c'est mieux ainsi. Depuis la dernière rafle, sa présence est, dans un sens, devenue inutile, et le ressentiment qui habite Katja est tel qu'elle ne supporte plus la vue d'un uniforme.

Mais, le 29 novembre, lorsque les abords immédiats du bâtiment du SD sont bombardés, elle est tout de même ébranlée. L'édifice lui-même a été fortement endommagé, les fenêtres ont été soufflées. Vingt-trois personnes sont mortes dans cet assaut, toutes originaires de Rotterdam. Maigre consolation : onze prisonniers ont réussi à s'échapper. Elle apprend aussi que certains des Allemands ont été blessés, mais ignore leur identité et la gravité de leurs blessures.

Katja hésite quelques jours, puis décide de se rendre sur le Heemraadssingel, dans le nouveau bâtiment où le SD s'est installé, de l'autre côté du canal. Elle appuie son vélo contre un arbre et attend que Liselotte Kohl sorte. La jeune femme a un mouvement de recul en voyant Katja s'approcher d'elle, mais elle la reconnaît tout de suite et sourit.

« Bonjour, Liselotte. Je souhaitais simplement savoir comment se portait l'*Untersturmführer* Rösener, annonce Katja. J'ai entendu dire que le bombardement avait fait de nombreux blessés.

— Oui, c'était horrible, confirme-t-elle en baissant les yeux sur les pansements qui lui couvrent les bras. Mais nous avons échappé au pire, semble-t-il.

— Vous voulez dire que le bâtiment a été pris pour cible ?

— Tout l'indique. Les terroristes de la Résistance ont probablement renseigné les Anglais, explique-t-elle, la voix chevrotante.

— Et… Max ?

— Oh, il va bien. Il n'était pas là quand les bombes sont tombées. »

Liselotte s'apprête à ajouter quelque chose, marque une hésitation, puis dit finalement du bout des lèvres :

« Vous savez que Max a une femme et une fille, n'est-ce pas ? »

Le choc n'aurait pas pu être plus grand. Abasourdie, Katja fixe Liselotte.

« Une femme et une fille ? En vie ? N'ont-elles pas été tuées dans un bombardement ? »

Une expression de pitié glisse sur le visage de Liselotte.

« J'ai vu passer suffisamment de lettres et de photos d'elles pour vous garantir qu'elles sont bien vivantes. J'ai pensé que vous devriez le savoir. »

Une fois de plus, Katja cède à l'impression que rien ne va plus dans ce monde, où il n'est plus possible de faire confiance à quiconque. Elle se sent soudain prise de vertiges, tout se met à tourner autour d'elle.

Liselotte la retient par le bras.

« Vous allez bien ? s'enquiert-elle.

— Oui, ça va... » murmure Katja en clignant des yeux.

Liselotte continue à la dévisager avec sollicitude quelques secondes, jusqu'à ce que Katja reprenne doucement ses esprits.

« Pour ce que ça vaut, ajoute la secrétaire, je sais que Max vous aime beaucoup. »

Katja esquisse un sourire timide en guise de remerciement et s'avance pour reprendre son vélo.

« Dois-je lui dire que vous êtes passée ?

— Non. Ne vous donnez pas cette peine. »

Fin novembre, la milice de Rotterdam subit un coup dur. Un certain nombre d'actions spectaculaires s'étaient succédé en octobre – dont l'assaut sur le quartier général de la police dans la Haagseveer : des résistants portant des uniformes SS y avaient fait irruption pour libérer plus de quarante détenus. Après cet exploit, le vent a soudain tourné : les uns après les autres, les membres du mouvement sont arrêtés. Le sujet est sur toutes les lèvres à Rotterdam.

Katja, qui discute de temps en temps avec Jan au *Jericho*, apprend que la milice a été infiltrée et qu'un traître sabote les opérations. L'un des dirigeants de la *Knokploeg* de Rotterdam aurait, au cours de son arrestation, passé un accord avec le Sicherheitsdienst. Cette entente aurait conduit à l'incarcération, puis à l'exécution de ses anciens compagnons d'armes. Il a, paraît-il, fallu un certain temps aux résistants pour découvrir le pot aux roses, et la taupe a été liquidée sur-le-champ.

Pour aggraver la situation, une action de libération a échoué à Apeldoorn : Samuel Esmeijer s'était déplacé en personne sur demande de la milice locale et, alors que les résistants s'apprêtaient à lancer l'attaque, ils ont été interceptés par la police et fouillés. Samuel a dégainé son pistolet, mais l'arme se serait enrayée. Tandis qu'il tentait de prendre la fuite, il a été abattu d'une balle dans la nuque. Il avait vingt-trois ans.

Katja est bouleversée par la nouvelle. Samuel était l'ami de Thijs et Hein, leur compagnon de lutte contre les forces d'occupation pendant des années. S'ils n'avaient pas été arrêtés le 10 novembre pendant la descente de police, ses frères auraient peut-être été fusillés par un peloton d'exécution. Pour la première fois, Katja s'avoue soulagée que ses frères aient été déportés en Allemagne.

On est à la mi-décembre quand Jet ressent une première contraction. L'accouchement est si rapide que Katja n'a même pas le temps d'aller chercher le médecin. Sa sœur s'accroche à son bras de toutes ses forces, et une demi-heure plus tard la tête du bébé apparaît. Elle n'a d'autre choix que de mettre le bébé au monde elle-même. Elle avait déjà connu pareille expérience auparavant, lors de la naissance de Lieke, mais au tout dernier moment le docteur était arrivé. Cette fois, personne ne viendra. Les quelques rares médecins qui sont encore en ville vivent trop loin pour être sur les lieux à temps. D'ailleurs, l'accouchement se déroule si bien que leur présence n'aurait même pas été nécessaire : le bébé glisse directement dans les mains de Katja, tandis que Chiel et Lieke se préparent à l'envelopper de serviettes. Quelques années plus tôt, elle aurait trouvé incongru que le père assiste à la naissance, mais aujourd'hui, elle ne s'embarrasse plus de ce genre de considération – d'autant qu'elle a bien besoin de son aide. Elle invite Chiel à couper le cordon ombilical, ce qu'il fait avec une grande concentration. Rayonnant, il prend alors son enfant dans les bras. C'est une fille, qu'ils prénomment Elsa.

« Maintenant, j'ai une petite sœur, se réjouit Lieke.

— Une nièce, corrige Jet, amusée. Tu es sa tantine Lieke ! »

Elle lève les yeux vers Katja et ajoute doucement :

« Papa et Maman seraient devenus grands-parents. »

Katja s'assied à côté d'elle et passe un bras autour de ses épaules.

« Ils l'auraient trouvée magnifique. Maman se serait bien occupée d'elle.

— Elle n'aurait pas voulu la lâcher ! » surenchérit Jet avec un sourire.

Chiel lui donne Elsa, qu'elle met au sein. Bas observe la scène, les yeux écarquillés. Bien intentionné, il caresse maladroitement la tête de l'enfant.

« Cheveux tout doux. Le bébé boit !

— Viens, Bas, on va aller te chercher quelque chose à boire, pour toi aussi », propose Lieke en lui tendant la main, que Bas saisit sans hésiter.

Katja les entend alors papoter dans l'escalier ; la petite voix aiguë de Bas se mêle à celle de sa sœur, qui lui paraît soudain une grande fille si intelligente. Puis son regard se porte sur Elsa, et elle sourit. Pour la première fois depuis bien longtemps, Katja éprouve une joie profonde.

38

L'hiver rigoureux montre ses premiers signes dans la partie occidentale des Pays-Bas. Le rationnement alimentaire est chaque semaine un peu plus sévère. Bientôt, il faut aussi économiser les combustibles, car l'Allemagne manque de gaz et de charbon. Le gaz n'est plus disponible l'après-midi, et l'électricité est coupée à 8 heures et demie du soir. Beaucoup n'ont pas non plus accès aux bougies ni au pétrole, si bien que toute la ville se couche au déclin du jour. Par un ingénieux système, Chiel parvient à connecter la dynamo d'un vélo à une lampe, ce qui permet de générer un peu de lumière pour lire le soir, même si les organismes affaiblis par la faim n'en ont plus la force longtemps.

Un coupon alimentaire ne vaut plus qu'une demi-miche de pain par personne et par semaine. Katja s'est depuis longtemps habituée au goût insipide de ce pain, qui n'a par ailleurs presque aucune vertu nutritive. Alors qu'en septembre elle recevait encore trois kilos de pommes de terre par semaine, ce chiffre tombe à deux en novembre, puis à un seul désormais.

La faim s'installe durablement. Les charrettes des boulangers sont dévalisées dès qu'elles débarquent dans la rue, les magasins où il reste un peu de nourriture sont mis à sac. La police tente bien de poursuivre quelques pillards, mais est démunie face aux hordes d'habitants affamés.

Katja vit dans la consternation. Comment sa ville a-t-elle pu en arriver là ? Que reste-t-il de la cité de Rotterdam, si joyeuse et trépidante, d'il y a quelques années ? Aujourd'hui, les mendiants sont pléthore dans les rues ; les vitrines, jadis si richement garnies, sont condamnées ; les usines sont à l'arrêt, faute d'électricité. Les ordures ne sont plus ramassées depuis des semaines par manque de bras et s'étalent dans leur puanteur au bord des routes, pour le plus grand plaisir des rats qui ont investi les lieux et se faufilent entre les jambes des Rotterdamois. Les enfants fouillent les poubelles à la recherche de quelque chose de comestible ou font la queue pour quelques cuillères de soupe. Les gens ne se rendent plus au travail comme naguère, ils errent en ville toute la journée en quête d'un peu de nourriture.

De plus en plus d'habitants doivent recourir aux soupes populaires qui ont été installées en divers points de Rotterdam. On y profite d'un repas chaud – la bouillie de flocons d'avoine pour les enfants, de la potée de légumes ou de la soupe pour les personnes âgées. La médiocrité des aliments proposés explique qu'au début on ne s'y bouscule pas, mais à mesure que les denrées alimentaires diminuent, les files d'attente s'allongent.

D'ailleurs, le nombre de Rotterdamois à quitter la ville pour chercher de quoi manger dans les campagnes ne cesse de croître. Katja et Lieke participent elles aussi à cette transhumance, elles partent à vélo et reviennent à pied, leur butin sur le porte-bagages. De ferme en ferme, elles frappent à toutes les portes. Katja a beaucoup de mal à accepter la nécessité de mendier, mais elle n'a pas le choix. Bas pleure toute la journée et Lieke, qui était déjà mince, maigrit encore plus. Devant chaque perron, Katja pousse sa sœur en avant, car elle sait que son visage creusé et son teint pâle susciteront la pitié et augmenteront leurs chances d'obtenir de quoi manger.

Elles ne sont cependant pas les seules à solliciter un peu de nourriture chez les agriculteurs. On leur répond toujours plus fréquemment qu'il n'y a plus rien à donner et leurs expéditions les poussent de plus en plus loin.

Au terme d'une journée pas très fructueuse, les deux sœurs suivent encore les traces d'une charrette qui les mènent à une imposante ferme. Dans la cour, cinquante quémandeurs au moins attendent sous la pluie. Katja et Lieke se joignent à eux, pleines d'espoir : autant de monde doit forcément être signe de nourriture.

À travers les hautes fenêtres, on distingue le fermier et sa femme à table en train de manger. Ni l'un ni l'autre ne semblent se soucier de la file d'attente ni disposés à leur ouvrir. Personne n'ose sonner, frapper au carreau ou même faire un bruit. Tous attendent patiemment, quinze minutes, une demi-heure, une heure. La fermière finit par sortir et distribue à chacun une pomme de terre.

« Nous n'avons rien d'autre », annonce-t-elle avant de retourner à l'intérieur.

Les journées sont émaillées de petits et grands drames. Alors qu'elle fait la queue à la soupe populaire, Katja remarque deux personnes âgées agenouillées dans la rue, en pleurs. Elles ont fait tomber leur bol de potage et tentent d'en récupérer le plus possible en grattant le sol avec leurs cuillères.

Même le sommeil n'apporte aucun soulagement. Toutes les deux ou trois heures, Katja se réveille, soit parce qu'elle a faim, soit parce qu'elle entend Bas ou

Lieke pleurer. Elle se lève et leur donne un peu d'eau, pour tromper autant que possible leur estomac vide. Nuit après nuit, elle ne rêve que de nourriture, de tables couvertes de plats cuisinés, d'un garde-manger rempli à ras bord, d'étals du marché et des effluves qui en émanent. Ces images la tourmentent sans lui laisser de répit. Elle se réveille parfois avec un goût intense de poulet rôti en bouche.

L'hiver s'installe. Après les mois de novembre et de décembre très humides, la température baisse sensiblement dans les derniers jours de l'année ; il gèle la nuit, les premiers flocons commencent à tomber.

Le prix des denrées alimentaires augmente en même temps que l'épaisseur du manteau neigeux. Une miche de pain coûte vingt-cinq florins ; un muid de pommes de terre de mauvaise qualité, six cents ; le kilo de sucre, cent vingt-cinq.

La perspective de la mort plane dans les rues. Plus personne ne rit, on ne parle plus à voix haute. Les gens marchent le dos courbé, soucieux, épuisés. L'évolution de la guerre n'est plus le sujet principal, on ne se préoccupe désormais que de survivre à la famine qui ronge Rotterdam.

La neige continue de tomber sans relâche et recouvre la ville désolée d'un lourd tapis blanc. Le pire, c'est la morsure du vent qui se glisse dans les interstices et glace les habitations. Katja pose des vêtements roulés et de vieux chiffons sur tous les rebords de fenêtre pour colmater les ouvertures et empêcher les courants d'air, sans grand succès. La réserve de charbon diminue rapidement. Pour l'économiser, la famille n'allume que le poêle de la cuisine, et uniquement le soir. La journée, Katja et Lieke sont dehors à sillonner la ville et les campagnes à la recherche de nourriture, tandis que Chiel reste tapi dans la maison glaciale, en compagnie de Jet, Bas et Elsa, blottis sous un tas de couvertures.

« Ce n'est plus possible, décrète un jour Chiel en voyant les deux sœurs se préparer pour une nouvelle expédition alimentaire de plusieurs jours. Regarde Lieke, lance-t-il à Katja, elle ne tiendra jamais le coup. Elle a de la neige jusqu'aux genoux, comment allez-vous faire ?

— Avec le traîneau ! s'écrie Lieke. On va le tirer à tour de rôle.

— À partir de maintenant, c'est moi qui accompagnerai Katja. Toi, tu restes à la maison.

— Tu ne peux pas sortir ! La police va t'arrêter ! proteste sa belle-sœur en enroulant une écharpe autour de son cou.

— Je vais me déguiser en femme. Tout le monde est emmitouflé des pieds à la tête, méconnaissable, les policiers n'y verront que du feu !

— Ils font plein de contrôles des cartes d'identité…

— Eh bien, je prendrai celle de Jet ! Je n'en peux plus de vous attendre ici tranquillement à la maison pendant que vous faites tout le boulot ! »

Chiel s'engage déjà dans les escaliers. Quelques minutes plus tard, il redescend, déguisé en Jet.

Lieke et Katja pouffent de rire derrière leur main en le voyant ainsi accoutré. Mais Katja ne proteste pas outre mesure, car au fond d'elle elle est ravie de l'aide que Chiel va leur apporter. Les allers-retours sont épuisants pour Lieke, et elle-même avait envisagé de se débrouiller toute seule à partir de maintenant.

Ils partent aussitôt, tirant un traîneau chargé d'effets personnels qu'ils comptent utiliser comme monnaie d'échange. L'argent a perdu sa valeur depuis longtemps. Katja a d'abord troqué les objets les moins précieux – du linge et les vêtements trop petits de Lieke –, mais elle n'a d'autre choix à présent que de se séparer de livres, de tableaux et de bijoux.

Il a gelé à moins douze degrés la nuit dernière, et le manteau neigeux s'est transformé en patinoire. Ils quittent Rotterdam par la Rotte, où les habitants marchent à même la glace. En chemin, Katja et Chiel parlent peu, ils ont besoin de toute leur énergie pour mettre un pied devant l'autre dans la neige en tirant le traîneau.

Alentour, des groupes avancent dans la même direction, se rejoignant aux croisements pour former une longue procession de misérables en guenilles, aux visages émaciés et aux épaules tombantes. Les chaussures du plus grand nombre sont en lambeaux, rafistolées tant bien que mal avec des bouts de tissu ; d'autres, qui n'ont même pas de quoi se chausser, ont enveloppé leurs pieds dans des sacs en toile de jute. La fillette d'une dizaine d'années qui marche devant Katja laisse des traces de sang dans la neige.

Plus ils avancent, plus les signes de misère se multiplient. Chiel, qui est resté à l'intérieur pendant des semaines, n'en croit pas ses yeux. Des femmes gisent, épuisées, au bord de la route ; un enfant mort est transporté dans une charrette ; des vieillards sont en pleurs : le malheur n'a pas de limites. Voûtée, Katja marche face au vent qui lui brûle les joues ; elle tourne la tête de temps à autre vers son beau-frère qui chemine, le visage crispé.

Elle ignore comment, mais ils tiennent toute la journée. Ici et là, ils mettent la main sur un peu de nourriture, un chou, quelques carottes, deux kilos de pommes de terre et, à leur grande joie, un beau morceau de lard. À l'aide d'un bout de corde, Chiel l'attache à son buste, de peur de le perdre ou qu'on leur vole. Tandis qu'il tire le traîneau, Katja garde un œil attentif à leur butin ;

a fortiori lorsqu'il y a du monde autour d'eux, il n'est pas simple de préserver son chargement des convoitises.

Au crépuscule, ils dorment dans le coin d'une grange. Ils n'y sont pas les seuls, au moins quinze autres personnes ont trouvé refuge au même endroit, allongées dans le foin sous des sacs de jute.

Sur une fine couche de paille, Katja et Chiel se blottissent l'un contre l'autre pour se tenir chaud sous une couverture de cheval à l'odeur infecte, leur nourriture toujours fermement attachée sur eux. Bienveillante, la fermière apporte quelques couvertures et sacs supplémentaires. C'est tout ce qu'elle a, s'excuse-t-elle, impuissante. Sa maison est déjà saturée de voyageurs, il n'y a pas de place à l'intérieur.

La nuit est courte et glaciale. Dès que la pâle lumière de l'aube traverse les fenêtres, ils ouvrent les yeux et se lèvent, engourdis par le froid. Tous se préparent à repartir, la marche les réchauffera un peu, et leurs familles les attendent chez eux, affamées. En quittant la grange, Katja aperçoit quatre personnes qui restent allongées dans la paille : la mort est venue les emmener dans la nuit.

Dehors, Katja et Chiel discutent de la suite des opérations. Ils n'ont presque plus rien à troquer et décident de rentrer à la maison, non sans un ultime détour. S'ils ont heureusement réussi à se débarrasser des objets les plus encombrants, ils ont encore quelques bijoux en or – cadeaux de Daniel – dont ils pourraient tirer profit. Katja conserve son alliance aussi longtemps qu'elle le peut, mais lorsque l'occasion se présente de l'échanger contre une demi-miche de pain, elle n'hésite pas.

Elle comptait rentrer directement chez elle après la dernière transaction, mais, alors qu'ils s'engagent sur un petit chemin que, dans une autre vie, elle avait l'habitude d'emprunter avec Daniel ou Esther les jours de beau temps, des rumeurs leur apprennent que des contrôles se tiennent plus loin et que la Landwacht confisque toute la nourriture recueillie.

« Passons plutôt par ici, suggère Chiel en indiquant un bosquet quelques centaines de mètres plus loin. Ce sera plus long, mais plus sûr. »

Ils reprennent leur progression sur le sol gelé. Katja est si fatiguée que sa vision commence à se troubler. Ils ont mangé le moins possible pour préserver leurs maigres réserves, mais ils en paient le prix. La jeune femme ne sent plus ses bras ni ses jambes, elle avance comme un automate sans penser à rien, prise de vertiges et de sueurs froides, un étrange sifflement dans les oreilles.

La route fait un coude, puis traverse une portion bordée par deux rangées d'arbres lugubres, dont les branches dénudées se tendent vers le ciel comme des doigts crochus. Le traîneau rempli de pommes de terre cahote entre les nids-de-poule. Tous les vivres ont été solidement attachés, mais Katja reste tout de même à côté du chargement et veille à ce que rien n'en tombe.

Un peu plus loin, un homme est appuyé contre un tronc, l'air épuisé. Katja ne lui prête pas attention, bien trop occupée à essayer de tenir debout. Mais elle sursaute lorsqu'il se tourne soudainement vers eux, un couteau à la main.

« Donnez-moi ce traîneau ! » ordonne-t-il.

Les deux voyageurs se figent devant l'agresseur qui se rapproche en les menaçant avec son arme. Chiel se place aussitôt devant Katja et le traîneau.

« On se calme, commence-t-il d'un ton rassurant. On va vous donner quelques pommes de terre. »

Un instant, l'homme s'immobilise, manifestement

surpris d'entendre la voix grave de Chiel. Il croyait avoir devant lui deux femmes.

« Je veux tout, et tout de suite ! » gronde-t-il en faisant mine de le piquer.

Chiel lève le bras pour se protéger.

« Vous ne pouvez pas tout avoir ! On a marché deux jours pour trouver ça !

— C'est votre problème, pas le mien ! Donne-moi ton traîneau ou je te transperce ! » aboie-t-il encore en agitant son couteau.

Chiel se jette alors sur lui ; ils tombent tous deux au sol, et Katja se met à hurler. Elle voit la lame avancer, entend des cris de douleur étouffés, hurle de plus belle. L'assaillant lève le bras pour frapper encore Chiel, qui parvient à lui saisir le poignet et à prendre le dessus. Haletant, il lui assène deux coups de poing qui le neutralisent, tandis que Katja arrache le couteau des mains de l'agresseur.

Elle fait un pas en arrière, puis Chiel lâche son adversaire et se relève.

« Tout va bien ? Tu n'es pas blessé ? demande Katja en regardant avec effroi le manteau déchiré de son beau-frère.

— Non, il a poignardé le morceau de lard que j'ai autour du ventre. »

Le souffle court, il baisse les yeux sur l'homme.

« Allez, viens, on continue », dit-il à Katja en ramassant la corde attachée au traîneau.

Ils reprennent leur marche, jetant de temps en temps des coups d'œil en arrière : la silhouette de leur attaquant en pleurs gît dans la neige, de plus en plus petite à mesure qu'ils s'éloignent.

39

Un matin, alors que Katja s'apprête à se rendre à la soupe populaire, un jeune Allemand se présente à la porte, un colis dans les mains. Quand elle lit le nom de Max inscrit sur le paquet, elle le saisit, remercie l'officier et referme la porte. Vivement, elle ouvre la lourde boîte et découvre, à sa grande joie, qu'elle est pleine de nourriture : du pain de bonne qualité, un sac de farine et un peu de sucre, des haricots secs et des conserves de viande séchée. Bouche bée, elle a l'impression d'être devant un coffre au trésor.

Ce jour-là et ceux qui suivent, ils mangent enfin à satiété, mais la faim a tôt fait de les rattraper. C'est alors qu'une autre livraison arrive, beaucoup moins fournie. Max, qui sans doute partage avec eux sa propre ration, peut difficilement en envoyer davantage, mais ces arrivages providentiels les protègent du pire. Depuis peu, les Rotterdamois avalent même des bulbes à fleurs. On raconte qu'ils seront prochainement échangeables contre des coupons alimentaires. À l'unanimité on les trouve infects, mais ils ont le mérite de remplir le ventre. En soupe ou en potée rose, les betteraves sucrières apparaissent soudain au menu, elles aussi. Elles peuvent causer d'horribles crampes d'estomac, mais font surtout figure d'excellents coupe-faim.

Katja se voit maigrir chaque jour davantage. Ses côtes sont plus saillantes, ses joues se creusent et ses yeux sont ternes. Non seulement la faim permanente l'épuise, mais elle a aussi tendance à lui engourdir le cerveau, à l'hébéter. Elle le remarque lorsqu'elle se réveille le matin, l'esprit embrumé. Elle ne voit plus le monde qui l'entoure quand elle est en ville, les sons et les images lui parviennent au ralenti, tout est flou, voilé. Dans son cerveau, il n'y a plus guère de place pour autre chose que la recherche d'aliments et de chaleur.

Les réserves en charbon et en bois sont maintenant épuisées, chez elle comme dans les magasins. Pour augmenter un peu la température de leur logis, Katja, à l'instar de nombreux Rotterdamois, brûle tout ce qui peut faire office de combustible. Chiel casse le clapier en petit bois, dont il remplit le poêle. Lieke se joint à des groupes d'enfants et d'adultes qui sillonnent les entrepôts à charbon vides afin de mettre la main sur un résidu oublié.

Une fois ces ressources épuisées, c'est au tour des arbres. Comme il est interdit de les abattre, Chiel et Katja agissent à la nuit tombée. Ils sont loin d'être les seuls à tracter de lourdes branches jusque chez eux : partout, les corps les plus vaillants scient tout ce qui peut l'être. Une fois que toutes les branches sont parties en fumée, ils attaquent les troncs. En deux semaines, il ne reste dans le paysage urbain que de sinistres moignons.

L'hiver traîne en longueur, avec de fortes gelées et des chutes de neige quotidiennes. Katja vide les pièces de la maison, toujours en quête de ce qui peut brûler : les anciens jouets en bois de Daniel, le secrétaire, les armoires, les tableaux. Le froid persiste. Avec l'aide de Chiel, elle démonte la rampe d'escalier et la découpe en morceaux. Ensuite ce sont les encadrements de porte. Ici et là, on voit les gens entrer par effraction dans les demeures abandonnées pour y chercher aussi bois et combustibles. Lorsqu'ils ne trouvent plus rien à utiliser chez eux, Chiel et Katja se glissent un soir dans la maison de Nathan et Rebekka Sternheim.

Hélas, à leur grand désarroi, de nombreux visiteurs les ont précédés, et ils rentrent bredouilles. Chiel n'a d'autre choix que d'arracher le plancher avec un pied-de-biche. Alertés par le vacarme, des voisins viennent finalement leur prêter main-forte. En un rien de temps, toutes les lames ont disparu.

Fin janvier, le nombre de décès dus à la famine et au froid explose. Certains s'effondrent dans la rue ; d'autres, trop affaiblis par le manque de nourriture, se couchent dans leur lit et ne se relèvent plus. Comme si la faim et la rudesse de l'hiver ne suffisaient pas, des maladies se déclarent et terrassent les plus faibles dont les organismes n'offrent plus de résistance. En raison du manque de bois, les morts sont inhumés dans des draps. En février, le nombre de décès est si élevé que les corps des hommes, des femmes et des enfants gisent des jours entiers dans la chapelle du cimetière de Crooswijk, en attente de pouvoir être enterrés.

À l'approche du mois de mars, le temps finit par changer, et les températures remontent doucement. Mais, si la neige fond, c'est surtout sous l'effet de la pluie battante qui rend les maisons humides. Tandis que le vent souffle en rafales, chez Katja, le papier peint se décolle et se gondole, et des taches apparaissent sur les murs.

Le nombre de décès dépasse les quatre cents par semaine. Des bruits laissent entendre qu'à Amsterdam, la situation est encore plus critique, de même qu'à

La Haye, Leyde, Delft et Dordrecht. Tout l'ouest des Pays-Bas crie famine.

En toile de fond, les malheurs de l'occupation sévissent toujours. Cernés par les troupes alliées, les Allemands défendent farouchement ce qu'il leur reste. Ils ne tolèrent plus rien, un regard jugé méprisant ou un différend lors d'un contrôle d'identité peuvent valoir une arrestation. Toutes les lois du système judiciaire sont bafouées, les prisons sont pleines à craquer.

Grâce aux largages alliés, la Résistance est bien armée et met largement à profit cette aide bienvenue. Katja sait qui dirige la milice de Rotterdam, désormais : Rien van der Stoep, un vieil ami de Thijs. Elle l'a aperçu début septembre avec les autres membres du mouvement, le jour où on croyait la guerre terminée. Le soir, elle prie pour que ses frères, Daniel et tous les hommes de la Résistance soient sains et saufs.

Dès le début de l'hiver, l'Église a organisé l'évacuation des enfants hors des grandes villes. Les plus jeunes ont été envoyés dans le nord du pays, en Frise et dans la région de Groningue, où les pénuries de nourriture sont moins dures. Plusieurs fois, Katja s'est elle aussi vu proposer de faire héberger Lieke et Bas dans une ferme au nord, mais elle a toujours refusé. Lieke pourrait partir, mais elle n'a jamais pu se faire à l'idée de se séparer de sa petite sœur. Grâce à la soupe populaire et aux suppléments que Max continue de leur faire parvenir, ils arrivent à s'en tirer.

À deux ans et demi, Bas devrait être un petit garçon débordant de vie. Au lieu de cela, il traîne toute la journée près du poêle ou dort dans son lit, sous plusieurs couches de couvertures et de manteaux. Katja ne connaît pas la taille moyenne des enfants de cet âge, mais inutile d'être un expert pour se rendre compte que ce petit garçon famélique souffre d'un retard de croissance. Sa détresse est pour Katja plus difficile à endurer que la sienne propre ; elle ose à peine regarder ses jambes d'une maigreur squelettique. Quant à Elsa, elle pleure presque en permanence, tandis que Lieke n'a littéralement plus que la peau sur les os. Son état devient si préoccupant que Katja se résout à la faire partir avec un prochain convoi vers le nord. En revanche, elle ne veut pas risquer de faire de même avec Bas, en raison de ses origines, et Jet refuse d'être éloignée de sa fille.

Katja n'est pas préparée à la réaction de sa petite sœur lorsqu'elle se décide, un soir, à lui faire part de sa décision.

« Pourquoi je dois partir toute seule ? Je veux rester avec vous ! S'il te plaît, Kat, ne m'envoie pas là-bas…

— Fais-moi confiance, ma chérie, tu y seras mieux. Au moins, tu pourras manger à ta faim ! Et tu t'amuseras bien dans cette ferme… Ce n'est pas pour longtemps, la guerre touche à sa fin.

— Justement, je préfère attendre ici avec vous. »

Katja secoue la tête en signe de refus et Lieke éclate en sanglots sur le sofa. La jeune femme adresse un regard désemparé à Jet et Chiel.

« Tu ne pourrais pas demander de l'aide à Max ? suggère Jet d'une voix faible. Évidemment, il ne sait pas que Chiel vit avec nous et que ce qu'il envoie si gentiment ne suffit pas…

— S'il avait plus de nourriture, je ne doute pas qu'il nous l'enverrait.

— Il a forcément plus ! intervient Chiel. As-tu croisé un seul Allemand amaigri ? Il ne faut pas s'inquiéter pour eux, tu sais. Si tu veux mon avis, il a trouvé un moyen de t'inciter à aller le voir…

— Je suis d'accord, renchérit Jet. Demande-lui, Kat. Si tu le fais, Lieke et Bas n'auront pas à partir… »

Katja pousse un long soupir, les yeux baissés.

« Très bien, dit-elle en se redressant. J'irai le voir demain matin. »

Il n'est pas encore 8 heures, le lendemain, quand elle enfourche son vélo. Elle n'est guère enchantée par ces retrouvailles forcées avec Max, mais elle n'a pas vraiment le choix.

Elle traverse la ville à bonne allure jusqu'au Coolsingel, où un attroupement l'oblige à s'arrêter. Partout, des militaires allemands tiennent leur fusil en joue. Ils somment les passants de rester où ils sont et intiment à Katja de descendre de vélo.

Anxieuse, elle observe les alentours pour essayer de comprendre la raison de cette agitation. En face du bureau de poste, dix hommes sont alignés contre le mur. Ils ne sont pas menottés et regardent fixement devant eux d'un air effrayé.

D'un coup de coude discret, Katja interpelle un individu qui se tient à côté d'elle :

« Vous savez ce qu'il se passe ? Que font ces hommes ici ?

— J'ai bien peur qu'ils ne soient sur le point d'être exécutés, madame.

— Mais pourquoi ? Qu'ont-ils fait ?

— Aucune idée. Il doit s'agir de représailles.

— Un Néerlandais membre de la Sicherheitspolizei a été liquidé hier, intervient une femme derrière eux. Comme ça, dans la rue, juste en face de la poste. »

Le peloton d'exécution se trouve à présent à quelques

mètres de la rangée de condamnés. Katja tourne la tête à gauche, puis à droite, mais elle ne peut s'échapper. Les passants que le hasard a conduits là sont contraints d'assister à la mise à mort. Un peu plus loin, Katja avise un petit groupe de membres du SD en vestes de cuir. Elle reconnaît parmi eux l'*Obersturmführer* Herbert Wölk. Les mains jointes dans le dos, le menton légèrement relevé, il observe la scène d'un air impassible.

« En joue ! » crie le commandant du peloton.

Les armes se lèvent dans un ensemble parfait, les soldats pointent le canon de leur arme vers les prisonniers, un œil fermé, pleinement concentrés.

« Feu ! »

Une salve de tirs déchire le silence. Les condamnés s'effondrent, à l'exception d'un seul qui reste debout, mais qu'un second tir vient rapidement achever.

Puis, sur ordre des soldats qui agitent leurs armes avec impatience, l'assistance est invitée, hébétée, à poursuivre sa route.

Sous le choc, Katja se remet à marcher, mécaniquement, tenant son vélo en main. Le flux la conduit malgré elle sur le lieu même de l'exécution où elle jette un regard furtif aux dix corps sans vie qui gisent sur le trottoir. Elle passe ensuite devant le petit groupe de membres du SD qui discute à l'angle de la rue. Wölk est apparemment déjà parti, mais parmi ceux qui restent, elle aperçoit Max. Elle ne l'avait pas reconnu, vêtu de cette veste de cuir et coiffé de la casquette frappée d'un insigne à tête de mort.

Elle reste clouée sur place. Il l'a vue, lui aussi. Derrière elle, on pousse pour qu'elle avance… Elle fait quelques pas et, quand elle arrive à hauteur de l'officier, elle marque un nouveau temps d'arrêt. Ils se regardent fixement, intensément, mais aucun n'ouvre la bouche.

La jeune femme baisse finalement la tête et s'apprête à avancer, mais Max lève légèrement le bras.

« Katja ? » glisse-t-il doucement.

Elle lève les yeux, lit la question tacite dans les siens, secoue la tête, presque imperceptiblement. Autour d'elle, la foule s'est éclaircie. Elle se met alors à courir, aussi vite qu'elle le peut.

40

Le pire, c'est l'habitude qui s'installe, la conscience qu'après un temps, on finit par s'accoutumer à tout, à banaliser l'horreur : la famine, les exécutions, une ville que la vie abandonne peu à peu. Autant de constats qui choquaient Katja au plus profond d'elle-même il y a tout juste un an et qu'elle fait aujourd'hui avec un certain détachement.

Cette espèce d'indifférence résulte aussi de la faim qui endort l'esprit, émousse le monde, en estompe les contours. On ne peut pas se permettre de s'attarder sur le malheur des autres lorsque sa propre souffrance prend toute la place.

De nouveau, le 12 mars, vingt hommes sont abattus en guise de représailles sur la Hofplein dans le quartier de Kralingen, puis encore vingt autres sur la Pleinweg dans le quartier Zuid. Début avril, une nouvelle exécution fait autant de victimes, toujours à Kralingen, à hauteur de Beneden-Oostzeedijk : certaines ont à peine dix-huit ans. Tout comme lors des précédentes mises à mort, les corps sans vie sont laissés sur place toute la journée afin de servir d'exemple dissuasif pour la population.

La ville est de plus en plus calme. Pour économiser leurs forces, les gens demeurent chez eux, au lit. Il n'y a que l'aller-retour quotidien à la soupe populaire qui maintient un semblant de vie dans les rues ; le reste du temps, elles sont désertes.

Lorsqu'elle sort, Katja ne prête même plus attention aux personnes qui s'effondrent ou gisent déjà sur les trottoirs. Elle ne peut pas les aider. Ses proches sont les seuls êtres dont elle doit se soucier, elle n'a pas les moyens de partager le peu de nourriture que Max continue de lui envoyer chaque semaine.

Ce jour-là, sur le chemin du retour, son bol de soupe claire entre les mains, elle rencontre Dina, qui vient en sens inverse. Ses quatre enfants sont partis avec les convois humanitaires en février et se trouvent actuellement quelque part en Frise, au nord du pays.

« Ils me manquent tellement, confie-t-elle, livide. Je pense constamment à eux, je me demande ce qu'ils font, comment ils vont…

— Mieux que s'ils étaient restés ici, sans aucun doute.

— Oui, c'est ce que je m'efforce de me dire pour me donner du courage. Pourquoi Lieke et Bas sont-ils encore chez toi ? Comment les nourris-tu ? Ils sont maigres, mais pas autant que les filles quand elles ont quitté la ville.

— Je ne sais pas trop, on arrive tout juste à s'en tirer. »

Les deux femmes s'observent en silence.

« Tant mieux pour vous, conclut Dina. C'est horrible de devoir envoyer ses enfants chez des inconnus.

— Oui… murmure Katja, le regard fuyant, de plus en plus mal à l'aise.

— C'est grâce à ces colis qui sont livrés de temps en temps chez vous ? »

« Inutile de tourner autour du pot », se dit Katja. Elle n'en a de toute façon plus la force. Elle acquiesce :

« Faisons un bout de chemin ensemble, Dina. On peut peut-être s'entraider. »

Début avril, la milice de Rotterdam se lance à l'assaut d'un bâtiment du SD, sur l'Oudorpweg, dans le quartier de Kralingen. Son objectif est de récupérer une liste de noms, ceux de membres de la Résistance en passe d'être arrêtés. Le lendemain de l'opération, le bruit court que l'attaque a échoué – sans doute à cause d'une trahison –, et que le chef de la *Knokploeg*, Rien van de Stoep, a été mortellement touché par une balle à la nuque. Il avait vingt-sept ans.

La nouvelle bouleverse Katja, qui passe la soirée à regarder à travers les interstices du papier qui occulte les fenêtres ; en sondant l'obscurité sans profondeur de la nuit, elle pense à ses frères et à son mari, tandis que des bombardiers traversent le ciel dans un grondement sourd.

Le nord et l'ouest des Pays-Bas sont encore et toujours sous l'emprise des Allemands. Les Alliés ne réussissent une percée que fin mars : ils parviennent alors à se rendre maîtres d'un pont près de Remagen, en Allemagne, ouvrant la voie à leurs armées. Pendant ce temps, les troupes canadiennes franchissent la frontière néerlandaise et libèrent l'est, puis le nord au prix de violents affrontements.

À l'ouest, les Canadiens sont attendus désespérément. Il n'y a plus la moindre nourriture, les soupes populaires n'offrent plus que de l'eau salée et des morceaux de pain moisis. Le 28 avril, quand Katja arrive au rendez-vous habituel, pour la première fois elle n'y voit pas de file d'attente. Elle comprend immédiatement : il n'y a plus rien à manger.

À la fin du mois, des bruits circulent, selon lesquels les Britanniques largueront des vivres sur la partie occidentale des Pays-Bas. Sachant que le coup de grâce peut survenir à tout moment, Seyss-Inquart aurait donné son autorisation sous la pression des troupes alliées qui l'encerclent entièrement. Radio Oranje et la BBC confirment les rumeurs : des colis de nourriture seront lâchés au-dessus de la Hollande occupée dans les jours qui viennent.

Tous les yeux sont fixés sur l'azur printanier, mais seules les volées d'oiseaux migrateurs qui remontent du sud biffent le ciel. Chaque jour qui passe est une loterie de vie ou de mort.

Le dimanche 29 avril, la BBC apporte enfin le message tellement espéré : ils arrivent ! La nouvelle fait le tour de la ville. Celles et ceux qui en ont encore la force sortent du lit, les rues se remplissent, certains grimpent sur les toits. Pendant plus d'une heure, Rotterdam bourdonne d'excitation, puis la nervosité s'installe. Combien de fois n'a-t-on pas servi d'illusoires promesses ? Ne vont-ils pas une fois de plus attendre en vain ?

Mais, au loin, le vrombissement des moteurs d'avion se fait entendre, d'abord à peine perceptible, puis de plus en plus net. Des dizaines de bombardiers Lancaster font alors leur apparition dans le ciel, dans un bruit de tonnerre.

Une acclamation folle et sauvage déferle sur la ville comme une vague géante. Les bras en l'air, les Rotterdamois accueillent les Anglais, agitant des draps depuis les toits des maisons. On pleure, on crie, on danse, on enlace des inconnus, on fixe le ciel, stupéfait, on n'en croit pas ses yeux.

Chiel est lui aussi debout sur le toit, la tête dissimulée

dans un foulard – précaution inutile, car l'attention de tous se porte sur les avions. Et puis, il n'y a aucun Allemand à l'horizon !

Katja le rejoint par une fenêtre du grenier. Un Lancaster passe au-dessus d'elle dans un vacarme tonitruant, si bas qu'elle aperçoit même le pilote ; elle lui fait signe, les larmes aux yeux, il lui répond.

Katja et Chiel se regardent, leurs visages enfin éclairés d'un sourire. En bas, sur le trottoir, Jet porte Elsa dans un bras et les salue de l'autre.

« On devrait redescendre, suggère Chiel. Il ne faudrait pas passer à côté de notre part. »

À la hâte, ils se faufilent par la lucarne, puis dévalent l'escalier. Ils ne sont pas les seuls, en effet, à se ruer sur la zone de largage, à hauteur de l'aérodrome de Waalhaven. De nombreux colis tombent aussi dans les alentours, parfois même dans les quartiers résidentiels.

En chemin, Katja et Chiel entendent dire que les abords de Waalhaven ont été bouclés afin de permettre l'organisation d'un partage équitable des denrées alimentaires. Ils croisent effectivement plusieurs groupes qui reviennent des lieux les mains vides ; ils décident donc de ne pas gaspiller leur énergie et font demi-tour. La nourriture est là, se rassurent-ils, elle sera distribuée rapidement.

Dans les jours qui suivent, d'autres largages de nourriture sont effectués ailleurs en ville et en périphérie. Certains colis atterrissent dans des mines terrestres, dans des champs, ou se perdent en tombant dans des étangs ou dans la Rotte. D'autres finissent en pleine forêt, coincés dans les arbres. Chiel en déniche un, qu'il rapporte à la maison comme un trophée. C'est une sorte de grande boîte de conserve en métal dont, tous ensemble, ils découvrent fébrilement le contenu avec émerveillement : beurre, fromage, viande séchée, purée de pommes de terre en poudre, chocolat, thé, café, sucre, sel. C'est littéralement un cadeau du ciel.

Ils doivent se retenir pour ne pas tout engloutir d'un coup. Ils ont entendu parler de plusieurs cas de personnes affamées qui ont avalé trop vite les denrées d'un colis égaré et qui en sont mortes ; leur estomac ne supportait plus une telle quantité de nourriture.

Si les généreux parachutages de l'Angleterre ne mettent pas un terme à la pénurie, ils contribuent néanmoins à sauver la vie de nombreux Rotterdamois.

Chaque jour se confirme la fin imminente de l'Allemagne nazie. Une information prétend même que Hitler serait mort – ou du moins mourant –, qu'il aurait eu une hémorragie cérébrale après une lutte intense dans son bunker à Berlin. Bien que non officielle, la nouvelle provoque de nouvelles scènes de liesse populaire, jusque tard après le couvre-feu.

Katja demeure quant à elle prudente : ce jour de septembre où ils ont tous cru avoir été libérés est bien frais dans sa mémoire. Bien sûr, il est difficile d'ignorer l'effervescence qui règne en ville. Katja a aussi envie de se réjouir et d'espérer, mais elle reste chez elle.

Pour leur part, Jet, Chiel et Lieke n'hésitent pas à sortir. Encore très affaiblie, Jet se contente de l'Oudedijk ; son mari n'ose pas non plus s'aventurer beaucoup plus loin. Tant que la capitulation n'est pas officielle, les Allemands sont toujours aux commandes.

« Ils ne m'enverront sans doute plus en Allemagne, mais rien ne les empêche de m'exécuter. »

Tout le monde attend l'évolution avec espoir.

« La guerre est terminée, maintenant ? demande Lieke avant d'aller se coucher.

— Je ne sais pas, ma chérie, répond Katja, qui n'est elle-même plus qu'une boule de nerfs et d'impatience. Presque, j'espère !

— Alors pourquoi les Allemands sont toujours là ?

— Parce que les Canadiens ne sont pas encore arrivés. Nous devrions en savoir plus demain. »

Cette nuit-là, Katja ne trouve pas le sommeil. Ses pensées se bousculent dans sa tête, telles des étincelles électriques. Si seulement cela pouvait être vrai ! Après cinq années de cauchemar, elle peine à imaginer la liberté, mais au moins elle sait que Daniel, Hein et Thijs reviendront. Esther et Victor aussi, espère-t-elle, même si quelque part elle craint le pire.

Quoi qu'il en soit, elle retrouvera bientôt sa vie d'avant. Elle a tenu si longtemps que maintenant, alors que le dénouement semble imminent, chaque heure d'attente est une heure de trop.

Elle finit par s'endormir, pour être réveillée en sursaut par les premières lueurs de l'aube et une clameur dans la rue.

Katja saute du lit et court jeter un coup d'œil par la fenêtre. Des groupes de personnes se tiennent sur le trottoir ; un jeune garçon chevauche un vélo à roues de bois en criant : « Il est mort ! Cette sale crapule est morte ! »

Elle s'habille en hâte et réveille Bas. Les portes des autres chambres s'ouvrent l'une après l'autre ; Jet émerge dans l'encadrement, ses cheveux noirs en bataille.

« Qu'est-ce qu'il se passe ? » demande-t-elle d'une voix ensommeillée.

Lieke se précipite également sur le palier, en chemise de nuit.

« On est libres ? »

Pendant un instant, la confusion règne à l'étage, nul ne sait exactement à quoi s'en tenir.

Chiel dévale alors l'escalier, sort la radio de sa cachette et l'allume, juste à temps pour entendre l'incroyable nouvelle : Hitler s'est suicidé.

Dans une embrassade générale, ils laissent exploser leur joie.

« Maintenant, c'est vraiment fini ! crie Katja. Il ne peut plus en être autrement. »

41

La nouvelle de la mort de Hitler galvanise tout Rotterdam. Le 4 mai, la capitulation de l'Allemagne est annoncée. Par l'entremise des foyers qui ont toujours de l'électricité – principalement ceux des membres du NSB –, l'information se propage à une vitesse folle. Quelques minutes après la confirmation officielle de la fin de la guerre par la BBC, une clameur sans précédent s'élève dans l'Oudedijk et dans les rues environnantes. Partout, les gens sortent de leurs maisons, en pleurs.

Katja s'arrache aux bras de Jet et de Chiel, pour se précipiter à l'étage prévenir Lieke, qui vient de monter se coucher. Encore habillée, elle se plante dans l'encadrement de la porte, et fixe sur sa grande sœur un regard étincelant.

« On est libres ?

— Oui ! » crie Katja en la serrant contre elle.

Tandis que Lieke redescend en courant, Katja s'occupe de lever Bas : le vacarme de la rue l'a réveillé, il ne comprend pas ce qu'il se passe et se met à pleurer.

À l'extérieur, une excitation délirante s'est emparée des habitants. En moins de quinze minutes, une véritable fête populaire s'est organisée. Bras dessus, bras dessous, en longues chaînes, les gens dansent et chantent dans toutes les rues du quartier. Fanions, banderoles, vêtements, étendards : la couleur orange est partout. On distribue des drapeaux, on enroule des guirlandes autour du cou de ceux qui n'arborent pas de signe de ralliement.

Chiel court à la maison pour en revenir avec les bras chargés des rideaux et du papier qui occultaient leurs fenêtres. En un geste, il en fait un bûcher au milieu de la chaussée. Dans toute la ville, d'autres feux de joie jaillissent. Panneaux routiers en allemand, portraits de Hitler, avis officiels, tout part en fumée. Comme cinq ans plus tôt, Rotterdam brûle, mais cette fois, c'est d'allégresse.

D'abord, les Allemands se tiennent cois. Mais lorsque les festivités prennent de l'ampleur et qu'ils se sentent menacés, les officiers toujours en poste descendent dans les rues et ouvrent le feu à l'aveugle sur les fêtards. Une voiture SS traverse l'Oudedijk en trombe et renverse tout tel un véhicule-bélier, tandis que du côté passager, un soldat tire par la fenêtre sur tout ce qui bouge.

Dès qu'elle entend les premiers cris de détresse, Katja attrape Lieke par le poignet, cale Bas dans son bras et court à la maison. Jet est déjà à l'intérieur, toute l'agitation était trop forte pour Elsa. Un quart d'heure plus tard, Chiel les rejoint enfin.

« Deux fillettes de dix ans ont été tuées, annonce-t-il d'une voix grave. Et il y a énormément de blessés. »

La fête est gâchée, les rues se vident. Quelques feux de joie encore fumants et des décorations orange abandonnées sur la route sont bientôt les seuls vestiges des scènes de liesse qui se sont déroulées l'instant d'avant.

« Mais… la guerre n'était pas terminée ? » demande Lieke avec naïveté.

Katja elle-même n'y comprend rien. L'Allemagne a capitulé, la guerre est bel et bien finie, mais les forces d'occupation sillonnent toujours les rues, et il n'y a aucun Allié en vue. Le 5 mai passe, puis le 6 : on ne constate rien de nouveau. Le seul changement réside dans l'apparition des hommes des Binnenlandse Strijdkrachten (BS), les Forces armées de l'intérieur. Des résistants armés eux aussi sortent de leurs cachettes pour patrouiller dans la rue, à la vue de tous. Les Allemands les tolèrent, les deux camps s'évitent autant que possible.

Dans l'après-midi du 7 mai, Katja se rend sur le Heemraadssingel. Toute la ville, une fois de plus, est dans l'expectative : le matin même, la radio a annoncé que les Alliés seraient là dans la journée. Depuis, les habitants espèrent leur arrivée avec impatience. Le Coolsingel est noir de monde, des drapeaux ont été hissés et accrochés partout où ils pouvaient l'être, des fleurs déposées aux points où ont eu lieu les dernières exécutions.

Pour éviter la foule, Katja fait un détour. Sur le Heemraadssingel, elle aperçoit des voitures et des attelages chargés de divers objets en stationnement devant les bâtiments du SD. Cachée derrière un arbre, elle observe de loin, elle-même un peu perdue quant à ses intentions. Qu'elle se soit spontanément dissimulée aux regards signifie bien qu'elle ne veut pas que Max la voie. Ou peut-être que si, elle n'en sait rien. Elle laisse faire le destin.

Elle tressaille lorsqu'il apparaît sur le trottoir, vêtu de son uniforme et chargé d'un sac sur l'épaule, qu'il jette dans une voiture. Avant de retourner à l'intérieur, il balaie les alentours des yeux, comme s'il sentait la présence toute proche de Katja.

La jeune femme retient son souffle. Il reste quelques

secondes sur place, immobile, puis on l'appelle, et il rentre dans le bâtiment. Va-t-elle attendre qu'il ressorte ? Non. Pourquoi rendre les choses plus difficiles qu'elles ne le sont déjà ? Elle l'a vu une dernière fois, c'est suffisant.

Où qu'elle aille, l'effervescence règne. Les Rotterdamois déambulent dans les rues, habillés en orange parfois de la tête aux pieds. Katja se rend compte que l'atmosphère n'est pas partout aussi festive. Sur l'avenue Mathenesserlaan, un attroupement s'est formé autour d'une femme. Certains crient, le visage tordu par une expression impitoyable, d'autres rient à gorge déployée. La scène a quelque chose de gênant, de pesant. Katja, debout sur les pédales de son vélo, constate alors que la femme en question, qui paraît encore plus jeune qu'elle, est en train de se faire tondre les cheveux de force. Tête baissée, elle semble résignée à accepter le traitement qu'on lui inflige et les insultes qu'on lui assène. À ce moment-là, Katja entend « sale pute de boche » et, saisissant la raison de ce châtiment, prend peur. Dans la seconde, elle tourne le dos à la foule et file au plus vite. Quelques rues plus loin, alors qu'elle se sent enfin en sécurité, elle tombe sur un autre groupe qui pousse brutalement une fille rasée sur une charrette. Une croix gammée a été peinte sur son crâne.

Penchée sur son guidon, Katja pédale de toutes ses forces en direction de chez elle. Son cœur cogne dans sa poitrine et la sueur coule dans son dos. Arrivée à l'Oudedijk, elle lève les yeux vers sa maison avec anxiété, mais rien ne l'alerte. Elle se précipite à l'intérieur et sans prendre le temps d'enlever sa veste court à la cuisine. Jet donne le sein à Elsa.

« Ils sont venus ici ? demande Katja, hors d'haleine.

— Qui ? Que se passe-t-il ?

— Apparemment, les filles qui ont fréquenté des soldats allemands se font raser la tête. On leur dessine des croix gammées sur le crâne et on leur fait faire le tour de la ville, attachées sur des charrettes, explique Katja en se laissant tomber sur une chaise, décomposée.

— Quoi ? Mais c'est horrible ! »

Occupée à dessiner sur la table avec Bas, Lieke lève la tête.

« Pourquoi ils font ça ? »

Chiel, qui a lui aussi entendu la conversation, les rejoint dans la cuisine.

« Si quelqu'un a l'audace d'entrer ici, tu peux compter sur moi pour lui faire sa fête et le mettre dehors plus vite qu'il n'est entré.

— Ils sont plusieurs, Chiel ! Toute une bande… rétorque sa belle-sœur.

— Peu importe… Qu'ils essaient seulement, et ils auront affaire à moi ! »

La détermination dans sa voix incite Katja à le croire. Et lorsqu'il monte à l'étage et redescend muni d'une carabine, elle est complètement convaincue.

« D'où sors-tu ça ? s'enquiert-elle, surprise.

— Je l'ai trouvée au grenier, avec des munitions et plein de trucs », explique Chiel tout en inspectant calmement l'arme.

À ce moment, une clameur s'élève dehors, tout près. Tous sursautent ; Katja s'avance vers la fenêtre, puis se retourne, livide.

« Ils sont là, ils arrivent ! » crie-t-elle, prise de panique.

Jet écarte Elsa de son sein, se lève et réajuste sa blouse. La petite fille se met à pleurer, mais personne n'y prête attention.

« Reculez tous, laissez-moi faire ! » ordonne Chiel en armant sa carabine.

Katja saisit Bas par la main et court dans la cuisine, où elle ouvre un tiroir pour en sortir un couteau. Lieke fixe le fusil avec effroi.

Le groupe est tout proche maintenant. L'espace d'un court instant, tous espèrent qu'ils vont passer leur chemin, mais ce n'est pas le cas : munis de bâtons, les manifestants s'engagent dans l'allée en vociférant, se postent sur le perron et frappent plusieurs fois du poing contre la porte d'entrée.

« Ouvrez ! Dehors, les putains ! »

Bas et Lieke commencent à pleurer, eux aussi, et Jet devient blanche comme un linge.

Une pierre fait voler en éclats l'une des vitres du salon, puis une deuxième, puis une troisième. Des bottes tentent d'enfoncer la porte à grands coups, jusqu'à ce qu'elle cède. Elles entendent Chiel insulter les agresseurs, puis la porte cède et s'écrase au sol avec fracas.

« Restez ici ! » lance Katja en avançant vers l'entrée.

Elle n'entend pas abandonner Chiel dans ce chaos. Mais lorsqu'elle arrive à l'entrée du couloir, elle constate que son beau-frère se débrouille très bien seul, et elle marque un temps d'arrêt. Pas question de jeter de l'huile sur le feu. De sa carabine pointée, Chiel tient en joue les trois hommes qui se trouvent sur le pas de la porte et le petit groupe qui les suit.

« Fichez le camp ! Ces filles n'ont rien fait de mal !

— Ce sont des putes ! Surtout la plus vieille ! Tout le monde le sait.

— Si tu parles de ma belle-sœur, elle s'est rapprochée d'un gradé pour lui soutirer des renseignements. Ses frères sont dans la Résistance. Vous vous trompez de cible, les gars !

— Une espionne de la Résistance ? Mon cul, oui !

— De toute façon, on vient aussi pour toi, mec ! Tu n'es qu'un sale collaborateur du NSB ! ajoute quelqu'un derrière.

— Mes parents étaient membres du parti, mais pas moi ! Le premier qui fait encore un pas, je lui troue la peau ! »

D'autres projectiles atterrissent dans la maison. Katja reste derrière la porte du salon pour se protéger des éclats de verre et surveille anxieusement les vitres cassées, de peur que quelqu'un n'essaie d'entrer par là. Heureusement, personne ne semble en avoir l'intention : il y a trop de bris de verre qui dépassent des cadres des fenêtres. En fait, la plupart des émeutiers sont surtout des curieux qui suivent le déroulement de l'altercation sans envisager d'y jouer un rôle.

Katja s'interroge : la situation paraît dans une impasse, Chiel armé de sa carabine d'un côté, une foule de haineux indécis de l'autre. Quelle sera l'issue ?

Soudain, des voix plus familières se mêlent au tumulte, de plus en plus claires jusqu'à ce qu'elles arrivent à la porte d'entrée. Soulagée, Katja reconnaît celle de son voisin, Ernst.

« Écoutez-moi, mes amis ! Je sais que vous êtes en colère, et c'est légitime. Les membres du NSB et les filles qui ont fricoté avec les Allemands doivent rendre des comptes, je suis bien d'accord. Mais ici, vous faites fausse route. Vous savez quand même tous que les garçons de cette famille étaient actifs – et bien actifs – dans la Résistance, non ? Croyez-vous vraiment qu'ils auraient toléré que leurs sœurs fraternisent avec l'ennemi ? Chiel a raison : Katja s'est rapprochée d'un gradé pour recueillir des renseignements utiles à la milice de Rotterdam. »

Les assaillants ne se laissent pas convaincre si facilement. Des objections sont formulées, de nouvelles insultes proférées.

Un deuxième soutien se manifeste : Dina, dont la voix haut perchée s'élève au-dessus des autres.

« Ce ne sont pas des collaborateurs ! Ils hébergent même un enfant juif depuis trois ans ! »

L'argument fait son effet, les vociférations baissent d'un ton, la bande semble peser le pour et le contre.

« Va chercher Bas », suggère Chiel à Katja.

Tout en elle s'oppose à mêler un enfant de moins de trois ans à ces excités, mais elle comprend vite qu'elle n'a pas le choix. Elle prend Bas dans ses bras et apparaît dans le couloir.

À la vue de ce petit bonhomme effrayé qui s'agrippe de toutes ses forces au cou de la jeune femme, le groupe hésite nettement. Pour une fois, Katja ne se plaint pas des traits typés de Bas. Ils la mettaient en danger hier, ils peuvent la sauver aujourd'hui.

Les hommes discutent encore un moment, lancent de multiples coups d'œil à l'enfant, puis le chef des émeutiers fait un signe de tête pour signifier qu'ils s'en vont. La foule le suit, en quête d'autres victimes.

Chiel se tient immobile dans le couloir, le canon de sa carabine toujours levé vers l'entrée. Derrière lui, Katja laisse glisser Bas au sol et s'appuie sur l'encadrement de la porte pour ne pas s'effondrer.

42

Le 8 mai apporte ce que tout le monde attendait depuis si longtemps. Katja se lève à 8 heures et demie, jette un œil par la fenêtre de sa chambre et aperçoit des jeeps dans l'Oudedijk. Elle regarde en retenant son souffle, il lui faut quelques secondes pour comprendre, avant qu'elle ne se précipite sur le palier pour alerter les autres.

Peu de temps après, tous sont habillés devant la maison. La foule rassemblée dans les rues salue joyeusement les soldats canadiens qui, rayonnants, leur font signe en retour. La troupe forme un cortège interminable qui défile d'un pas vif.

« Enfin ! Maintenant, nous sommes vraiment libérés », déclare Katja à Lieke qui observe la scène, le visage radieux.

Une voiture s'arrête, quelques militaires en descendent et distribuent du chocolat aux badauds. Un jeune soldat s'accroupit à hauteur de Bas et prononce quelques mots en anglais. Timide, le petit garçon se presse contre la jambe de Katja. L'homme en uniforme lui tend un morceau de chocolat, que l'enfant, après quelques hésitations, finit tout de même par saisir. Moins farouche, Lieke accepte sa part.

« Merci, monsieur ! » dit-elle d'un air enjoué.

Le soldat rit, ébouriffe ses cheveux blonds, puis poursuit sa route.

Les jeeps continuent leur ballet toute la matinée, mais le véritable défilé ne commence que l'après-midi. En une longue procession de chars et d'engins militaires acclamée par les Rotterdamois, les soldats canadiens font leur entrée dans la ville. Plus les tanks approchent du centre-ville, plus la foule est dense. Katja et le reste de la famille se joignent aux masses qui convergent vers le Coolsingel. Chiel perche Bas sur ses épaules, Jet porte Elsa dans ses bras, et Katja tient fermement Lieke par la main.

La file de véhicules semble sans fin, tous sont décorés de fleurs et de drapeaux, les soldats rient et saluent la foule avec enthousiasme. Dans une clameur assourdissante, les Rotterdamois dansent en pleine rue, devant les chenilles des chars qui ne peuvent plus avancer. Les gens grimpent sur les blindés, serrent les Canadiens dans leurs bras, les font sortir de leurs véhicules pour les porter en triomphe sur leurs épaules ou à bout de bras. Les soldats n'en croient pas leurs yeux : la plupart ne sont encore que des gamins d'une vingtaine d'années qui ne s'attendaient absolument pas à un tel déferlement. Ébahis, ils se laissent soulever par la foule, serrent des mains et renvoient des sourires à ces visages hilares. Lorsqu'ils réussissent à regagner leurs véhicules, ils les trouvent occupés par une telle multitude d'enfants qu'ils arrivent à peine à se trouver une place. Le cortège avance tant bien que mal de quelques mètres avant d'être de nouveau arrêté, et le spectacle recommence. Quelqu'un entonne le *Wilhelmus*, et bientôt, ce sont des milliers de personnes qui chantent en chœur l'hymne national des Pays-Bas.

Katja, parcourue de frissons, sent les larmes couler

sur ses joues. La vue des libérateurs, tous ces drapeaux rouge, blanc et bleu, la marée de décorations orange qui a envahi la ville l'émeuvent plus qu'elle ne peut le supporter. Elle pleure aussi pour ses parents, pour Joep et Ellie, qui lui manquent plus que jamais en ce jour de fête, pour Daniel, Esther et Victor, pour ses frères. Elle aperçoit Roza, la petite amie de Thijs, qui est restée cachée avec sa famille pendant si longtemps. Elles se font signe de loin, et Katja retrouve le sourire.

Un soldat lui adresse un clin d'œil et lui lance un paquet de chewing-gums qu'elle attrape au vol, un autre l'invite d'un geste à s'installer dans sa jeep.

Elle aimerait se laisser aller, s'abandonner pleinement à la fête, monter sur les voitures et embrasser les soldats, comme le font tant de filles. Mais c'est malcommode avec Lieke à la main, et, surtout, à vingt-six ans, elle se sent épuisée, tellement plus vieille que ces jeunes filles pétulantes.

Bien des gens peinent à rester maîtres de leurs émotions, on le lit dans les regards, mais ils sourient tous, malgré les corps amaigris qui tanguent sur des jambes squelettiques, malgré les visages marqués par les tragédies vécues de ces dernières années. En ce jour si spécial, ils n'ont qu'une envie : oublier, ne serait-ce qu'un instant, les malheurs endurés.

La fête dure une semaine entière, puis la ville retrouve doucement son calme. Le bourgmestre Oud dépose des couronnes de souvenir sur le Coolsingel, la Hofplein, la Pleinweg et la Beneden-Oostzeedijk, lieux des fusillades. La lutte et les actions de Samuel Esmeijer et Rien van der Stoep sont également commémorées.

Les drapeaux rangés, les décorations remisées, la vie normale n'a pas encore vraiment repris. Au lieu des SS, ce sont désormais les soldats alliés qui arpentent les rues. Ils établissent leurs camps sur le Heemraadssingel et la Mathenesserlaan, il n'y a plus une bande de terre où une tente militaire n'ait été plantée.

Dans l'intervalle, les Forces armées de l'intérieur enchaînent les arrestations des membres du NSB et autres collaborateurs, qui sont écroués et mis au travail forcé. Par petits groupes, transpirant à grosses gouttes sous le soleil de mai, ils aident à la construction d'un aérodrome sur la Gordelweg, où ils creusent sans relâche et poussent des brouettes de sable. Tous les jours, des Rotterdamois viennent sur les lieux les observer au travail, non sans une certaine satisfaction. Les femmes arrachent les mauvaises herbes le long des routes, où elles sont raillées et conspuées à longueur de journées.

Pour sa part, Katja évite le quartier. De loin, elle a un jour aperçu son beau-père à la tâche, et, remplie de honte, elle a passé son chemin. De tout cœur, elle espère ne pas tomber sur Barbara en train de désherber. Ils ont probablement mérité leur punition, mais les voir ainsi humiliés lui fait mal au cœur.

Comme tant d'autres, ses journées sont rythmées par l'attente. Le rapatriement des trois cent mille hommes embauchés en Allemagne et des prisonniers internés dans les camps se révèle très laborieux. Les Pays-Bas sont dans un triste état. Non seulement Rotterdam, mais aussi Arnhem, Nimègue et bien d'autres villes sont en ruine.

Un nombre incalculable de ponts et de routes sont endommagés, la majorité des voies de chemin de fer sont inutilisables, seules quelques liaisons sont encore en service. Les premiers rapatriés regagnent leur foyer par leurs propres moyens, à pied ou en auto-stop. Ils ramènent des récits effroyables sur ce qu'ils ont vu et vécu en Allemagne : des meurtres de masse dans les camps, des chambres à gaz, des montagnes de cadavres, des fours crématoires.

Katja tente d'éviter autant que possible de tels récits, mais à mesure que les malheureux reviennent, les témoignages qui se multiplient la poursuivent et la hantent. Elle ferait tout pour que Daniel et ses frères soient de retour, de même que Victor et Esther, même si elle a un peu moins d'espoir pour eux.

Tous les jours, elle se rend à vélo jusqu'à la gare de Delftsche Poort, pour guetter l'arrivée des trains. Elle scrute chacun des passagers qui en descendent et consulte les listes des voyageurs. Une semaine passe, puis deux, puis trois, et insidieusement, le doute s'installe.

Les rapatriés font peine à voir. Beaucoup n'ont plus de cheveux, il ne leur reste que la peau sur les os, ils sont couverts d'ulcères et d'ecchymoses. Certains s'effondrent sur le quai, d'autres, l'air hébété, semblent ignorer où ils se trouvent. Parmi les revenants, on compte très peu de Juifs. La plupart sont seuls, parfois ils sont deux ; le retour d'une famille au complet est extrêmement rare.

Katja scrute leurs visages cadavériques et se demande sincèrement si elle reconnaîtra sa famille et celle d'Esther quand elles arriveront. Elle s'interroge aussi sur la suite. Évidemment, si Esther et Victor reviennent, elle les hébergera chez elle, où Bas les attend – en théorie, il va sans dire, parce que en réalité il ne les attend pas du tout. Dans son esprit, sa place est avec Katja. La seule distance qu'elle a pu maintenir dans leur relation consiste à ne pas le laisser l'appeler « maman », mais elle se rend compte à présent que c'est insuffisant. Aux yeux de l'enfant, elle est bel et bien sa mère, et après trois longues années pendant lesquelles elle s'en est occupée et l'a aimé, elle-même le considère comme son propre fils.

Alors qu'un nouveau train entre en gare et qu'elle se met à marcher le long des wagons en examinant comme toujours les passagers, elle ne sait plus trop ce qu'elle espère exactement.

En juin, les rapatriements connaissent un coup d'accélérateur. Les hommes qui avaient dû quitter la ville dans le cadre de l'*Arbeiseinsatz* l'hiver précédent reviennent enfin à Rotterdam, d'abord par la route, puis par le train et par bateaux entiers. Avant de pouvoir retourner chez eux, ils sont invités à se faire enregistrer dans la grande halle du zoo de Diergaarde Blijdorp. À cette nouvelle, tout Rotterdam se presse à la sortie de l'imposant édifice néobaroque, partagé entre espoir et appréhension. Katja se joint d'abord à la foule, mais après trois jours d'attente vaine, elle décide de rester à la maison. Elle se sent au bout du rouleau. Les nuits blanches, l'attente interminable, les émotions successives : elle est épuisée.

Le temps est magnifique. Katja effectue un maximum de tâches ménagères assise dans le jardin de devant, afin de garder un œil sur l'Oudedijk. Elle voit des garçons et des hommes rentrer chez eux, elle entend les cris de joie de leurs familles et, chaque fois, elle tressaille, autant de bonheur que de douleur.

Quelqu'un vient encore d'appeler. Machinalement elle lève les yeux. Dans son cœur, elle se protège à l'avance du sentiment ambivalent que lui vaudra le fait d'assister aux retrouvailles d'une autre famille que la sienne.

Deux garçons marchent lentement vers elle, dans la lumière du soleil. Ils ressemblent à des étrangers, et en même temps elle note quelque chose de familier dans leur démarche. Katja plisse les yeux. Elle sent se contracter un petit muscle au coin de sa bouche, mais son esprit lui interdit de sourire pleinement, comme s'il voulait lui éviter une énième déconvenue. Pourtant, quand ils crient son nom, elle reconnaît les garçons : ses deux frères !

Elle se laisse alors complètement aller et bondit de sa chaise qui se renverse tandis que le panier de pommes de terre qu'elle avait sur les genoux valse en l'air.

« Thijs ! Hein ! Les voilà ! Oh, mon Dieu, les voilà ! » hurle Katja, la voix cassée. Jet surgit de la maison et les deux filles courent sur l'Oudedijk se jeter dans les bras de leurs frères. Ensemble ils tournoient, ils rient, ils pleurent, se serrent le plus fort qu'ils le peuvent et, pendant de longues minutes, semblent ne plus pouvoir se lâcher.

43

Ils étaient à Kassel, une vieille ville au nord de l'Allemagne, où ils travaillaient chez Henschel Flugmotorenbau qui dirige une usine aéronautique. En raison du nombre d'entreprises importantes qui y ont leur siège, Kassel a été bombardée à de multiples reprises, un scénario que Katja redoutait justement. Thijs et Hein eux-mêmes semblent surpris d'être encore en vie.

Ils acceptent assez aisément que leur sœur se soit mariée en leur absence avec un ancien membre du NSB et qu'elle ait un enfant de lui. Ils ont sans doute enduré trop de tourments pour se formaliser aujourd'hui de ce genre d'événements. La relation avec Chiel est plutôt tiède au début, mais la présence d'Elsa les réjouit, et les choses s'améliorent peu à peu.

« Tu as des nouvelles de Roza ? demande Thijs en osant à peine regarder Katja, tant il appréhende sa réponse.

— Oui, je l'ai justement croisée le jour de la Libération. Apparemment elle va bien, comme ses parents et sa sœur.

— Vraiment ? Ah, Dieu merci ! s'exclame-t-il. Je vais aller la voir. Tu me permets ?

— Allez, file. Voilà si longtemps qu'elle t'attend, elle va être folle de joie !

— Et les garçons ? De la milice, je veux dire ?

— Je sais que Rien a été tué par balle lors d'une attaque, répond Katja. Il est mort à l'hôpital le jour même, un mois environ avant la Libération. Le bourgmestre Oud a organisé une cérémonie commémorative à sa mémoire.

— Pauvre gars… murmure Thijs, touché par cette funeste annonce. Et Sam ? »

Katja secoue la tête. Son frère baisse le regard, résigné. Sans doute mesure-t-il intérieurement la chance qu'il a d'être encore en vie. Il se tourne vers sa sœur.

« Et Daniel ? Tu as des nouvelles ?

— Aucune… » répond Katja d'une voix faible.

Hein enchaîne aussitôt avec le récit de leur vie à Kassel : les baraquements bondés et infestés de poux dans lesquels ils dormaient, la nourriture infecte, les journées de travail interminables, les bombardements et la peur de mourir qui les hantait en permanence. Katja essaie de lutter contre les images qui flottent dans son esprit, mais elle n'arrive pas à les chasser et elles s'incrustent, surtout la nuit, où elles envahissent son repos.

Après la joie de la Libération, le soulagement de savoir les Allemands partis et les célébrations festives, survient l'inévitable gueule de bois. La guerre a laissé des traces. Même les habitants qui n'ont pas perdu de proches doivent réapprendre à vivre, à réapprivoiser d'une certaine façon la normalité.

À l'ouest des Pays-Bas, la famine a coûté la vie à vingt mille personnes. Fin juin, l'approvisionnement en nourriture n'est toujours pas suffisant. Si les principales denrées comme le pain et les pommes de terre sont disponibles, tout reste encore soumis au régime des coupons alimentaires. Dans l'absolu, ce n'est pas plus mal, car la plupart des organismes – dénutris depuis si longtemps – ne sont capables d'absorber que de petites quantités ; la rééducation ne se fera pas du jour au lendemain.

Arrêtée en 1942, la reconstruction de Rotterdam a repris. Mais, à la grande déception de la majorité des habitants, la priorité est accordée au port plutôt qu'au centre-ville, qui a pourtant été littéralement rasé. La municipalité demeure inflexible malgré la colère de la population : avant tout, il faut relancer le commerce et l'activité économique. Les logements et les magasins viendront tout de suite après.

Ainsi s'écoulent les mois de juillet et d'août. Les quelques déportés qui ont survécu reviennent encore au compte-gouttes. Katja publie une annonce dans le journal afin d'obtenir des informations sur Daniel, mais aussi sur Esther et Victor. La presse est remplie de ce genre de communiqués. Fin août, sa stratégie finit par porter ses fruits : une dame lui écrit pour lui dire qu'elle a séjourné un temps au camp de Westerbork avec Esther, avant son transfert à Auschwitz.

Pendant la guerre, la BBC a régulièrement diffusé sur les camps de concentration des reportages et des analyses révélant que les Juifs n'y étaient pas envoyés pour travailler, mais pour y être gazés. Katja avait toujours cru que les nazis réservaient ce traitement aux vieillards et aux plus vulnérables impossibles à exploiter comme main-d'œuvre. Malgré son horreur, cette version lui permettait de garder espoir pour Esther et Victor. Aujourd'hui, alors que la vérité éclate au grand jour, elle ne se fait plus d'illusions. Il lui arrive de pleurer ses amis pendant des journées entières, au cours desquelles elle se torture l'esprit, rongée par les remords, se demandant si elle aurait pu faire autrement – en les hébergeant chez elle, par exemple.

Ses rêves sont peuplés d'images de son amie, joviale et croquant la vie à pleines dents, telle qu'elle l'a connue. Le réveil est chaque fois plus difficile.

Elle finit par se résoudre à solliciter des renseignements auprès de la Croix-Rouge. Là, elle s'entend confirmer qu'Esther et Victor sont tous les deux décédés au camp de concentration d'Auschwitz. L'institution ne dispose en revanche d'aucune information sur Daniel.

« Dans les camps, les noms étaient tous enregistrés, explique Katja à Chiel. Dans les hôpitaux et les usines allemandes, c'est moins probable. Ou, si c'était le cas, ces listes se sont perdues au cours des bombardements de Berlin. »

Son beau-frère hoche la tête pour signifier qu'il est du même avis, et Katja lit la compassion dans ses yeux.

En attendant d'être fixée, elle tente de se reprendre en main, de continuer à vivre en s'occupant de Bas et de Lieke, et d'être aussi heureuse que possible dans de telles conditions. La menace a disparu, elle-même a accompli ce qu'elle s'était promis de faire : protéger sa famille et l'aider à survivre à la guerre. Ils doivent désormais aller de l'avant, et pour commencer s'habituer à l'absence de Daniel. Il est parti depuis si longtemps que la blessure a doucement cicatrisé ; Katja ne ressent plus qu'une douleur sourde et, dans un sens, familière.

À la mi-août, quelqu'un sonne à la porte. Lieke qui est allée ouvrir revient en annonçant qu'une dame attend sur le perron.

Katja, en train d'étendre le linge dans le jardin, laisse tomber un drap humide dans sa bassine en zinc et rentre.

Une femme d'un certain âge aux cheveux coupés en brosse se tient dans l'embrasure. Katja s'approche et l'interroge du regard. La dame lui sourit.

« Katja ! s'exclame-t-elle après un bref silence. Quel plaisir de te revoir ! »

C'est à sa voix que Katja la reconnaît. Une vague d'émotion la traverse.

« Sonia ! Oh, mon Dieu, Sonia ! Entrez, je vous en prie ! »

Sous le choc, elle précède la mère d'Esther dans le couloir qui conduit au salon. Là, elles se prennent dans les bras. Katja est sans voix.

« Vous êtes de retour, balbutie-t-elle enfin.

— Oui, l'une des rares rescapées, à ce que j'ai compris… »

Elle s'assied sur le sofa, Katja prend place à côté d'elle, encore sous le coup de la stupeur. Sonia, très à l'aise, sourit en observant les lieux.

« Tu as une belle maison », complimente-t-elle.

C'est à ce moment-là que Lieke et Bas apparaissent.

« Toi, tu es certainement Lieke, n'est-ce pas ? Tu as bien grandi ! Quel âge as-tu maintenant ? Neuf ans ? La dernière fois que je t'ai vue, tu n'en avais que quatre. »

La fillette hoche la tête, un peu intimidée. La visiteuse se tourne ensuite vers Bas.

« Et toi, qui es-tu ? » demande-t-elle avec douceur.

Le petit garçon se cache dans les jambes de Katja et fixe l'inconnue en coin.

« Bas, répond-il de sa petite voix.

— Tu as donc eu un fils, c'est merveilleux ! note Sonia en s'adressant à Katja. Quel âge a-t-il ?

— Trois ans. »

Sonia hoche la tête, veut ajouter quelque chose, puis

se ravise. Un pli se dessine entre ses sourcils, et Katja devine qu'elle compte mentalement.

« Il n'est pas de moi », précise-t-elle à contrecœur.

Lieke avance d'un pas et annonce sans détour, sur un ton presque solennel :

« Son papa et sa maman sont morts. Il y a eu un bombardement, et sa maison s'est écroulée. Alors il est venu habiter chez nous.

— Ah, je vois », dit seulement Sonia en se tortillant les doigts.

Elle ne quitte pas Bas des yeux.

« Lieke, ma chérie, tu voudrais nous laisser un instant ? J'aimerais discuter un peu entre grandes personnes. Va donc jouer avec Bas dans le jardin. »

La fillette approuve de la tête et saisit la main de Bas.

« Viens, on va jouer à la toupie. »

Les deux femmes suivent les enfants des yeux alors qu'ils sortent de la pièce, main dans la main. Katja semble soulagée de voir la porte se refermer.

« Dites-moi tout, propose-t-elle. Que s'est-il passé ?

— Toi d'abord. Où sont Esther et Victor ? Et mon petit-fils ? Il ne reste rien ou presque de leur maison… »

Katja évite le regard insistant de Sonia, pèse ses mots.

« Pendant des mois, tout allait bien. La vie n'était pas facile pour eux, évidemment, mais Daniel et moi leur procurions ce dont ils avaient besoin. Puis, un jour, ils ont disparu, la police est venue les chercher. Sans doute une dénonciation de quelqu'un qui nous a épiés.

— Sais-tu où ils ont été emmenés ? Ils n'ont pas donné signe de vie ? Une carte ou une lettre ?

— J'ai demandé des renseignements à la Croix-Rouge », explique Katja.

Elle marque un temps d'arrêt et se mord la lèvre inférieure.

« Ils ne reviendront pas, Sonia. Ils sont morts à Auschwitz. »

La nouvelle ne la bouleverse pas outre mesure, elle s'attendait probablement à cette annonce. Elle prend quelques inspirations profondes et reste assise sans rien dire, perdue dans ses pensées. Katja observe son dos courbé, ses cheveux coupés court, son teint blême.

« Et vous ? Que vous est-il arrivé ? demande Katja dans un murmure.

— Oh, le passé est le passé, mon enfant. Inutile de ressasser. Il faut avancer.

— Bracha, votre mari…

— Morts. Toute la famille est partie, à l'exception d'une nièce. Je loge chez elle en ce moment. »

Sonia lève les yeux droit sur Katja.

« Comment vas-tu, toi ? Je me souviens que ton frère était entré dans la Résistance. Il s'en est sorti vivant ? »

Katja confirme d'un geste de tête. La réserve de Sonia, communicative, alourdit l'atmosphère.

« Et Daniel ? Il travaille, j'imagine ? J'aurais vraiment aimé pouvoir vous remercier tous les deux de ce que vous avez fait pour Esther et sa famille.

— Daniel a été arrêté par les Allemands. J'ai reçu une lettre de lui au début, puis plus rien. Je n'ai plus de nouvelles depuis des mois, précise Katja, tête baissée, la voix tremblante.

— Quel malheur, dit Sonia en posant la main sur la sienne. Mais tu ne dois pas perdre espoir.

— Je ne sais pas, il devrait être rentré depuis longtemps…

— Moi-même j'ai mis du temps à revenir. J'étais malade, je n'ai pas pu partir tout de suite… Une foule de raisons peuvent expliquer qu'il ne soit pas encore à la maison. »

Sans répondre, Katja esquisse un faible sourire.

« Je ne te dérange pas plus, reprend finalement Sonia en se levant. Passe donc me voir à l'occasion, ma nièce habite sur l'Afrikaanderplein. Si tu en as envie, bien entendu. »

44

Katja ne parle pas à Jet de la visite de Sonia, et, à son grand soulagement, Lieke n'en dit rien non plus. Révéler la vérité ferait voler en éclats la vie de Bas, lui qui considère Katja et les siens comme sa propre famille. Une fois que ce constat s'impose, telle une évidence, dans son esprit, elle s'apaise un peu. Chaque fois qu'elle entend sa conscience protester, elle coupe court à ces pensées déstabilisantes en se répétant que seul l'intérêt du petit garçon motive sa décision.

L'été touche à sa fin, tous les habitants se réhabituent progressivement à la liberté. L'automne s'annonce sans grand bouleversement, les températures restent douces, et il y a de toute façon assez de combustible pour alimenter les poêles. Les jours qui raccourcissent apportent une belle occasion de passer des moments en famille, puisque l'électricité et la nourriture – maintenant disponibles en suffisance – ne sont plus une source d'inquiétude.

Profitant d'une journée pluvieuse de fin septembre pour ranger le grenier, Katja tombe sur les lettres adressées par Esther à ses parents et à sa sœur. Elle avait conservé les missives – longues et nombreuses à en croire l'épaisseur des enveloppes – après avoir promis à son amie de les remettre à qui de droit.

Les yeux posés sur la pile de papier, elle envisage d'abord de les glisser dans une boîte aux lettres, mais s'avise rapidement que ce serait manquer de respect à Sonia. Elle se résout donc à les lui porter en mains propres.

Le quartier Zuid n'étant pas tout près, elle s'y rend en tram le lendemain. Lorsqu'elle descend à hauteur de l'Afrikaanderplein, elle se sent tendue. C'est seulement à ce moment-là qu'elle prend conscience qu'elle ne connaît pas le numéro de la maison. Heureusement, c'est jour de marché et, après avoir questionné quelques personnes, elle obtient bientôt la réponse dont elle a besoin.

Katja prend une profonde inspiration, remonte la bandoulière de son sac sur son épaule et sonne. Rachel, la nièce de Sonia, vit au deuxième étage de l'immeuble, il lui faut donc un moment pour venir ouvrir. C'est finalement Sonia elle-même qui apparaît dans l'ouverture de la porte. Si elle se montre heureuse de voir Katja, elle ne paraît pas surprise.

« Je t'ai aperçue sur le marché en train de demander ton chemin, explique-t-elle en précédant la visiteuse dans l'escalier. Je ne t'avais pas donné l'adresse complète, bête que je suis ! »

Dans une pièce exiguë, où règne une forte odeur de charbon, Sonia l'invite à s'asseoir sur le divan.

« Installe-toi, je t'en prie. Quelle joie de te voir ici ! Tu veux du thé ? »

Katja accepte d'un signe de tête.

« Je ne vais pas m'éterniser, annonce-t-elle lorsque Sonia revient, munie d'un plateau sur lequel sont posées une théière et deux tasses.

— Quel dommage. Je reçois si peu de visites, confie-t-elle en remplissant l'une des tasses, qu'elle tend à Katja. Rachel et moi sommes ravies de pouvoir encore compter l'une sur l'autre. Elle est au marché en ce moment, vous vous êtes même croisées sans le savoir tout à l'heure ! »

Elles échangent un sourire, Katja, en effet, n'a jamais vu Rachel. Comme elle veut s'acquitter au plus vite de la mission qu'elle s'est assignée, elle sort les enveloppes de son sac.

« Voilà ce que j'ai trouvé hier au grenier, déclare-t-elle en présentant le paquet à Sonia, qui se fige. Je suis navrée de ne vous les donner que maintenant, mais, pour être honnête, j'avais complètement oublié l'existence de ces lettres. Elles sont d'Esther.

— D'Esther ? répète Sonia d'une voix sourde.

— Du temps où elle et Victor se cachaient chez eux. Elle me les avait confiées. »

D'un geste lent, presque à contrecœur, Sonia tend la main et saisit les enveloppes. Comme une statue de pierre, elle observe les feuilles de papier pliées sur lesquelles elle reconnaît l'écriture de sa fille.

Katja toussote, cherche quoi dire et choisit de ne rien ajouter pour le moment. C'est Sonia qui rompt le silence devenu pesant. Elle pose la main sur l'enveloppe du dessus et murmure de façon à peine audible :

« Ma petite fille, ma pauvre petite fille… »

Les larmes de la vieille dame se mettent à couler. D'un mouvement spontané, Katja vient s'asseoir à côté d'elle, la prend par les épaules dont elle remarque l'extrême maigreur et, sans pouvoir s'en empêcher, commence à pleurer, elle aussi.

« Je suis désolée, s'excuse Katja, tandis que Sonia sanglote à chaudes larmes, les coudes appuyés sur les genoux, le visage enfoui dans ses mains. Il n'était vraiment pas dans mon intention de vous faire de la peine. »

Alors, comme si elle ne pouvait plus retenir les mots, Sonia écarte ses mains et entame son récit. Elle a été séparée de Ben, son mari, avant même leur transfert au camp. Elle raconte leur arrivée dans un baraquement grouillant de poux et de rats, la façon dont Bracha et elle ont été lavées et rasées, le matricule qui leur a été attribué. Elles devaient coudre des vêtements, et les premières semaines elles ont vraiment cru que la vie au camp n'était finalement pas si pénible, qu'elles s'en sortiraient. Le travail en tant que tel n'était pas lourd, mais la nourriture était nettement insuffisante. Sonia voyait sa fille dépérir à vue d'œil, jusqu'à ce qu'elle tombe malade. Un jour, elle ne s'est pas réveillée. Sonia avait fait tout ce qu'elle pouvait pour la sauver, elle lui avait donné le peu de nourriture qui lui était octroyé, mais Bracha n'avait cessé de s'affaiblir. Elle est morte en quelques semaines.

« J'avais appris entre-temps que Ben était mort alors je n'ai plus pensé qu'à une chose : retrouver Esther et mon petit-fils, continue Sonia. J'étais comme possédée par le besoin de les rejoindre, et j'ai décidé de m'enfuir. »

Katja la regarde, les yeux écarquillés, abasourdie par l'information que lui livre la mère de son amie.

« Mais… le camp n'était pas sous haute surveillance ?

— J'ai vite repéré un endroit où il me semblait possible de se glisser sous les clôtures en barbelés. J'ai profité d'un moment d'inattention. L'évasion en tant que telle n'a pas été difficile, quoique très dangereuse. La plupart des déportés arrivaient par familles entières, souvent avec de petits enfants. C'était forcément compliqué pour tout un groupe de disparaître, et le fait d'être seule jouait en ma faveur. On racontait que des mines avaient été placées tout autour du camp, je pouvais aussi me faire abattre par un guetteur, mais j'étais prête à prendre le risque. Tant de personnes mouraient dans le camp. Sans parler des trains qui emportaient toutes les semaines des centaines de prisonniers… Je n'avais aucune idée de l'endroit où ils allaient, mais j'avais un mauvais pressentiment. Ce qui m'importait, c'était de revoir Esther et mon petit-fils. Je devais donc quitter cet endroit coûte que coûte.

— Et vous l'avez fait…

— Oui, même si la probabilité que je survive en dehors du camp n'était guère plus élevée qu'à l'intérieur. J'ai marché des kilomètres pour m'éloigner le plus possible. À la nuit tombée, au bord de l'épuisement, j'ai frappé à la porte de la première ferme que j'ai croisée. J'ai eu de la chance, je suis tombée sur des gens bien. Je ne pouvais pas rester chez eux, mais ils m'ont aidée à trouver une autre ferme, dans un village voisin, où je pouvais me cacher. J'ai passé peut-être un an là-bas. En mars 1944, une voiture de police est entrée dans la cour. Les Allemands sont venus droit sur moi, dans la grange à foin où je me tenais, et m'ont emmenée. La famille qui m'avait recueillie a dû suivre. Qu'elle se fasse arrêter par ma faute a été le plus dur à supporter. »

Sonia marque une pause. Après un bref silence, Katja l'encourage :

« Et ensuite ? Où vous ont-ils emmenée ?

— Retour au camp, puis transfert dans un autre, plus loin. Le voyage a été très long, je n'avais aucune idée de l'endroit où j'allais atterrir. En chemin, je me suis liée d'amitié avec une femme qui avait des jumeaux, deux garçons de cinq ans. Lorsqu'on passe des journées entières sur le plancher d'un wagon souillé, avec à peine de quoi manger et boire, ça crée des liens. Après deux jours de trajet, nous avons entendu un officier allemand sur le quai dire que notre train faisait route vers l'est du pays, sans doute vers la Pologne. À notre arrivée sur place, nous étions exténuées, crasseuses et affamées. J'ai immédiatement été séparée de Jetty. Les mères avec enfants allaient d'un côté, les hommes et les femmes seules de l'autre. J'ai d'abord pensé que mon amie avait été envoyée dans un camp aménagé pour les enfants, mais j'ai vite compris mon erreur quand je suis entrée dans mon baraquement, et qu'on m'a montré du doigt les grandes cheminées visibles au loin, en disant que les autres allaient déguster. En regardant les hauts-fourneaux, j'ai présumé qu'on allait les faire travailler là-bas, je n'ai pas cherché plus loin. Quand on m'a raconté par la suite que Jetty, ses enfants et des centaines d'autres personnes avaient en réalité été gazés et brûlés, je n'y ai pas cru, j'ai pensé qu'on voulait me faire peur, et j'ai continué à espérer. Puis, au cours du tri, je suis tombée sur les vêtements de Jetty, que j'ai d'emblée reconnus, et sur ceux de ses deux fils. Je ne m'en souvenais plus avec exactitude, mais deux tenues rigoureusement identiques, de la même taille, ne pouvaient être le fruit du hasard. Et si je pouvais avoir encore un doute à ce moment-là, les bacs remplis de dents arrachées que j'ai eu à trier pour récupérer les bridges et les couronnes en or ont achevé de m'ôter mes illusions. »

Sonia marque une nouvelle pause, les yeux fixés droit devant elle, perdue dans un monde obscur et sordide.

« J'ai alors compris que mon destin était scellé, ma mort imminente, quoi qu'il advienne. J'étais en sursis juste parce que les Allemands avaient besoin de main-d'œuvre. Le fait que j'aie été seule et plutôt en bonne forme physique m'a sauvée, d'une certaine façon. Les femmes plus âgées, ou celles accompagnées d'enfants, jugées trop encombrantes, ont été immédiatement exécutées dans les chambres à gaz. Chez les hommes, ils ne gardaient que les plus solides, les autres ont été gazés après les femmes. Je les ai vus partir, nus de la tête aux pieds, en de longs cortèges, sous la surveillance de soldats allemands flanqués de leurs chiens. »

Katja est pétrifiée, elle ne peut plus bouger, incapable de prononcer un mot, partagée entre le désir de tout savoir et le besoin que Sonia arrête de parler. Soudain, la vieille dame semble se rendre compte de l'effet que produit son récit sur Katja, et, embarrassée, elle met sa main sur sa bouche.

« Je ne sais pas ce qui m'a pris de te raconter tout cela. Comme si tu avais envie d'entendre toutes ces horreurs… Personne ne veut écouter de telles histoires, c'est normal.

— Comment cela, personne ne veut écouter ?

— Les gens font la sourde oreille, m'évitent ou m'interrompent lorsque je parle des camps de concentration, de ce que j'y ai vécu. Ils ne veulent pas connaître cette réalité-là. Voilà pourquoi je dis toujours que je vais bien, pour ne pas créer de malaise. »

Nouvelle pause.

« Parfois, quand je croise d'anciennes connaissances dans la rue, elles plaisantent : "Hé, Sonia, toujours vivante ?" Elles se mettent alors à me raconter les difficultés qu'elles ont eues à vivre sans pain ni beurre.

— La vie a *vraiment* été difficile ici, vingt mille personnes sont mortes de faim dans l'ouest du pays.

— Je sais, c'est terrible. Mais j'ai l'impression que ce sont les seules histoires qui importent, que le reste ne compte pas.

— Vous pouvez vous confier à moi autant que vous en ressentirez le besoin. »

Sonia pose sa main sur la sienne.

« C'est très gentil à toi, mais je ne le ferai pas. Je m'en veux déjà assez de m'être épanchée de cette façon en ta présence. Merci pour les lettres, Katja. Je suis contente que tu te sois déplacée jusqu'ici pour me les apporter. Maintenant, si tu permets, j'aimerais rester un peu seule.

— Oui, bien sûr. »

Katja se lève, serre brièvement Sonia dans ses bras et quitte le petit appartement. Dans l'écho sourd de ses pas, elle descend l'escalier étroit et abrupt, puis, en bas, tire la lourde porte, qu'elle referme derrière elle. Une fois à l'air libre, dans le brouhaha du marché tout proche, elle ne peut réprimer un soupir de soulagement.

45

L'histoire de Sonia ne cesse de hanter Katja. Elle a instillé dans son esprit des images qu'elle n'arrive pas à effacer. Elle imagine Bracha, Esther, leur mère, croupissant des journées entières dans un train bondé, descendant sur un quai au milieu de nulle part, ne sachant rien du sort qu'on leur réserve. Elle voit le moment où Esther est séparée de Victor pour être conduite dans une salle de douche, elle essaie de se représenter sa frayeur lorsque le gaz s'échappe des conduites. Son soulagement de ne pas avoir Samuel auprès d'elle. Et l'incertitude, quant au devenir de cet enfant. Si seulement Katja avait pu joindre son amie une dernière fois pour la rassurer sur ce point, lui dire en message codé que son fils était sauvé.

Esther voulait que ce soit Katja qui prenne son enfant sous sa garde s'il devait lui arriver quoi que ce soit, elle en avait émis explicitement le souhait. Maintenant, après tout ce qu'elle a fait pour lui, Katja n'a-t-elle pas acquis certains droits ? D'un autre côté, Sonia n'a-t-elle pas le droit de savoir que son petit-fils est en vie ? Et Bas, dans tout ça ? Quelle est la meilleure chose à faire pour lui ? À l'évidence, ce serait qu'il reste ici, auprès d'elle. D'ailleurs, la seule pensée d'être séparée du petit garçon la terrifie.

Heureusement, Sonia habite au sud de la ville, de

sorte qu'elles ne risquent pas de se croiser inopinément au coin de la rue. Katja appréhende surtout que la vieille dame vienne de nouveau lui rendre visite à l'improviste.

Avec les jours qui passent, Katja retrouve un peu d'apaisement. L'automne est doux et, en cette mi-novembre, le soleil est encore présent. Munie d'une peau de chamois, elle nettoie les vitres à l'extérieur. Bas et Elsa font la sieste, Lieke est à l'école, Jet et Chiel sont partis visiter une maison qu'ils envisagent de louer ; Hein et Thijs sont en ville, à la recherche d'un travail.

De temps à autre, Katja jette encore machinalement un regard furtif sur l'Oudedijk, dans l'espoir de voir arriver Daniel, mais les seuls passants sont des voisins qui la saluent avec amabilité.

« Tu travailles dur ! »

Katja sursaute en entendant cette voix inattendue dans son dos et manque de tomber de son escabeau. Elle tourne la tête et, par-dessus son épaule, elle voit Sonia qui se tient dans l'allée. Ses cheveux ont poussé depuis la dernière fois, mais sa coiffure est encore courte, peu féminine. Ses vêtements, indiscutablement de seconde main, sont usés, mais elle n'est certainement pas la seule dans cette situation.

« Sonia, bonjour ! Vous m'avez fait peur ! » avoue Katja en descendant de sa petite échelle.

Elle ébauche un sourire maladroit.

« Pardonne-moi, je ne voulais pas t'effrayer. J'espérais que tu pourrais m'accorder un peu de ton temps.

— Un peu de temps ?

— Oui, juste comme ça. Ceux qui ont connu mon mari et mes enfants se comptent sur les doigts d'une main, et je ne savais pas trop qui aller voir… » explique-t-elle en haussant les épaules.

Le désespoir que Katja lit dans ses yeux la touche.

Elle ne peut pas se dérober, elle n'est pas si méchante. Néanmoins, elle se félicite que Bas dorme à poings fermés.

« Je peux vous proposer une tasse de thé ? »

Les deux femmes s'installent dans le jardin de derrière, où Bas a laissé traîner plusieurs jouets. Lorsque Katja revient de la cuisine avec le thé, Sonia a une voiturette métallique entre les mains.

« Bas est ici ?

— Il fait la sieste dans la chambre. Il est encore trop petit pour tenir debout toute une journée.

— Il a de beaux jouets.

— Ceux-là étaient à Daniel, explique Katja, nerveuse, en posant les tasses sur la table.

— Daniel doit beaucoup te manquer… »

Katja se contente de hocher la tête.

« Ce que la guerre nous a fait endurer est inconcevable, reprend Sonia. Toute cette souffrance…

— Absolument.

— Je voulais te remercier pour les lettres. Les conserver chez toi n'était pas sans risque. Je n'y ai songé qu'après ton départ.

— Je les avais cachées en lieu sûr au grenier, le risque était limité. Je suppose qu'elles ont réveillé certaines douleurs…

— Oui, j'ai beaucoup pleuré, mais elles m'ont aussi fait du bien. C'est un peu comme si Esther était de nouveau là, c'est difficile à expliquer. Le plus émouvant, sans doute, c'est quand je suis tombée sur la mèche de cheveux qu'elle avait glissée dans l'une des enveloppes.

— Une mèche de cheveux ?

— Oui, de Samuel. Esther avait ajouté une empreinte

de son doigt, qu'elle a dû tremper dans l'encrier. Je l'ai fait encadrer, avec la mèche de cheveux. »

Katja est tétanisée.

« C'est une belle idée, commente-t-elle pour briser le silence.

— Je n'ai aucune photo de mon petit-fils. Rachel avait conservé quelques clichés de Bracha et d'Esther, mais il n'en existe aucun de Samuel. Grâce à ce cadre, j'ai au moins quelque chose de lui.

— Oui, je comprends. »

Sonia continue de faire tourner la voiturette entre ses mains.

« Si Samuel était toujours en vie, il aurait exactement le même âge que Bas. Parfois, j'essaie de m'imaginer son visage, de qui il aurait tenu, à qui il aurait ressemblé… »

Elle marque une pause, Katja reste muette.

« Mais je ne devrais pas penser à ces choses-là, reprend Sonia. Je ne fais que compliquer la situation, ajouter de la douleur à la douleur… Et je n'aurai jamais la réponse à mes questions.

— Non… » confirme Katja, les yeux plongés dans sa tasse de thé.

Elle sent le regard de Sonia braqué sur elle.

« Tout va bien, mon enfant ? Tu n'as pas bonne mine. Cette situation est tellement difficile, et voilà que je viens encore te rebattre les oreilles avec mes histoires… »

D'un geste tendre, elle pose la main sur celle de Katja, qui tente de la rassurer.

« Ne vous inquiétez pas. J'ai juste très mal dormi la nuit dernière, c'est tout. »

Les yeux inquisiteurs de Sonia semblent la transpercer jusqu'au fond de son âme. La jeune femme sent qu'elle ne pourra pas cacher la vérité plus longtemps, chacune des phrases de la conversation la pousse dans la même direction.

Finalement, Sonia se lève.

« Je ne vais pas te déranger davantage, tu as encore à faire. N'hésite pas à venir me saluer à l'occasion, si tu passes dans le coin. D'accord ? »

Katja acquiesce et se redresse. À cet instant, un cri retentit par la fenêtre de l'étage, restée entrouverte :

« Katja ! »

Les deux femmes lèvent la tête.

« On dirait qu'il est réveillé, constate la vieille dame.

— Oui, je vais monter le chercher. »

Sonia, immobile, semble indécise.

« Ça me ferait plaisir de le voir, juste quelques minutes. »

Elles se dévisagent, un silence plein de sens s'installe. Les yeux de Sonia vont vers la fenêtre de la chambre de Bas, puis reviennent vers Katja.

« Vous savez, n'est-ce pas ? » demande cette dernière d'une voix faible.

Sonia soutient le regard de Katja et l'invite à continuer.

« Il vous ressemble. Je l'ai vu immédiatement quand vous êtes arrivée, et j'imagine que cette ressemblance ne vous a pas non plus échappé. »

Sonia a un sourire complice.

« Pourquoi n'avez-vous rien dit ?

— Je n'étais pas totalement sûre. Il pouvait appartenir à une autre famille juive. De plus, je ne voulais pas te faire peur.

— Me faire peur ?

— Te laisser croire que je comptais te l'enlever. Tu es toujours très craintive en ma présence…

— Bas est votre petit-fils, bien sûr que j'ai peur.

— Sa place est ici, avec toi. Il a grandi dans cette

famille, dans cet univers qui est désormais le sien. Qu'ai-je à lui offrir ? Je ne suis qu'une vieille dame accablée par le chagrin. Tu as également de la tristesse en toi, je le sais, mais tu es jeune, tu as encore toute la vie devant toi. Tu peux donner à Samuel, je veux dire à Bas, l'amour dont il a besoin. »

Incrédule, Katja l'écoute en silence.

« Vous préférez donc qu'il reste ici ?

— Bien évidemment. Et je préfère aussi qu'il continue de s'appeler Bas, ne serait-ce que pour sa sécurité. Donne-lui l'éducation de ton choix, mais pas juive. Sait-on jamais… ajoute Sonia en souriant malgré ses larmes. La seule chose que je te demande, c'est de pouvoir être sa grand-mère.

— Bien sûr. Avec un immense plaisir, même ! »

Elle ignore qui des deux fait le premier pas, mais l'instant d'après, les deux femmes se tombent dans les bras. Katja fond en larmes, Sonia lui caresse les cheveux.

« Ma chère enfant, comment pouvais-tu imaginer qu'il puisse disparaître ainsi de ta vie, après tout ce que tu as fait pour lui ? Je t'en serai éternellement reconnaissante. Et puis, je te considère un peu comme ma troisième fille, on pourrait même passer davantage de temps ensemble, toi et moi. Qu'en dis-tu ? »

Katja sèche ses larmes et sourit.

« Oui, j'en serais ravie. »

À l'étage, la voix de Bas ne cache pas son impatience :

« Katja, je suis réveillé ! Tu viens me chercher ?

— J'arrive, petit bonhomme ! »

Elle avance vers la porte de la cuisine, puis se retourne vers Sonia.

« Vous m'accompagnez ? Vous avez pas mal de retard à rattraper, tous les deux. »

REMERCIEMENTS

Je n'aurais pu écrire cette histoire sans des recherches approfondies. Au cours du processus d'écriture, des piles de livres se sont retrouvées sur mon bureau, dont certains m'ont énormément aidée. Que leurs auteurs en soient remerciés :

Van der Heijden, Chris, *Grijs verleden : Nederland en de Tweede Wereldoorlog*, Contact, Amsterdam, 2001.

Van de Laar, Paul et Hage, Koos, *Brandgrens Rotterdam 1930/2010*, Atelier Brandgrens, Thoth, Bussum (rééd.), 2010.

Van Liempt, Ad, *De oorlog*, Balans, Amsterdam, 2009.

Van der Pauw, J. L., *Guerrilla in Rotterdam : de paramilitaire verzetsgroepen 1940-1945*, SDU, La Haye, 1995.

Van der Pauw, J. L., *Rotterdam in de Tweede Wereldoorlog*, Boom, Amsterdam, 2006.

Reedijk, Lourens, *De Rotterdamse razzia van 1944 : dagboek van een scholier*, Veen, Amsterdam, 1999.

Sijes, B. A., *De razzia van Rotterdam : 10-11 november 1944*, Sijthoff, Amsterdam, 1984.

Wagenaar, Aad, *Rotterdam mei '40 : de slag, de bommen, de brand*, Just Publishers, Hilversum, 2008.

Auteurs divers, *Grootboek van de Tweede-Wereldoorlog*, Reader's Digest, Amsterdam, 1968.

Je tiens également à remercier le Centre d'études et de documentation des guerres, des génocides et de la Shoah d'Amsterdam (NIOD) d'avoir si aimablement répondu à mes questions. Et, bien sûr, toute l'équipe de ma maison d'édition, Ambo Anthos, et tout particulièrement Liesbeth, Kanta et Bonnie.

Pour plus d'information :

#lisez engagé !

www.lisez.com

Imprimé sur du papier issu de forêts gérées durablement.

10/18 – 92 avenue de France, 75013 PARIS

Imprimé en France par
CPI Brodard & Taupin

N° d'impression : 3054004
X08267/01